Red River Passion

LANA STONE

Blurb

Clay

Elena no solo es descarada y maleducada, sino que también despierta en mí sentimientos que sería mejor que no conociera. La he advertido, pero no quiere escuchar. Por todo lo que es sagrado, ¡una mirada provocativa más y la pondré sobre mis rodillas! En realidad, me mudé a Merryville para encontrar paz, pero no contaba con Elena Key.

Elli

Hay tres cosas en las que se puede confiar. Los gatos siempre caen de pie, en Merryville nunca nieva ni siquiera en invierno y yo nunca he perdido una discusión acalorada.

Al menos hasta que Clay Kennedy, la leyenda del rodeo, aparece en Merryville y me deja sin palabras.

Es un témpano de hielo frío y arrogante, sin duda, pero el brillo sombrío en sus ojos es tan atractivo que ignoro todas sus advertencias y acepto una oferta que tal vez no sea buena para mí.

En realidad, Elli Key tiene las manos llenas con su participación en la *Wild Horse Competition*, pero cuando Clay Kennedy aparece de repente, todos sus pensamientos giran en torno al taciturno vaquero de mirada sombría.

Elli y Clay chocan en su primer encuentro, y entre ellos salta la chispa de inmediato. De hecho, salta tanto que ninguno de los dos quiere admitir que las chispas voladoras han encendido algo incontrolable.

Hasta que Clay se da cuenta de que Elli se mete en problemas más a menudo de lo que le conviene, y no ve otra salida que protegerla él mismo.

Copyright © 2024 por Lana Stone

Todos los derechos reservados.

Queda prohibida la reproducción total o parcial de este libro sin la autorización por escrito del editor o del autor, salvo en los casos permitidos por la legislación estadounidense sobre derechos de autor.

Dedicación

Para el amor de mi vida.
En los buenos tiempos, cualquiera puede amar. Pero solo quien se aferra al amor en tiempos difíciles, ama de verdad.

Capítulo 1 – Elli

Con cuidado, me dejé llevar por la corriente de la multitud mientras intentaba comerme mi perrito caliente sin que cayera nada de la porción extra de salsa especial sobre mi blusa blanca como la nieve, recién estrenada.

¡Maldita seas, hambre!

Nunca podría haber esperado hasta el final del evento de lazo en equipo al que todos nos dirigíamos; como una verdadera Key, no tenía otra opción. Por muy obstinadas que fuéramos las mujeres Key en todos los aspectos, nos volvíamos débiles ante el hambre.

La mayoría de los visitantes del Festival de Verano de Merryville se dirigían a las gradas, pero yo giré a la izquierda hacia los corrales donde los vaqueros ensillaban sus caballos para la exhibición. Me detuve frente al corral de mi hermano John y me apoyé en la puerta de aluminio, que se había calentado por el sol de la tarde de Texas.

—Hola, Elli —me saludó mientras colocaba una silla de montar sobre el lomo de Phoenix. En realidad, el caballo blanco era mío, pero él y John formaban un buen equipo de lazo desde que Phoenix dejó de asustarse con las vacas.

—¿Dónde está tu mejor mitad y vuestro dulce tercio? —pregunté con curiosidad. Mientras tanto, disfrutaba de los últimos bocados de mi perrito caliente, de los que me hubiera comido gustosamente tres más.

—Buena pregunta. Después de que Grams se llevara a Callie, June solo quería hablar brevemente con alguien, pero ya ha pasado bastante tiempo.

Fruncí el ceño mirando mi reloj. —¿Tan poco antes de vuestra actuación?

John gruñó suavemente. —June vio a alguien entre la multitud que le recordaba a alguien del rodeo.

Ahora miré a John aún más críticamente y repetí mis palabras con énfasis. —¿Tan poco antes de vuestra actuación?

June, que no solo era la amada de John y la madre de su hija en común, Callie, sino también mi mejor amiga, solía tomarse estos eventos bastante en serio, ya que durante su embarazo tuvo que mantenerse alejada de todos los caballos. Por eso, las actuaciones y exhibiciones en las que ella y John podían demostrar que seguían siendo un gran equipo eran aún más importantes para ella.

—Quizás también se mencionaron las palabras *leyenda del rodeo de Dallas*. —John gruñó en voz baja mientras ajustaba la cincha de la silla de Phoenix.

—¿Acaso detecto un tono de celos en tu voz? ¿Tal vez June se ha fugado a Dallas con esta leyenda del rodeo? —lo provoqué sonriendo.

—Ja, ja —respondió John secamente—. Mejor hazte útil.

—¿Quieres que me fugue a Dallas con la leyenda del rodeo?

Me reí tan fuerte que los caballos a nuestro alrededor levantaron las orejas. Meneando la cabeza, John me lanzó un limpiador de cascos para que pudiera revisar si había piedras en las pezuñas.

—Ninguno de vosotros se fugará hoy con una leyenda del rodeo, ¿entendido?

—¡Acepto el desafío! —Miré desafiante a mi hermano mayor, que había notado el brillo en mis ojos, pero no cambió su expresión.

—Ah, ya veo que hoy no estás de humor para bromas. —Sonreí ampliamente mientras trepaba la valla para ayudar a John con los últimos preparativos. Pronto él y June tendrían su gran actuación. Desde que los inscribí en un torneo hace casi un año, habían estado regularmente en los primeros puestos de las competiciones de lazo en equipo.

—¿Qué haces aquí, de todos modos? —preguntó John.

—Animaros, ¿qué más? —Me encogí de hombros mientras me ocupaba de los cascos de Champion.

—¿No deberías estar preparándote para la *Wild Horse Competition*? Ya sabes, susurrando a los caballos y esas cosas.

Suspirando, incliné la cabeza. —Llevo semanas preparándome para eso.

—¿Ah, sí? —El sarcasmo en la voz de John era inconfundible. Es cierto que cuando mi única hermana regresó a Nueva York después de su breve visita, me aferré a lo siguiente mejor que había, la *Wild Horse Competition*, que se celebraba por primera vez este año. Sí, había estudiado docenas de libros como una loca, escuchado podcasts de expertos y visto documentales sobre caballos salvajes. Tal vez había compartido alguna información durante el trabajo diario en el rancho... o quizás había bombardeado a mi familia con cada dato que había aprendido. En cualquier caso, podía afirmar con la conciencia tranquila que estaba preparada para los próximos treinta días. Además,

Phoenix era un ejemplo perfecto de mi talento, ya que hace un año todavía tenía un miedo terrible a las vacas.

—Quizás me he obsesionado un poco con el tema —admití en voz baja.

John me miró con las cejas levantadas. —¿Un poco?

—¡Vale, más que un poco! Es que echo de menos a Sophia, aunque me alegro por ella porque ha encontrado su felicidad en Nueva York.

Eso no era mentira, mi hermana mayor y yo siempre habíamos sido inseparables. Nos manteníamos unidas como uña y carne, y teníamos que hacerlo, porque en Red River los hombres eran claramente mayoría.

—Todos la echamos de menos —concordó John. Seguimos trabajando en silencio hasta que June se acercó trotando y me saludó con la mano.

—Disculpad, realmente pensé que había visto a Clay Kennedy entre la multitud, pero debo haberme equivocado.

—¡Así que no se ha fugado a Dallas después de todo! —exclamé emocionada—. ¿Sabes lo que significa esto, John? ¡Puedes volver a reírte de mis bromas!

June nos miró desconcertada. —Tengo la sensación de que me he perdido algo. ¿Por qué iba a fugarme a Dallas?

—John está un poco celoso de Clay Kennedy —expliqué sonriendo.

—¡No lo estoy!

Me reí entre dientes, porque era exactamente esta reacción la que había querido provocar en él. —¿Ves?

June se acurrucó brevemente contra John. —Lo siento, cariño. No quería avergonzarte.

—¡No lo has hecho!

Ahora June también se rió. Era demasiado adorable lo celoso que podía ponerse mi hermano cuando se trataba de June. Que Dios se apiadara de quien quisiera acompañar a Callie al baile de graduación más adelante.

—¿Quién es Clay Kennedy, de todos modos? —pregunté con curiosidad. Aunque también teníamos muchos rodeos por aquí, nunca me había atraído ni montar toros ni broncos. Me fascinaban mucho más las otras facetas del *viejo Oeste*.

June abrió mucho los ojos. —¡Clay Kennedy es una de las estrellas del rodeo más grandes desde Butcher Boyle!

—Hace un momento dijiste *leyenda* —gruñó John.

—¡Es cierto! Ha roto docenas de récords y ha dominado a cada bronco con facilidad. En Dallas solo lo llaman *la leyenda*. Yo misma lo he visto, pero ya hace una eternidad.

June hablaba con tanto entusiasmo del campeón de rodeo que Clay Kennedy debía ser realmente bueno, porque no era fácil impresionar a June Farley-Key, casi una leyenda en sí misma.

—¿Y qué hace una leyenda de Dallas aquí en Merryville? —pregunté con curiosidad. Por supuesto que amaba mi hogar, pero no podía negar que Merryville estaba muy lejos de cualquier civilización. Había más de cien millas hasta Brownsville, la ciudad grande más cercana.

—Buena pregunta. Hace unos años, de repente todo se quedó en silencio sobre él, justo cuando estaba tan cerca de ser incluido en el *Salón de la Fama*.

—Tal vez simplemente quería hacer algo diferente —reflexioné.

—No lo creo, lo hacía con el corazón, y cuando haces algo con el corazón, siempre encuentras el camino de vuelta, incluso si te pierdes por un corto tiempo.

Sabía que June estaba aludiendo a su propio pasado complicado, que afortunadamente ya había quedado atrás.

Desde lejos, John y June fueron anunciados por los altavoces en la arena, seguidos de un estruendoso aplauso.

—¡Esa es su señal! —Aplaudí emocionada, porque sabía que los dos darían un espectáculo grandioso. John atrajo a June hacia sí para besarla apasionadamente. —¿Lista?

—¡Más que lista!

Desataron sus caballos mientras yo les abría la puerta, que crujió suavemente. Cuando John pasó a mi lado, le di una palmada en el hombro.

—¡Buena suerte!

—Esto no tiene nada que ver con la suerte —respondió sonriendo. Luego miró primero a June, luego a Fénix. —Con este equipo es imposible no romper récords de pista constantemente.

—Oh, eres tan dulce —dijo June conmovida detrás de mí, luego también pasó por la puerta. Se inclinó hacia mí en forma conspiradora. —Si por casualidad te encuentras con Clay Kennedy...

—Serás la primera en saberlo, lo prometo —completé su frase.

—¡Gracias!

Sacudiendo la cabeza, pero aún sonriendo, John se subió a la silla, se ajustó el sombrero de vaquero y me hizo un gesto con la cabeza.

—Nos vemos más tarde.

Agarré el ala delantera de mi propio sombrero de vaquero y asentí en respuesta.

—De acuerdo, a más tardar esta noche en el *Sue's Diner*.

June me miró con una mezcla de sonrisa y compasión. —Oh, nos encontrarás más tarde en el *Tuckers Bar*, allí nos reuniremos después con algunos lazadores. Tu abuela se ha ofrecido a cuidar de Callie hoy.

Fingiendo indignación, pateé la cerca con mis botas, cuya vieja pintura sufría tanto bajo las manchas de óxido que algo se desprendió.

—Pero en el pub no tienen los mejores pasteles de manzana del mundo.

Esos solo los tenía Sue, que guardaba la receta secreta de su abuela como la niña de sus ojos. En realidad, prefería el Diner de Sue por la atmósfera, porque en el pub se reunían todos los vaqueros presumidos de Merryville, a los que prefería evitar. John lo sabía, porque en Red Rivers, Sophia y yo habíamos tenido que defendernos solas durante mucho tiempo contra cinco hermanos y tres primos.

—Entonces nos vemos en Red Rivers —dijo John antes de espolear a Fénix y trotar hacia la arena. June lo siguió, pero me hizo un gesto de despedida con una sonrisa comprensiva. Aunque tenía la intención de ver el espectáculo, dudé. No es que dudara de mis habilidades después de mi conversación con John, pero ahora sentía claramente mi nerviosismo.

Solo voy a echar un vistazo rápido a los caballos para tranquilizar mi conciencia.

¿Qué podría pasar? La mayoría de los visitantes del evento, incluidos los participantes de la *Competición de Caballos Salvajes*, estaban en los espectáculos que tenían lugar en la arena. Además, no estaba prohibido echar un vistazo a los caballos salvajes antes de la competición.

En total, había quince caballos listos para participar en la competición. Estaban en paddocks individuales y en cada puerta había una tablilla con algo de información. La mayoría eran mustangs, caballos cuarto de milla o algo intermedio, pero todos tenían una cosa en común: el hecho de ser caballos salvajes que habían sido rescatados del sacrificio. Si la *Competición de Caballos Salvajes* tenía éxito, y eso esperaba fervientemente, podríamos salvar muchos más caballos salvajes que estaban en la mira de granjeros con gatillo fácil.

Paseé junto a los primeros paddocks. Sonidos uniformes de masticación se mezclaban con el silbido de las colas que espantaban moscas al unísono. Ninguno de los caballos se dejó perturbar por mi presencia. Pero tuve que detenerme ante el caballo gris manzana con el número siete, no sé por qué, fue simplemente una sensación cuando esos ojos negros como botones me examinaron atentamente.

—Hola, grandota —dije tranquilamente mientras daba un paso hacia la cerca. Inmediatamente, la yegua empujó sus ollares a través de los huecos de la valla y resopló satisfecha cuando la acaricié con cuidado. Aunque los caballos salvajes se habían acostumbrado a los humanos desde hacía unas semanas, era inusual lo confiada que era esta yegua.

—¿Sabes qué, Número Siete? Creo que tú y yo podríamos formar un gran equipo, ¿no crees?

El caballo salvaje aguzó las orejas, luego retiró sus ollares de la cerca y asintió claramente.

—¿Eso fue un *sí*? —pregunté riendo, como si Siete realmente me hubiera entendido.

—Un buen caballo. —La profunda voz masculina detrás de mí me hizo sobresaltar. Cuando me di la vuelta, vi los ojos más hermosos que jamás había visto.

—Disculpa, no quería asustarte.

No pude decir nada, solo asentí, porque este tipo me dejó sin aliento.

Bajo la luz del sol, sus iris brillaban como ámbar, enmarcados por unos pómulos masculinos y marcados. La barba de tres días bien cuidada era tan negra como el pelo corto que asomaba bajo el sombrero de vaquero.

¡Vaya! ¡Esos hombros!

Me aferré a la valla detrás de mí e intenté no parecer tan tonta como me sentía, pero mis rodillas se debilitaban cada vez más cuanto más me miraba con esa mirada tranquila y serena.

—¿Estás bien? —preguntó preocupado.

—Sí, todo perfecto —respondí con un tono más agudo de lo normal. Avergonzada, me aclaré la garganta—. Solo pensé que estaba sola aquí.

—Yo también lo pensé. —Miró brevemente al suelo. Por un momento, el vaquero desconocido pareció afligido.

—¿Qué te trae por aquí, novato? —pregunté para romper el incómodo silencio que se había instalado entre nosotros.

—¿Cómo sabes que soy nuevo aquí?

—Bueno, Merryville es pequeño, y en algún momento todos se conocen. Así que tengo que concluir que nunca has estado aquí. —*¡Y me habría acordado de esos ojos, esos hombros anchos y esa voz masculina y áspera!*

Luego puse las manos en las caderas y sonreí—. Además, soy una Key, todo el mundo me conoce de alguna manera.

—Ya veo. —Cielos, con esa voz me derretía como un helado de chocolate bajo el sol de verano de Texas—. ¿Y por qué eres conocida?

En realidad, por mi apetito y mis comentarios atrevidos, pero con esto último realmente no había marcado puntos hasta ahora. Aparte de eso, sus ojos brillaron oscuramente, lo que hizo que todo mi cuerpo hormigueara.

—Entreno caballos y los adiestro, además tengo buena mano para los caballos problemáticos.

—Así que eres la susurradora de caballos de Merryville.

—Bueno, tiene poco que ver con susurrar, más bien escucho.

—Hasta ahora me di cuenta de que aún no nos habíamos presentado, así que tomé la iniciativa y le extendí la mano—. Por cierto, me llamo Elena Key, pero todos me llaman Elli.

—Encantado, Elena. ¿Y qué te ha susurrado nuestro amigo aquí? —Se acercó a Número Siete y apoyó sus brazos en la valla que nos separaba del caballo blanco, casi como si no notara que había evitado decir su nombre.

—Que tiene un buen corazón y un alma leal —respondí vacilante.

Cielos, tan cerca como estaba ahora el vaquero a mi lado, no podía pensar con claridad.

—Definitivamente tiene potencial —concordó conmigo.

—¿Me vas a decir ahora qué haces aquí, o vas a seguir evadiendo mis preguntas?

—No he evadido tus preguntas.

—¡Lo estás haciendo de nuevo!

El secretismo del vaquero me hacía sentir curiosidad, aunque la forma en que sus ojos se oscurecían debería haberme advertido.

—Entonces, ¿qué trae a un misterioso vaquero a Merryville? ¿Un mapa del tesoro secreto? ¿Un atraco bancario que salió mal? ¿El anhelo de la *nada* interminable que abunda aquí?

Sonrió brevemente, lo que significaba que al menos no era un ladrón de bancos en fuga.

—Estoy harto del ruido de la ciudad.

—Entiendo —respondí asintiendo. Pero algo en su mirada me decía que estaba huyendo de algo más que solo del ruido.

Nos volvimos de nuevo hacia el caballo salvaje, que jugaba con la red de heno como si fuera una pelota.

—¿Por qué no estás en el espectáculo? —me preguntó.

—Ya conozco la mayor parte, así que quería ver los caballos con tranquilidad.

—Número Siete llama la atención.

—Sin duda. Creo que Número Siete será un gran caballo de rancho.

Él se rio y negó con la mano, como si hubiera hecho una broma—. Tal vez deberías escuchar con más atención.

Auch. Eso había herido bastante mi orgullo, porque normalmente la gente confiaba en mis valoraciones.

—¿Ah, sí? —pregunté desafiante—. ¿En qué me he equivocado según tú?

—Tienes ante ti a un campeón de rodeo.

—¿Qué? ¿Es una broma? —Lo miré horrorizada, pero él no cambió su expresión.

—Tienes ante ti un auténtico potro de monta.

Los potros de monta eran bestias salvajes que intentaban deshacerse de sus jinetes con saltos altos en el rodeo, ¡y Número Siete definitivamente no era una bestia salvaje! ¡El caballo blanco era el único caballo salvaje que se me había acercado e incluso se había dejado acariciar, eso era lo opuesto a un potro de monta!

—Te equivocas.

—Si tú lo dices —el vaquero me sonrió desafiante. Sabía que debería haber resistido el desafío, pero simplemente no pude. Probablemente era solo un participante que también había puesto sus ojos en este caballo salvaje y quería disputármelo.

—¿Acaso eres un experto en el tema? —respondí a su sonrisa desafiante con una mirada seria. Luego me acerqué a él con confianza y le empujé el pecho con el dedo índice. El hecho de que mi atractivo rival estuviera tan en forma me pilló por sorpresa, y no pude evitar usar el resto de mis dedos para sentir lo musculoso que realmente era.

Cielos. Era el vaquero más en forma que jamás había visto. Irritado, miró mi mano que tocaba su pecho duro como una roca. Al principio quiso apartar mi mano, pero cuando nuestras manos se tocaron, se detuvo por un momento.

Este momento mágico e indescriptible duró solo un segundo, pero se sintió como una eternidad y me dejó sin aliento. Un aroma masculino y áspero a sándalo me envolvió, y cada fibra de mi cuerpo gritaba por más. Por su mirada, me di cuenta de que él también quería más: nuestros labios se atraían mágicamente mientras el conflicto entre nosotros se desvanecía en el olvido.

Mi estómago hormigueaba. Me mordí el labio inferior y me dejé llevar por mis emociones, hasta que un escalofrío recorrió el cuerpo de mi seductor rival.

—No quise incomodarte —gruñó. Luego nuestras manos se separaron y él retrocedió dos pasos—. Deberías mantenerte alejada de mí —en sus ojos destelló la ira, pero sentí que no estaba dirigida hacia mí. Antes de que pudiera responder, el vaquero se dio la vuelta y desapareció. Mis piernas aún temblaban tanto que no hubiera podido seguirlo aunque hubiera querido.

¿Alguna vez había existido una situación más extraña en la historia de la humanidad? *Nope*.

Ni siquiera sabía el nombre de este fascinante hombre cuya advertencia solo me atraía más. ¿Debería correr tras él después de todo? Mi orgullo gritó con fuerza.

Justo cuando pensaba que la situación no podía volverse más extraña, Rachel apareció frente a mí, aferrándose significativamente a una tablilla.

Miraba repetidamente entre el Sr. Misterioso y yo.

—¿Ustedes se conocen? —preguntó con esa mirada mortal inequívoca que solo me había dedicado una vez antes. Específicamente, cuando le di el golpe de gracia a su enamoramiento por mi hermano (quien ya llevaba tiempo de vuelta con June) al inscribir a June y John en un torneo.

—No realmente.

—Ah, ya veo. Eso pensé —Rachel echó su cola de caballo rubia sobre su hombro y suspiró aliviada. Ahora tenía aún más curiosidad por saber quién era el vaquero bien entrenado, si incluso Rachel Pearson le había echado el ojo. Normalmente, la hija de la dinastía Pearson solo se interesaba por los tipos millonarios de la alta sociedad en su finca, que abarcaba prácticamente la mitad de Texas.

—¿Por qué no vas a ver el espectáculo de tu hermano?

En todo Merryville, solo había tres personas que se perdían un espectáculo de June Farley-Key y John Key. Yo, porque ya los había visto en acción muchas veces, el Sr. Misterioso por razones misteriosas, y Rachel Pearson, quien solo encontraba interesante a mi hermano cuando estaba feliz y comprometido.

—Tenía curiosidad por los caballos para la competencia —respondí encogiéndome de hombros—. Eso no está prohibido, ¿verdad?

—No, para nada. La mayoría de los demás que se inscribieron también estuvieron aquí para elegir a sus favoritos.

¿Cuántos se habrían enamorado perdidamente del Número Siete?

—¿Este es tu favorito? —Rachel me sonrió con curiosidad. Tan discretamente como pude, examiné a Rachel para descifrar sus intenciones. Las probabilidades eran altas de que, si respondía que *sí*, me asignaría un caballo completamente opuesto, pero a diferencia de ella, yo tomaba la honestidad un poco más en serio.

—Sí, lo es.

—Puedo entenderlo, el patrón de su pelaje es hermoso —Rachel miró brevemente la lista, demasiado brevemente para mi gusto—. Hasta ahora nadie ha mostrado interés en ella. Además de ti, solo faltan otros cuatro que deben elegir a su favorito, así que las probabilidades de que la obtengas son buenas.

—¿En serio?

—En serio —Rachel sonrió ampliamente—. Es realmente un hermoso caballo.

Como la familia de Rachel era uno de los principales patrocinadores de la competencia, ella formaba parte del jurado. Además, los caballos salvajes estaban alojados en la finca de los Pearson, por lo que ya había podido echarles un vistazo a los animales.

Mi instinto estaba en un dilema. Por un lado, Rachel nunca era amable a menos que fuera por su propio interés; por otro lado, tenía un muy buen presentimiento sobre la yegua blanca.

—Anótame en la lista —dije con determinación, aunque la reacción de Rachel debería haberme asustado.

Capítulo 2 – Clay

¡Maldita sea! No llevaba ni una semana en Merryville y ya sentía que tenía que levantar el campamento. Pero simplemente no había podido resistirme a esa belleza rubia. Había sido demasiado adorable cómo hablaba con ese bronco, y aún más adorable era ella porque creía que ese bronco era un caballito manso. A lo largo de los años, me había montado en cientos de su tipo. Reconocía un bronco cuando lo veía.

No tenía idea de qué había desencadenado su toque en mí, pero la sensación había sido demasiado abrumadora como para seguir mirando sus ojos verdes.

Elena Key, ¿qué le estás haciendo a mi mente?

No había venido a Merryville para jugar a la *vida perfecta*, y ciertamente no estaba aquí para cometer el mismo error dos veces. Elena tenía que mantenerse alejada de mí, eso era seguro.

El festival de verano estaba prácticamente vacío durante los espectáculos. Por supuesto, aquí se mezclaban algunos verdaderos profesionales que se habían hecho un nombre a lo largo de los años. Yo solo estaba contento de que aún no se hubiera corrido la voz de que estaba en la ciudad, aunque no tardaría mucho. No importaba dónde, siempre acababan reconociéndome, aunque había colgado mi carrera hace años.

Era aún más refrescante que Elena parecía no tener idea de quién era yo, de lo contrario probablemente no habría dudado de mi evaluación.

Maldita sea, todavía podía sentir el toque de Elena en mi pecho, y su aroma a flor de manzano aún persistía en mi nariz.

Esperaba que tomara en serio mi advertencia de no acercarse demasiado a mí, de lo contrario tendríamos un problema enorme. Nunca antes una mujer había ejercido tal atracción sobre mí. Elena despertaba instintos protectores en mí que creía perdidos hace mucho tiempo. Instintos protectores que podían volverse rápidamente posesivos si no me controlaba.

Sin rodeos —encontrar un desvío en el pintoresco Merryville era prácticamente imposible— abandoné el recinto del festival. Tenía que alejarme de la gente, alejarme de la susurradora de caballos cuya voz dulce como la miel me hacía perder la cabeza.

Pasé el resto de la tarde haciendo las compras pendientes. La granja que había comprado había sido una ganga, pero había mucho trabajo por hacer. Las cercas estaban en ruinas, los techos de los graneros tenían goteras, y si quería cosechar maíz y cereales esta temporada, los campos deberían haber sido sembrados ayer a más tardar. Era un montón de trabajo, pero eso era exactamente lo que había estado buscando; un trabajo en el que pudiera sumergirme sin tener que pensar en Dallas.

Dallas es historia.

Además de mi sombrero, mi camioneta y las botas que llevaba puestas, lo único que había traído de Dallas era mi yegua Supernova y mi toro Longhorn premiado. Todo lo demás podía irse al diablo.

Durante toda la tarde, el sol abrasador parecía brillar implacablemente sobre mí mientras arrastraba sacos de pienso, malla de alambre y otras cosas hasta mi camioneta con plataforma. Apenas se podía ver la pintura negra bajo la gruesa capa de polvo rojo oxidado.

Sin embargo, antes de volver a casa después de mi acarreo, decidí tomar una cerveza fría en el *Bar de Tucker*, que estaba escasamente concurrido y probablemente no se llenaría hasta que se acabara la cerveza en el festival de verano.

Mientras esperaba mi pedido en la barra, hojeaba el *Daily News*, cuya portada informaba sobre el festival de verano.

Con un murmurado «Aquí tiene», el camarero de edad avanzada, cuyo cabello gris estaba salpicado de algunos mechones negros, dejó mi cerveza. Agarré la fría botella de cerveza y me dirigí hacia una de las mesas vacías cuando una mesa de billar vacía captó mi interés.

¿Por qué no? Antes era un jugador bastante decente, pero hacía mucho tiempo que no disfrutaba de una partida. Después de echar un vistazo rápido y asegurarme de que nadie me observaba, dejé mi cerveza junto a la mesa de billar, ya que no tenía ganas de un partido en el que la conversación fuera parte obligatoria del programa.

Tomé el triángulo para acomodar las bolas, las metí dentro y froté la punta de mi taco de billar con tiza antes de embocar una bola lisa directamente con el primer tiro. Más suerte que habilidad, pero con cada tiro volvía un poco de mi toque, con el que podía jugar las bolas con precisión en los bolsillos correctos.

En algún momento, estaba tan absorto en mi solitario juego que me olvidé del entorno que me rodeaba. Solo existía el característico chasquido cuando la bola blanca golpeaba otras bolas, y los típicos sonidos country de Bonnie Buckley, cuya música pertenecía a Texas tanto como montar toros.

Solo cuando Elena Key, la razón de mi huida del festival de verano, estaba parada directamente frente a mí, volví a ser consciente de mi entorno.

—Así que nos volvemos a ver —dijo, cruzando los brazos sobre el pecho.

—Eso parece —gruñí, sin levantar la vista. Sus ojos verde brillante eran demasiado para mí.

—¿Me explicas qué pasó antes?

—No. Estoy jugando ahora.

—¿Contra ti mismo?

Mi silencio debería haber sido respuesta suficiente, pero no le bastó. Peor aún, empujó la bola negra, que rodó hasta el bolsillo del medio.

—¿Qué estás haciendo? —Mi voz sonaba como un gruñido profundo. ¿Realmente quería provocar que perdiera el control?

—Parece que has perdido —dijo encogiéndose de hombros.

—Aun así, no te voy a responder.

—Bien, entonces juguemos.

Elena sacó las bolas de los bolsillos, reorganizó el campo de juego y tomó uno de los tacos que estaban apoyados contra la pared. Mientras tanto, una sonrisa inocente se dibujaba en sus labios, que me volvía medio loco. Actuaba como si nada hubiera pasado entre nosotros.

—¿Por qué debería jugar? —pregunté con actitud desdeñosa.

—¿Qué tal si hacemos un trato? Si yo gano, me cuentas por qué te fuiste así sin más, y si tú ganas, me mantendré alejada de ti.

—¿Cuál es la trampa? —Examiné a Elena con ojo crítico, pues su oferta sonaba demasiado tentadora. ¿De verdad me dejaría en paz si la vencía?

—No hay trampa. Excepto quizás la pequeña ventaja de jugar en casa que tengo.

Suspirando, le lancé a Elena mi pequeño trozo de tiza.

—Supongo que no tengo otra opción.

—Exacto, bien visto.

—Las damas primero.

—Gracias.

Con una amplia sonrisa, Elena se dispuso a dar el primer golpe y metió de inmediato dos bolas lisas. Al hacerlo, se inclinó tanto hacia adelante que me mostró el escote de su blusa a cuadros, abotonada solo a medias, bajo la cual llevaba solo una fina camiseta de tirantes.

¡Maldita sea!

¿Tenía Elena idea de lo atractiva que me resultaba? No sé por qué, pero apenas podía controlarme. Ninguna mujer, ni una sola maldita mujer me había vuelto loco jamás como esta susurradora de caballos con rizos rubios y dulce sonrisa.

En las siguientes tres jugadas, metió otras tres bolas lisas, y solo entonces falló un tiro que rebotó en la banda. Aun así, Elena asintió satisfecha antes de cederme el turno.

—¿Una pequeña ventaja de jugar en casa? —pregunté escéptico.

—Bueno, en Merryville no hay muchas opciones para entretenerse. De hecho, como adolescente aquí solo tienes tres opciones de entretenimiento. Primero, el billar; segundo, las barbacoas; y tercero, voltear vacas.

Elena había logrado arrancarme una sonrisa involuntaria.

—Entonces, ¿te has propuesto retar a los extraños al billar para conseguir descaradamente lo que quieres?

—¡Oye! Fue un trato justo, podrías haberlo rechazado —se defendió Elena.

—Quizás debería haberlo hecho.

Bebí un gran trago de cerveza antes de examinar la situación. Mis bolas estaban dispersas por toda la mesa y casi todas bloqueadas por las lisas de Elena. Ahora necesitaba toda mi habilidad; tenía que jugar rebotando en varias bandas para meter mis bolas y así escapar de la incómoda pregunta de por qué Elena debería mantenerse alejada de mí.

Metí las dos primeras bolas con soltura, y esperaba que la tercera las siguiera.

—Por cierto, ¿cómo te llamas?

La pregunta de Elena me desconcertó tanto que desvié el taco y la bola blanca salió disparada en una dirección completamente diferente. Realmente no sabía quién era yo.

—Clay —Me limité al nombre de pila.

—Ah —respondió pensativa—. Clay, ¿la leyenda del rodeo?

Hice un gesto desdeñoso, al mismo tiempo agradecido de que Elena hablara tan bajo que nadie más pudiera oírla. Porque cuanto más jugábamos, más se llenaba el bar. Mi presencia se había corrido la voz en menos de una semana.

—Solo Clay. El último rodeo fue hace mucho tiempo.

—Entiendo, *solo Clay*. ¿Por qué lo dejaste?

—Es tu turno —No respondí más, no había nada más que contar. Había enterrado mi carrera de rodeo hace años, al igual que toda la otra mierda que me perseguía desde la tumba hasta el día de hoy.

—Así que no quieres hablar de ello —constató Elena con frialdad mientras se apoyaba en el taco.

—Y tú no vas a parar hasta que lo sepas todo sobre mí —repliqué.

—Tal vez —El batir de pestañas que Elena me regaló en ese momento fue gigantesco—. Desvelar secretos puede ser bastante emocionante.

—O peligroso. Créeme, algunos secretos es mejor que sigan siendo secretos.

La mayoría de mis secretos los había dejado en Dallas, enterrados y casi olvidados, pero había cosas que no podía quitarme de encima.

—¿Estamos hablando de secretos en general o de tus secretos?

Maldita sea, realmente iba en serio. Cada fibra de mi cuerpo quería mostrarle a Elena lo que significaba involucrarse conmigo. Quería mostrarle lo que significaba pertenecerme, pero no podía. Me había jurado nunca más dejar que una mujer se acercara a mí. Mi corazón estaba hecho trizas. Desde hace mucho tiempo, pero eso no significaba que fuera inmune al dolor. Al contrario, era mucho más sensible, así que tenía que tener cuidado.

—Eres más curiosa de lo que te conviene.

—Bueno, mi curiosidad y mi persistencia son tanto una maldición como una bendición, como diría mi abuela.

Por fin se concentró de nuevo en nuestro juego, que tenía prácticamente ganado. Elena metía una bola tras otra en las troneras.

—Realmente deberías tener cuidado de que tu curiosidad no tropiece con secretos que podrían volverse peligrosos, Elena.

—Todos mis amigos me llaman Elli —Ignoró completamente mi amenaza mientras metía con habilidad la última lisa en la tronera de la esquina y enseguida apuntaba a la negra, que estaba perfectamente colocada.

—Yo no soy tu amigo —gruñí. Elena vaciló, aunque solo por una fracción de segundo, pero no pudo ocultar su reacción. Por primera vez desde que empezamos a jugar, mi amenaza tuvo el efecto deseado, aunque no duró mucho.

La mirada de Elena alternaba entre la mesa de billar y yo, luego metió la negra con precisión.

—¡He ganado!

Dios mío, chica, ¿en qué estabas pensando?

Le había dado la oportunidad de perder, ahora su curiosidad la estaba conduciendo a la perdición, si no lo evitaba.

—Me debes una respuesta.

En lugar de alegrarse por su victoria, Elena exigió inmediatamente su tributo. ¡Maldición!

—¿Qué tal si jugamos la revancha? Doble o nada.

Elena ladeó la cabeza, haciendo que sus rizos rubios cayeran sedosamente sobre su hombro. —Suena tentador, pero prefiero descubrir un secreto a la vez. Si no, se pierde la diversión.

Yo no calificaría todo esto como *diversión*, pero entendía a lo que Elena se refería. Me terminé mi cerveza y pensé en qué decirle exactamente a Elena. Por supuesto, cumpliría mi palabra, pero la respuesta a su pregunta era más complicada de lo que ella suponía.

—No estaba preparado para que me tocaras.

Elena arqueó las cejas con curiosidad.

—¿Por qué?

—Ya tienes tu respuesta.

Elena resopló. —¡Pero tu respuesta plantea aún más preguntas!

—Bueno, deberías haber aceptado mi oferta.

—¡Revancha, ahora mismo!

Elena sacó rápidamente las bolas del bolsillo para volver a montar la mesa de billar. Debería haberme ido sin más, pero Elena me tenía cautivado. Además, yo también tenía una pregunta que me quemaba en la punta de la lengua y que me encantaría hacerle. ¿Por qué estaba tan empeñada en conocerme? Había hecho todo lo humanamente posible para deshacerme de ella, rechazándola una y otra vez, pero Elena simplemente no se rendía. ¿Por qué creía que yo valía todo ese esfuerzo?

Puse mi mano sobre las bolas y negué con la cabeza.

—No, si va a haber una revancha, será en una disciplina en la que yo sea mejor.

—¿Y cuál sería esa?

—¿Qué tal es tu ventaja de local en los dardos? —pregunté, mirando hacia la diana en la esquina.

—¡Genial! Mucho mejor que en el billar —respondió Elena tan rápido que ni siquiera necesité mirarla a la cara para detectar su mentira. En otras circunstancias, habría puesto a Elena sobre mis rodillas por intentar mentirme, pero aún podía controlarme y luchar contra ese instinto que crecía con cada segundo.

—¿Realmente crees que es inteligente mentirme? —Mi voz sonaba amenazante y exigente al mismo tiempo, lo que hizo que Elena mirara al suelo con culpabilidad.

—Lo siento. Soy probablemente la peor jugadora de dardos del mundo —se corrigió—. Desde que casi le saqué un ojo a Kevin McSully en la escuela secundaria, no toco los dardos.

Muy bien.

—¿Qué pasa?

—Mmm, no sé. —Elena mordisqueó pensativamente su labio inferior. No tenía idea de cuánto me provocaba su aire inocente.

—¿Tienes miedo de perder? —Sonreí amplia y desafiantemente.

—Por mucho que disfrutaría verte perder por segunda vez, preferiría no arriesgarme a tener que mantenerme alejada de ti.

—Si gano, quiero saber por qué.

Los ojos de Elena se agrandaron.

—Y si yo gano, obtendré una respuesta tuya, una verdadera, no un mensaje críptico y sin sentido que plantee aún más preguntas.

—Vaya, vaya. ¿Mientras yo cedo, tú aumentas tu apuesta?

—¿Acaso tienes miedo de perder? —me provocó con mis propias palabras.

Maldita sea, Elena era una negociadora dura. Tal vez debería haber aumentado mi apuesta de nuevo, pero una pequeña parte sádica en mí quería saber desesperadamente cómo continuaría todo con Elena.

—Trato hecho.

Saqué los dardos de la diana para ofrecérselos a Elena, quien los rechazó con un gesto.

—No, esta vez empiezas tú. Mientras tanto, iré a buscar más bebidas.

Agarró nuestras botellas de cerveza vacías mientras yo me colocaba en posición y hacía girar pensativamente un dardo entre el pulgar y el índice. Mientras tanto, intentaba observar a Elena lo más discretamente posible. Sus rizos rubios rebotaban con cada uno de sus pasos ligeros. Aunque llevaba vaqueros, sombrero de vaquero y botas, Elena parecía tan elegante como una princesa. Sin duda, era la mujer más hermosa de Merryville, ¡qué diablos, de todo Texas!

Cuanto más la miraba, mayor era mi fascinación por Elena. Quería acercarme a ella, quería hacer cosas prohibidas con ella que tal vez incluso le encantarían, pero tenía que mantenerme alejado. Mierda, debería empacar mis cosas e irme, no solo del maldito bar, sino también de Merryville, o la pequeña encantadora de caballos se convertiría en mi perdición. Pero tan pronto como Elena me devolvió la mirada, abandoné la idea de huir, quedando solo la curiosidad de por qué encontraba tan irresistible a la rubia belleza.

—¿A qué esperas? —preguntó Elena expectante.

Desvié mi atención de Elena, que colocaba nuestras botellas de cerveza en una mesa vacía, hacia la diana. Concentrado, lancé un dardo tras otro a la diana.

—¡Cielos, una ronda perfecta! —murmuró Elena incrédula.

—Tu turno —dije con confianza mientras sacaba los dardos de la diana para dárselos a Elena.

Vacilante, tomó los dardos, se colocó en la línea y respiró profundamente.

—Tranquila, Elli —se animó a sí misma—. Respira.

Cuando se puso en posición, pero pisó la línea, la empujé suavemente desde atrás.

—¡Oye! —Me lanzó una mirada ardiente por encima del hombro—. ¡Eso es una distracción desleal!

Maldita sea, era adorable cuando se enojaba así. El fuego en sus ojos arrojaba chispas que iluminaban mis rincones más oscuros.

Di un paso atrás para apaciguarla.

—Está bien, la próxima vez te avisaré después de tu lanzamiento que te has pasado de la línea.

Miró hacia abajo, luego a mí y de nuevo hacia abajo.

—Oh, vaya.

Elena probablemente esperaba que no notara el rubor en sus mejillas, pero lo noté. Mi fascinación por ella era tan grande que percibía cada pestañeo que me dedicaba.

Elena volvió a ponerse en posición, esta vez prestando atención a la línea, antes de que el primer dardo golpeara la pared a un metro del blanco y cayera al suelo. El siguiente dardo lo lanzó con tanta fuerza que incluso se quedó clavado en la pared, justo al lado de la diana.

Arqueé una ceja. —Se necesita mucha fuerza para que un dardo se quede clavado en la pared.

—Ja, ja. —Elena soltó un suspiro frustrado—. ¡Qué vergüenza! No tengo problema en posicionar caballos de toneladas con precisión milimétrica, pero estos pequeños dardos simplemente no van donde quiero.

Decidí darle algunos consejos a Elena antes de que hubiera heridos, porque no había exagerado cuando dijo que era la peor jugadora de dardos del mundo.

—Tienes el brazo demasiado alto.

Elena volvió a ponerse en posición. —¿Así?

—No. —Negué con la cabeza—. Ahora está un poco bajo.

Instintivamente, me coloqué justo detrás de ella, agarré su muñeca y corregí su brazo. Elena me miró sorprendida por encima del hombro.

—¡Mira al frente! —ordené en voz baja. Ella obedeció de inmediato. *Buena chica.*

Solo entonces me di cuenta de lo íntima que era esta posición, cuánto podía sentir del cuerpo de Elena y cuánto calor se generaba entre nosotros. Definitivamente me había excedido, y lo estaba disfrutando más de lo que debería. ¿Tal vez porque podía oír el corazón de Elena latiendo en su garganta?

Maldita sea, ¿qué había entre nosotros que no podíamos separarnos?

—Mantén la muñeca suelta, toma un poco de impulso y concéntrate exactamente en tu objetivo. —Mi voz era ronca y no más que un susurro en sus oídos, pero ella hizo exactamente lo que le ordené. Esta vez, el dardo dio en el blanco con precisión.

—Vaya. —Elena no dijo nada más, pero me miró profundamente a los ojos mientras su aliento me hacía cosquillas en el cuello. Nuestros labios estaban a solo centímetros de distancia, ya podía imaginar lo dulces que sabrían sus labios carnosos.

Su mirada decía *bésame*, toda mi mente gritaba *¡bésala!*, pero no pude. Aclarándome la garganta, retrocedí dos pasos, me froté la barba de tres días para intentar disipar el olor de Elena y luego miré hacia la diana.

—Mucho mejor.

Incluso sin mi ayuda, los dardos de Elena ahora daban en la diana.

—Dame una semana y seré tan buena como tú, Clay.

Escuchar mi nombre de su boca era de alguna manera... agradable.

—Desde luego, no te falta confianza —respondí, evadiendo hábilmente su deseo indirecto de otra cita. Lo nuestro no podía terminar bien.

Esta única noche juntos, y listo.

Era mejor así para ambos. No sé qué buscaba Elena en mí, pero yo no podía dárselo. Fuera lo que fuera que Elena veía en mí, se equivocaba.

—Sip. Confianza, tenacidad y hambre: eso es lo que caracteriza a las mujeres Key.

Elena soltó una risita.

—¿Cuántas hay de tu tipo? —pregunté cuando volvía a ser mi turno.

—En Red Rivers estamos subrepresentadas. Mi hermana, la abuela y yo, para ser exactos. Luego está mamá, que por razones inexplicables nunca tiene hambre ni quiere meterse con los vaqueros, así que realmente no cuenta para las estadísticas. Pero aunque estamos en una desventaja numérica abrumadora, siempre nos hemos impuesto.

Levanté una ceja con curiosidad. El hecho de que Elena no se mordiera la lengua y le gustara provocar formaba parte de mi fascinación por ella.

—¿Y contra quién tienes que imponerte?

—La pregunta es más bien contra quién no. —Elena volvió a reír antes de continuar—. Sophia, mi hermana, y yo tuvimos que imponernos desde pequeñas contra cinco hermanos y tres primos. No fue fácil, pero con la ayuda de la abuela siempre lo conseguimos.

—Ya veo.

—¿Tú también tienes familia?

—Sé exactamente lo que estás intentando —murmuré en tono de advertencia.

—Simplemente no puedo resistirme —susurró Elena antes de dar un sorbo a su cerveza—. Entonces, ¿qué pasa?

—Mis padres viven en Wyoming, cerca del Parque Nacional de Yellowstone.

—No está precisamente a la vuelta de la esquina. Seguro que los echas de menos, yo pienso en mi hermana todos los días desde que se mudó a Nueva York.

—No somos particularmente cercanos.

Ya no. No quería ni pensar en las razones. Es asombroso cómo una sola maldita decisión había cambiado mi vida tan fundamentalmente.

—¿Piensas quedarte más tiempo? —Elena se había dado cuenta por sí misma de que sus preguntas me incomodaban y dirigió la conversación en otra dirección, mientras yo seguía aumentando mi ventaja.

—Tal vez.

—Esa no es una respuesta.

—Sí, es solo que no te gusta.

Elena puso las manos en sus caderas. —Algunos secretos son sexys, pero no hay que exagerar.

—¿Así que me encuentras sexy?

Mi pregunta directa hizo que se sonrojara.

—No cuando hay que sacarte las palabras con sacacorchos.

—¿Quieres que te cuente un secreto?

Cuando Elena asintió, me incliné hacia ella de manera cómplice hasta que mis labios rozaron su lóbulo.

—Me encuentras sexy incluso cuando no te cuento nada sobre mí.

Elena jadeó.

—¡No es cierto!

—¿Entonces soy repulsivo?

Sabía que debería dejar estos juegos, pero Elena era adorable cuando estaba tan avergonzada y sin palabras, pues era obvio que no ocurría a menudo que a Elena Key le faltaran las palabras.

—¡Sí! —soltó de repente—. Es decir, no. Quiero decir... Ah, olvídalo. —Suspirando, se rindió y me puso los dardos en la mano—. Es tu turno.

—¿Quieres oír otro secreto? La vergüenza te sienta bastante bien —dije sonriendo, sin esperar una respuesta.

—Esos no son los secretos que me gustaría oír —resopló Elena.

—Bueno, tendrás que conformarte con eso, Elena.

—Elli —me corrigió una vez más.

—Me quedaré con Elena.

—Bien, como quieras —desistió Elena.

Terminamos la última ronda en silencio. Esta vez yo había ganado por mucho, aunque Elena mejoraba con cada lanzamiento.

—¿Doble o nada? —intentó Elena convencerme con una sonrisa para jugar otra partida.

—No, solo tengo una pregunta.

—¿Ah, sí?

—Sí.

Tomé mi botella de cerveza medio vacía y di un trago, lo que hizo que Elena casi estallara de curiosidad.

—¿Por qué eres tan persistente?

—Genética. Un brindis por los genes Key. —Elena levantó su botella hacia mí.

Sonriendo, negué con la cabeza. —No. ¿Por qué eres tan persistente aunque te he dicho claramente —más de una vez— que deberías mantenerte alejada de mí?

—Te contestaré eso en otra ocasión, una mujer también necesita sus secretos.

—Elena, no juegues conmigo.

Ella suspiró suavemente, casi de manera sensual, y luego me miró profundamente a los ojos.

—No ocurre a menudo que aparezca aquí un hombre extraño y misterioso que me fascine. Esta atracción entre nosotros…

—Es imaginación —interrumpí a Elena antes de que pudiera decir algo que nos precipitara a ambos a un abismo del que no habría escapatoria. Demonios, sí, la atracción entre nosotros era innegable, pero yo era una fuerza de la naturaleza, demasiado impredecible para un ser delicado como Elena. Había ido demasiado lejos, debería haberme ido cuando aún tenía la oportunidad, porque cuanto más tiempo pasaba con Elena, cuanto más me embriagaba su aroma a flor de manzano, más difícil se hacía separarme de ella.

—Realmente deberías mantenerte alejada de mí.

—Soy una chica grande, puedo cuidarme sola.

Lentamente, fui empujando a Elena hacia atrás hasta que su espalda tocó la pared.

—Hablo en serio. No sé por qué, pero apenas puedo contenerme en tu presencia, y no puedo garantizar nada si no terminamos esto ahora mismo.

—¿Por qué? —Su voz no era más que un susurro—. ¿Qué secreto te hace tan peligroso?

—*Yo* soy el peligro.

Mi dominancia, mi instinto protector, mi deseo de sumisión, ese era mi mundo oscuro y sin matices, donde todo yacía en sombras gris oscuro. Algo así no era para niñas pequeñas, especialmente si se mostraban tan seguras de sí mismas como Elena. La atracción entre nosotros, tan claramente visible para todo el mundo, parecía ser solo una broma cósmica, nada más.

Elena respiraba audiblemente, mientras su pecho se elevaba y descendía tembloroso. Por un momento, consideré poner todas mis cartas sobre la mesa para que huyera por su propia voluntad, pero en sus ojos brilló la curiosidad, lo cual no era una buena señal.

Maldición.

Capítulo 3 – Elli

Clay me había acorralado contra la pared sin esfuerzo, ¡no era de extrañar, era enorme! Sus anchos hombros me mantenían justo donde él quería. ¿Podía Clay oír lo fuerte que latía mi corazón en ese momento? Sus ojos marrones se oscurecían cada vez más, con cada advertencia que pronunciaba, su voz se parecía más al gruñido de un lobo hambriento, y yo sabía que debería tener miedo, pero no lo tenía. Al contrario, cuanto más veía de este lado sombrío, más quería sumergirme en la oscuridad.

Cielos, ¿qué me pasaba? ¿Por qué me había acercado a Clay cuando lo vi en el *Tucker's Bar*? La pregunta era fácil de responder, simplemente me atraía como un imán. La pregunta mucho más difícil era por qué Clay hacía eso. ¿Era realmente solo por sus secretos, y la atracción disminuiría una vez que supiera más sobre él? Una sola mirada a sus ojos bastó para descartar ese pensamiento.

Nop, ni de broma.

Ya sabía que Clay se volvería aún más atractivo cuanto más supiera de él.

—¿Me estás escuchando siquiera, Elena?

Dios, odiaba cuando alguien me llamaba por mi nombre completo, pero con la voz áspera de Clay, mi nombre adquiría un tono oscuro que definitivamente me gustaba.

Asentí porque no sabía qué más decir. Me había dejado sin palabras.

—No deberías tomar mis advertencias a la ligera. No soy tu amigo ni un maldito vaquero provinciano de peluche, ¿entendido?

—Entendido.

En realidad, Clay no necesitaba explicarme que tenía una naturaleza dominante, porque toda su postura corporal, sus miradas y la forma en que me hablaba hablaban por sí mismas. Normalmente odiaba tener que discutir para dejar clara mi posición, pero con Clay todo mi cuerpo hormigueaba, y anhelaba más de eso.

Más discusiones.

Más hormigueo.

¡Más Clay!

—Entonces, ¿qué debes hacer?

—Mantenerme alejada de ti. —En realidad, quería decirle que eso no era lo que yo quería, pero él puso su dedo índice sobre mis labios y me hizo callar.

—Buena chica.

Su dedo me tocó más tiempo del necesario. ¿Por qué Clay exigía que me mantuviera alejada de él cuando su cuerpo enviaba un mensaje completamente diferente?

—Créeme, no quieres que te haga las cosas que quiero hacerte.

¡Sí, eso era exactamente lo que quería! Contra toda razón, no quería nada más que entregarme completamente a Clay.

Clay se aclaró la garganta, luego retrocedió dos pasos, pero su aroma masculino permaneció. Nunca en mi vida había tenido que lidiar con tal caos de pensamientos y sentimientos como en este momento.

—¿Realmente quieres que me mantenga alejada de ti? —pregunté. Al mismo tiempo, esperaba que hiciera lo contrario de mantenerme alejada, que me atrajera hacia él y me besara.

—¡Maldita sea, sí! Mantente tan lejos de mí como sea posible.

Auch. No sabía qué dolía más; que me rechazara fríamente o el hecho de que se mintiera a sí mismo.

Mi orgullo herido se aferró a la chispa de ira naciente como si fuera un salvavidas, pero ¿qué más podía hacer? Nunca había conocido a alguien como Clay Kennedy. ¡Fuerte, dominante y un gran imbécil que ni siquiera sabía lo que quería! No necesitaba algo así.

—Bien, por mí, hagamos como si no nos conociéramos y como si estas conversaciones nunca hubieran sucedido. —Me esforcé por sonar lo más indiferente posible, pero fracasé.

—¿En serio? —Clay parecía sorprendido. ¿Esperaba más resistencia o incluso lo deseaba? ¿Podría haber atravesado su dura coraza con más tenacidad?

—Sip, en serio.

Asintiendo, Clay dejó su cerveza. —Bien.

—Bien.

Absolutamente nada estaba *bien*, además estaba confundida, enojada y demasiado frustrada para expresar mis sentimientos con claridad. Todo lo que sabía era que me resultaba difícil descifrar las intenciones de Clay, porque cuanto más me alejaba de él, más atractivo se volvía.

Cuando me di la vuelta, noté a June, que acababa de entrar en el bar y miraba con curiosidad en mi dirección. John la seguía, junto con un grupo que conocía de vista. Juntos se dirigieron al bar, mientras June me examinaba críticamente y señalaba repetidamente a Clay.

Sí, es tu leyenda del rodeo. ¡Y también es un idiota estúpido!

Me habría encantado agarrarla, arrastrarla a casa y convocar una sesión de crisis de nivel medio con mi reserva de Ben&Jerry's, pero en su lugar solo le saludé con la mano.

Si esta realmente iba a ser la última conversación con Clay Kennedy, ¡no debería terminar con un *bien*, sino con un estruendo cuyo sonido aún se pudiera escuchar en diez años!

—¿Sabes qué, Clay? —dije, girándome con tanto ímpetu que mis rizos se agitaron en todas direcciones—. Eres un completo idiota. Un idiota enorme y condenadamente atractivo, si me preguntas. Desde el primer segundo me has tratado injustamente, y lo sabes. Tal vez deberías pensar por una vez en las personas que envías al desierto en contra de tu mejor juicio. ¿Y quieres saber qué haré en el desierto? Beber. Mucho, de verdad, pero eso puede no importarte, soy solo una de las muchas que has echado. —Resoplé audiblemente.

—No me es indiferente, pero tengo mis razones.

—¡Entonces habla de ello! —le exigí.

La vacilación de Clay era una clara señal de que no hablaría de ello, así que me di la vuelta sacudiendo la cabeza. Agarré a June, que venía hacia mí, por la muñeca y la arrastré al otro extremo del bar para poder poner la mayor distancia posible entre Clay y yo. Sus miradas atravesaban mi espalda. Me costó toda mi fuerza no mirar por encima de mi hombro hacia él. Estaba enojada, y él se merecía completamente mi ira.

—¡Elli! ¿Por qué no me presentaste a Clay Kennedy? —June me miró con reproche, pero cuando se dio cuenta de lo confundida que estaba, su expresión se suavizó.

—Porque es un completo idiota, por eso no. —Resoplé fuertemente.

—Parece que realmente no tengo que estar celoso —se burló John detrás de mí y me dio un toque en el hombro con una botella de cerveza.

—¡John! —La mirada acusadora de June volvió, pero solo alcanzó a John, quien se disculpó murmurando—. ¿Qué ha pasado? Quiero oír cada detalle.

—¿Por dónde empiezo?

—Toma un buen trago. —June me puso su cóctel sin alcohol en la mano—. Y luego nos cuentas todo desde el principio.

—Qué va —descartó mi hermano—. Sáltate la parte aburrida y ve directo al punto por el que os habéis peleado.

Aunque reprendí a mi hermano con una mirada seria, no se lo tomé a mal, pues era su manera de decirme que todo no era tan grave.

—Hubo chispas entre nosotros desde el primer segundo —respondí sin pensarlo mucho. El aire entre Clay y yo había estado bastante cargado, incluso ahora que estábamos distanciados, sentía cómo saltaban las chispas.

—¿Ah, sí? —June esperaba curiosa a que continuara.

—Estaba viendo uno de los caballos para la *Wild Horse Competition*, y es posible que haya menospreciado un poco la experiencia de Clay con los broncos.

Mi hermano se echó a reír, mientras June me miraba boquiabierta.

—Oh, Elli. ¿Cómo pudo pasarte eso?

—No sabía quién estaba frente a mí. Además, estaba diciendo tonterías. ¡El Número Siete definitivamente no es un caballo de rodeo!

—¿Número Siete? —preguntó mi hermano.

—Mi favorito para la competencia —expliqué brevemente, antes de volver a los temas importantes—. En fin, seguimos provocándonos hasta que de repente y sin previo aviso, me dijo que me mantuviera alejada de él.

—Pero no lo hiciste —constataron John y June al mismo tiempo.

—¿Qué puedo decir? No puedo evitar ser como soy. Vi que estaba aquí y quise aclarar lo que fuera que hubiera pasado.

—¿Y entonces qué pasó?

—Jugamos al billar, luego a los dardos. Y mientras tanto, me dijo cien veces que me mantuviera alejada de él.

—¿Cien veces? —Mi hermano frunció el ceño—. ¿No estás exagerando un poco?

—Ya te he dicho fantastillones de veces que nunca exagero. —El sarcasmo en mi voz era inconfundible—. En fin, me dejó muy, muy claro que no era una buena compañía para mí, mientras nos acercábamos cada vez más. Hay esta sensación que no puedo explicar exactamente.

—¿Hambre? —preguntó mi hermano sonriendo.

Sin hacer caso a John, June examinó al motivo de esta reunión de crisis.

—Es una lástima, lo había juzgado de manera muy diferente. ¡Y esos brazos!

—¿June? ¿Necesitamos una reunión de crisis externa ahora mismo?

Sus mejillas se sonrojaron ligeramente. No tenía idea de qué significaba exactamente *reunión de crisis externa*, pero a juzgar por sus miradas, se trataba de cosas que era mejor que no supiera.

—Ay John, en realidad quería decir que esos fuertes brazos de Clay encajarían perfectamente alrededor de los hombros de Elli.

—Eres un encanto. Y tienes toda la razón, Clay Kennedy puede ser un imbécil, pero es condenadamente sexy. ¡Esa barba de tres días, los hombros anchos y todos esos músculos! Realmente es una lástima que no sea apto para el matrimonio.

Mi hermano levantó los brazos. —Vale, aquí me retiro.

Cielos, incluso ahora, mientras me quejaba de Clay para desahogar mi ira, al mismo tiempo suspiraba por él. Algo en mi cabeza estaba funcionando terriblemente mal.

—No, quédate tranquilo —dije, sujetando a mi hermano por el hombro—. El suspiro ha terminado y pasamos sin problemas a la bebida por frustración.

—¿Bebida por frustración? —June me miró con preocupación.

—Tampoco diría que *no* a una hamburguesa, pero aquí solo hay burritos de microondas y cerveza. No se puede tener todo, y me temo que este es un problema que ni siquiera el pastel de manzana de Sue puede resolver.

Vaya. No me había compadecido tanto de mí misma desde el instituto, ni siquiera cuando Sophia se mudó a Nueva York porque allí había encontrado su felicidad, y yo me quedé sola en Red Rivers con mis hermanos rebosantes de testosterona.

—Ahora sí que me preocupo de verdad. —La cara de June lo decía todo.

—Mejor finge que he contado un chiste, tan gracioso que Clay lamentará no estar divirtiéndose tanto como nosotros.

Miradas desconcertadas.

—Ese tipo realmente te ha afectado. —John se arremangó—. ¿Quieres que hable con él y le enseñe lo que pasa cuando se mete con mi hermanita?

—¡Por el amor de Dios, no! —exclamé horrorizada, aunque amaba a mi hermano por preocuparse por mí—. Ahora simplemente divirtámonos un poco y olvidemos este estúpido incidente, ¿de acuerdo?

—¡De acuerdo! Aunque realmente me parece una lástima que Clay Kennedy no sea como parecía entonces, tan sencillo y amable —respondió June.

John le hizo un gesto a Tucker, quien inmediatamente sacó otra cerveza de detrás de la barra y la colocó en el mostrador. Mi hermano levantó su botella de cerveza para brindar. —Como dice el refrán: nunca conozcas a tus héroes.

—Muy cierto, muy cierto, hermanito. —Tomé la cerveza llena del mostrador—. Salud.

—¿Por qué brindamos? —preguntó June.

Sostuve mi cerveza llena frente a mí.

—Por los héroes que siempre seguirán siendo nuestros héroes porque nunca los conoceremos.

—Y por los héroes que simplemente no son unos imbéciles —añadió mi hermano.

—Por nuestros héroes. Salud.

Aunque me costó un esfuerzo extremo, logré no darme la vuelta. Con cada cerveza, mi fuerza de voluntad disminuía. Al mismo tiempo, el alcohol avivaba mi ira hacia Clay.

¡Me había tratado de manera tan injusta sin razón alguna! Vale, esta tarde había insultado a la leyenda del rodeo llamándolo idiota ignorante que no sabía nada de rodeos, pero aun así, eso no era motivo para tratarme así. Primero Clay Kennedy me había enganchado, solo para luego someterme brutalmente a una abstinencia forzada.

Cielos, había despertado anhelos en mí cuya existencia desconocía, ¿cómo podía dejarme sola con ellos? Yo creía que ahora tenía la obligación de encargarse de esos anhelos. Clay había convocado espíritus que ya no podía alejar tan fácilmente, de eso estaba segura.

Con cada cerveza que bebía, me relajaba más y podía ver la situación, aunque borrosa, con mucha más distancia. Además, June y mi hermano eran geniales para levantar mi ánimo. Junto con algunos otros vaqueros, celebramos tan efusivamente como era posible en Merryville. En realidad, esta gente era competencia, pero fuera de la arena, el ambiente era bastante fraternal, como era costumbre en el campo. Sobre todo en los calurosos meses de verano, los habitantes tenían que mantenerse unidos, ya que los incendios y la escasez de agua nos ponían a prueba casi cada año.

Conocía a la mayoría de los vaqueros porque eran de la zona, todos excepto un joven tipo que me sonreía ampliamente.

—Elli, este es Chad, es el sobrino de Bill y está de visita por unas semanas —me presentó John al desconocido. Dos desconocidos en un día era un nuevo récord.

—Hola, Chad.

—Encantado de conocerte, Elli.

Para saludarlo, le extendí la mano, que él, contrario a mis expectativas, no estrechó, sino que se inclinó para besarla.

Sorprendida, retiré mi mano y la sacudí como si quisiera deshacerme de gotas de agua.

—Eh, igualmente, pero no hace falta besar la mano, estamos en el campo.

La situación me resultaba más que incómoda, aunque mi respuesta provocó risas generales.

No pasó mucho tiempo antes de que nuestro gran grupo se dividiera en grupos más pequeños, donde se hablaba de los temas habituales como chismes, el calor y dónde tendrían lugar las próximas competiciones del programa.

June contaba emocionada lo bien que había ido su espectáculo de hoy, mientras Tucker, el dueño del bar detrás de la barra, intervenía una y otra vez para decir lo brillante que había sido la actuación.

El tiempo pasó volando, y me convencí a mí misma de que ya había olvidado a Clay, aunque ni yo misma creía mi mentira. Por eso, intenté concentrarme más en las conversaciones que se llevaban a cabo a mi izquierda y derecha, mientras me ponía cómoda en un alto taburete de bar.

—No sabía que Merryville tenía tales bellezas —dijo Chad y dejó su cerveza junto a mí en la barra.

—¿Hablas de los caballos?

¡Por favor, habla de los caballos! ¡O de las vacas! ¡O de cualquier otra persona que no sea yo!

—¡Hablo de ti!

—Oh. ¿Gracias? —Balbuceé porque no sabía cómo deshacerme de Chad. Parecía agradable, de verdad, pero no era mi tipo. Además, Clay seguía aquí, ¡y yo no quería de ninguna manera que sacara conclusiones equivocadas!

Chad intentaba una y otra vez enredarme en una conversación, y yo me sentía como una anguila resbaladiza, esquivando constantemente sus preguntas.

¿Podía el día empeorar? Probablemente no.

Resignada, me entregué al alcohol y me metí en las conversaciones a mi izquierda y derecha, solo para ganar algo de distancia de Chad, quien con ninguna de mis respuestas, de leves a moderadas, entendía que no estaba interesada en coquetear.

El ambiente era animado, hasta que Chad cometió su mayor error al mencionar el tema de los *mejores tiempos*.

June y yo suspiramos audiblemente, algunos hombres a nuestro alrededor gruñeron, uno incluso pidió un whisky doble. Quien conocía a John, intentaba nunca mencionar este tema cerca de él, porque siempre terminaba en relatos nostálgicos que la mayoría de los clientes habituales podían recitar de memoria.

—Hablando de mejores tiempos —comenzó John, antes de hacer una pausa significativa.

—No deberías haber hecho eso —dije, anunciando así el viaje de John al pasado. Era curioso cómo el alcohol hacía que mis palabras se pronunciaran como si tuviera una esponja empapada en la boca. Nunca había bebido tanto como hoy. Normalmente me limitaba a una cerveza o a una gota de la salsa de whisky y caramelo en el legendario panqueque blindado de Sue.

—June y yo seguimos manteniendo el mejor tiempo de seis coma setenta y tres segundos. ¡Y eso sin entrenamiento y con un caballo que le tenía miedo a las vacas!

—Fénix hace mucho que no le tiene miedo a las vacas —intervine con voz seca. Había sido mucho trabajo, pero había valido la pena, porque ahora Fénix era un excelente caballo de corte que ganaba premios una y otra vez.

John siguió recordando los detalles de dicha competición, en la que habían logrado un tiempo récord aún imbatido en el team roping. Pero lo realmente significativo de esa competición fue que besó a June por primera vez delante de todos.

—Una historia realmente hermosa, John. Me gusta recordar ese día —dijo June sonriendo y frenó a John con un largo beso, que fue comentado por todos lados con silbidos y gritos.

—Por June, John y más récords —brindé, y todos los demás se unieron.

Cuando uno de los vaqueros quiso invitar a la siguiente ronda, June negó con la cabeza.

—No, gracias, Bill. Por ahora nos retiramos.

Horrorizada, me deslicé del taburete que había cogido de la barra.

—¿Qué? ¿Ya?

—Sí. Mañana tengo que terminar una de las cabañas.

Resoplé frustrada mientras mi hermano pagaba su cuenta, repartía algunas palmadas en los hombros por aquí y por allá y luego se dirigía hacia la salida. June y yo lo seguimos. —June, tus cabañas siempre están perfectas. Además, un poco de polvo forma parte del encanto rural. Después de este día, necesito un par de tragos más.

June, que en Nueva York era una reconocida decoradora de interiores, había cumplido aquí su sueño de tener un rancho de vacaciones, que estaba justo detrás de Red Rivers y atraía constantemente a huéspedes de todo el mundo.

—¿Podría ser que prefieras pasar tu noche libre de bebé con el bebé? —pregunté.

June me sonrió disculpándose. —Es tan pequeña todavía, Elli. ¡Y no tienes idea de lo rápido que crecerá Callie! Hoy tiene deditos diminutos y sonríe todo el día, ¿y mañana? ¡Mañana será una adolescente y pasado mañana se irá de casa!

—Parece que a alguien se le están alborotando las hormonas, ¿eh?

—Tal vez un poquito —respondió John, que estaba de pie junto a nosotras sonriendo.

—Ya entiendo.

John me dio una palmada en el hombro.

—¿Quieres que te llevemos?

—No. Creo que me quedaré aquí un rato más para distraerme.

—¿Y cómo vas a volver a casa? Definitivamente no vas a conducir en ese estado.

Sí, apenas podía hablar coherentemente, y mucho menos caminar en línea recta, ¡pero eso no significaba que fuera a ser imprudente!

—¡Por supuesto que no voy a ponerme al volante en este estado!

A primera vista, vi a dos docenas de conocidos y a mi primo Ty, que sin duda podrían llevarme a casa sana y salva.

—Estaré bien, alguien me llevará.

En el improbable caso de que nadie tuviera tiempo, siempre podía dormir en mi camioneta. Si apartaba las mantas de montar que llevaban meses ahí tiradas, tendría más que suficiente espacio en mi pick-up.

—Confío en que no harás nada imprudente, hermanita.

John me dio un abrazo rápido, pero el de June fue mucho más largo, ya que ella había asumido el *puesto de hermana mayor sustituta* de Sophia ¡y estaba haciendo un trabajo excelente!

—Y nada más de alcohol, ¿de acuerdo? Definitivamente has tenido suficiente por hoy —me advirtió mi hermano una última vez.

—Vale, nada más de alcohol —respondí poniendo los ojos en blanco.

—Sensato. —John me guiñó un ojo, luego tomó la mano de June y desaparecieron del bar.

Suspirando, volví a la barra con pasos rápidos y cortos, porque creía que mi cuerpo en estado de ebriedad funcionaba como andar en bicicleta: si iba demasiado despacio, me caería. Mientras tanto, el grupo de lazo se había dispersado por todo el bar.

Me apoyé en la barra y esperé a que Tucker, cuya mirada estaba pegada a la repetición del *Campeonato de Monta de Toros*, me notara.

—¿Algún deseo, Elli?

—Sorpréndeme —respondí con una risita y le deslicé un billete de cinco dólares.

Mientras esperaba mi bebida, me sorprendí observando a los jinetes de toros en la televisión. Desde que Clay se había instalado en mi cabeza, veía el rodeo con otros ojos. Ya no solo veía bestias salvajes, sementales con fuego en los ojos o toros con cuernos enormes, de repente veía a los hombres fuertes que los domaban y el coraje de lanzarse al peligro.

Tucker colocó un vaso lleno frente a mí que parecía sospechosamente una Coca-Cola. Una pequeña prueba confirmó mi sospecha.

—Vale, la Coca-Cola es realmente sorprendente. ¿Qué tal si le echas un poco de whisky?

Tucker negó con la cabeza sonriendo. —Tu hermano dijo que ya has tenido suficiente, y creo que tiene razón.

—¡Ah, ¿qué sabréis vosotros?! —refunfuñé y di un sorbo malhumorada a mi Coca-Cola.

—Puedo decirte con certeza que mañana te despertarás con una resaca monumental —respondió Tucker riendo. Arrojó el trapo a cuadros rojos con el que acababa de limpiar la superficie de la barra sobre su hombro izquierdo y volvió a concentrarse en el rodeo.

Una mano que tocó mi cintura me sobresaltó.

—Aquí estás otra vez —me saludó Chad de manera más amistosa de lo que me hubiera gustado. Ya no parecía estar del todo sobrio.

—Hola —respondí irritada y aparté sus manos de mi cuerpo.

¿Por qué no me había ido a casa con June y John?

Oh, sí. Por Clay...

Había pasado toda la noche esperando encontrar el valor para hablarle una vez más. O que él recuperara la razón y se disculpara conmigo. Bueno, ninguna de las dos cosas había funcionado como yo quería, tendría que vivir con eso. Probablemente Clay ya estaba... donde sea que viviera, porque lo había perdido de vista hacía un buen rato.

Ojos que no ven, corazón que no siente. Eso era todo lo que yo significaba para él.

Me terminé mi Coca-Cola y coloqué el vaso con precisión a dos palmos del posavasos.

—¿Sabes qué, Tucker? Creo que tienes razón, he tenido suficiente.

—De acuerdo —dijo Tucker y me guiñó un ojo.

Luego me dirigí a Chad. —Necesito tomar un poco de aire fresco. Ha sido un placer, Chad, nos vemos en algún momento.

O tal vez no.

Sin esperar la respuesta de Chad y sin sentirme culpable por ello, salí del bar. Chad era un tipo atractivo, y el bar estaba lleno de vaqueras solteras que solo esperaban que un chico de la gran ciudad las sacara de la idílica vida rural.

El aire fresco de la noche me golpeó, y tuve la sensación de poder pensar con claridad de nuevo. Ya sabía que Tucker tenía razón. Me esperaba el dolor de cabeza del siglo. Me apoyé en la pared de madera, enterré mi cara entre las manos y suspiré ruidosamente.

—Simplemente hoy no es mi día.

Si tuviera que describir el día de hoy con una palabra, sería *fracaso-total-incluyendo-caos-emocional*.

El repique de las campanas de la iglesia anunció la medianoche, y antes del último tañido, decidí que *mañana* soplaría un viento diferente.

Nada de autocompasión ni drama emocional. El asunto con Clay era oficialmente cosa del pasado, y quería manejar las cosas como siempre lo hacía cuando un caballo me tiraba. Me sacudía el polvo de los vaqueros y volvía a montar.

Sí, un buen plan. Ahora solo tenía que esperar a que uno de mis primos, o alguien más de confianza que conociera, saliera del bar y me llevara a Red Rivers. Merryville era tan pintoresco que conocía a casi todos en el *Bar de Tucker*, así que las probabilidades eran altas de que la próxima persona que saliera por la puerta pudiera llevarme a casa.

Pero cuando se abrió la puerta del bar, fue Chad quien escudriñó la terraza antes de descubrirme y acercarse a mí con paso tambaleante pero decidido.

—Elli, ¡pensé que te habías ido!

—¿Qué pasa ahora? —pregunté.

—Me gustaría pasar más tiempo contigo.

Mierda, justo lo que temía.

Todo este drama no habría ocurrido si simplemente hubiera ido al *Diner de Sue* como había planeado, para aliviar mi pena con una hamburguesa especial y un batido de chocolate con jarabe de avellana extra.

—Escucha, Chad, eres realmente agradable.

—Pero ahora viene el *pero*, ¿verdad? No me has dado la impresión de que estuvieras comprometida.

—No, no estoy comprometida. Pero aun así no soy lo que estás buscando.

—¿Cómo sabes lo que busco?

Incliné la cabeza. —Es evidente.

Chad sonrió. —Gracias. ¿Y cómo sabes que no eres lo que busco?

—Simplemente es así —respondí brevemente. No quería discutir—. Si quieres, puedo presentarte a otras chicas que seguramente estarían encantadas de conocerte.

La sonrisa desapareció. —Pero yo quiero conocerte a ti. —Se acercó más a mí. La pared en la que me apoyaba me impedía retroceder. Sus miradas lo decían todo, y eso me asustaba de alguna manera.

—Es tarde y ambos estamos borrachos. Deberíamos parar antes de hacer algo de lo que podamos arrepentirnos —hice un último intento de apelar a su razón. Pero esta parecía estar corriendo desnuda por las colinas de Millfield, que se extendían detrás de Merryville en dirección a Houston, junto con sus buenos modales.

—Sé que no me arrepentiré de nada.

—¡Oye, esto no se trata solo de ti, ¿vale?! ¡Y ahora déjame en paz!

Mi intento de empujar a Chad fracasó miserablemente. Era más robusto de lo que parecía. Al mismo tiempo, mi cuerpo, en estado de ebriedad, solo ejecutaba mis órdenes de manera aproximada, lo que hizo que Chad simplemente diera un paso más. Podía oler su aliento alcohólico, y sus labios se acercaban cada vez más.

—¡Chad, estás borracho! —grité más fuerte—. ¡Lo digo en serio, para ya!

—Solo un beso, entonces te darás cuenta de que no hay nada de qué arrepentirse.

—¿Te has vuelto completamente loco? ¡Aléjate de mí!

Sus inhibiciones estaban por los suelos, mientras que mi pulso se disparaba a niveles de tres dígitos. ¿Qué debía hacer? ¿Gritar fuerte, aunque era improbable que alguien en el bar pudiera oírme? ¿Golpear a Chad y esperar que me dejara en paz?

¡Definitivamente este no era para nada mi día!

Capítulo 4 – Clay

Me pasé toda la noche en el rincón más alejado del bar con una cerveza y el último número del *Eastside Country Motorcycle Club*. Sabía que debía mantenerme alejado de Elena, pero no podía evitarlo, era como un maldito sabueso que había captado el rastro y no terminaría la cacería hasta atrapar a su presa.

No podía sacar a Elena de mi cabeza, y al parecer yo tampoco salía de la suya, porque durante toda la noche lanzaba miradas furtivas hacia la mesa de billar donde habíamos estado la última vez. A medida que avanzaba la noche, Elena se emborrachaba más, tal como me había amenazado. Elena pensaba que yo la había presionado, pero no era cierto, ¡era ella quien me presionaba a mí!

Cada maldita vez que ese tipo, cuya cara no me gustaba nada, se acercaba un poco más a Elena, quería levantarme y dejarle claro que Elena no le pertenecía. Con un último esfuerzo, reprimí ese impulso, porque yo tampoco era bueno para ella.

Por supuesto, para algunos yo era Clay Kennedy, la leyenda del rodeo, pero lenta y constantemente me estaba convirtiendo más bien en un mito, lo cual me venía bien, porque no quería que me recordaran mi pasado bajo ninguna circunstancia.

Estos sentimientos contradictorios que luchaban por el dominio en mi interior me estaban volviendo loco. Por un lado, quería poseer a Elena, por otro, quería mantenerla lo más lejos posible de mí. Cuanto más se acercaba ese tipo a Elena, más grandes se hacían mis celos, aunque Elena no daba muestras de querer estar tan cerca de él como él de ella.

¡Maldita sea! Ya no es asunto mío. Elena ya no es asunto mío.

Con los puños apretados, me aparté de Elena y salí del *Tuckers Bar*. Tenía que salir para refrescarme antes de que la situación se descontrolara. No tenía derecho a reclamar a Elena para mí después de haberla alejado, aunque mi orgullo me dijera lo contrario.

Abrí la puerta del copiloto de mi coche, que estaba aparcado en el lado opuesto del bar, y saqué una cajetilla de *Black Smokers* medio llena de la guantera. No era frecuente que me encendiera un cigarrillo, pero hoy era definitivamente una buena razón para fumarme toda la maldita cajetilla. ¿De qué otra manera iba a desahogarme antes de conducir a casa? En este estado, definitivamente era un peligro para todos los usuarios de la carretera.

El humo de la primera calada me raspó la garganta como cuchillas de afeitar sin filo, pero poco después se produjo el típico efecto calmante de la nicotina que tanto necesitaba.

Observé cómo el humo del cigarrillo empañaba el aire nocturno. Merryville estaba tan aislado que incluso en el centro podía ver el cielo estrellado.

¿Cuándo fue la última vez que vi las estrellas? En Dallas, gracias a las farolas, siempre era de día. Esa era una de las razones por las que había dado la espalda a la gran ciudad, las grandes ciudades nunca dormían, pero aun así había pesadillas y sombras.

Me apoyé en mi camioneta y giré el cigarrillo entre el pulgar y el índice durante tanto tiempo que el filtro quedó casi inservible. Al mismo tiempo, miraba sombríamente hacia el *Tuckers Bar*, cuya puerta se abrió de golpe.

Elena salió tambaleándose, se detuvo un momento y luego se apoyó contra la pared. Suspiró tan fuerte que pude oírla desde el otro lado de la calle; evidentemente, no me había visto detrás de mi coche.

Pobre niña.

Me pregunté si habría conseguido hacerle entender a Elena de una manera más tranquila y menos brutal que yo no era una buena opción. Era todo lo contrario, aparte de que todavía no había salido del último montón de escombros, realmente no podía permitirme un segundo.

La puerta se abrió por segunda vez, esta vez salió el tipo que había estado pegado a Elena todo el tiempo. No tenía ni idea de quién era, no lo conocía, pero realmente no me caía bien.

Estaban hablando, pero yo estaba demasiado lejos para entender los detalles. La voz de Elena se hacía cada vez más fuerte mientras disminuía la distancia entre ellos.

Algo no iba bien.

—¿Te has vuelto loco? ¡Aléjate de mí! —gritó Elena, su voz temblaba de miedo.

Vale, eso era suficiente. Tiré el cigarrillo al suelo, lo pisé y me puse en marcha con determinación. Fuera lo que fuera lo que estaba haciendo el tipo, estaba asustando a Elena, y eso no podía permitirlo. Permití que mi instinto protector tomara el control de mi cuerpo.

—Oye, ¿estás sordo o por qué no escuchas? —Mis palabras sonaron como un trueno profundo. Aun así, no se movió. El tipo ni siquiera se molestó en mirar por encima del hombro para ver quién le estaba reprendiendo.

No me provoques más, podría ser tu perdición.

Antes de que el tipo pudiera hacer algo estúpido, lo agarré por el hombro y lo aparté dos pasos de Elena, que me miraba con los ojos muy abiertos.

—¿No has oído? ¡Tienes que largarte! —Esta vez el tipo me miró a los ojos. Era una cabeza más bajo que yo y sus hombros eran ridículamente estrechos, pero el alcohol le proporcionaba mucha sobreestimación.

—Lárgate tú, esto no es asunto tuyo, ¿entiendes?

—¡Déjalo, chico! —le advertí, pero ignoró mi aviso y se dispuso a golpear—. Muy bien, pero no digas que no te lo advertí.

Esquivé sin problemas el puño que volaba hacia mí como a cámara lenta, y luego lancé un contraataque que lo hizo caer de rodillas entre gemidos.

Por supuesto, tenía ganas de darle una buena paliza a este idiota, pero cuando vi la expresión de Elena, tan asustada y confundida, su seguridad se convirtió en mi máxima prioridad.

—Consigue algo frío en el bar o ve a dormir la mona en algún lado, ¡lo importante es que te largues de una vez! —ordené una vez más.

El matón murmuró algo, pero luego se levantó y abrió la puerta del bar, de donde me llegó una avalancha de voces, música y calor.

—¿Estás bien? —le pregunté a Elena, mientras me masajeaba los nudillos doloridos. Hacía mucho tiempo que no me dolían los huesos.

Elena no dijo nada, solo me miraba con la boca abierta.

—¿Elena?

Me acerqué a ella y la examiné de arriba a abajo para asegurarme de que no le faltara nada.

—¿Qué haces aquí? —preguntó. Su pronunciación era arrastrada, y una ligera nota de whisky se mezclaba con su aroma a flor de manzano.

—Por lo que parece, te he salvado.

—¿Y qué esperas ahora de mí? ¿Que te vea como mi príncipe de dorada armadura y que con eso todo quede perdonado y olvidado?

Su voz temblaba, pero esta vez no de miedo, sino de ira.

Mierda, realmente la había afectado más de lo que pretendía.

—Elena, te aseguro que no soy ningún maldito príncipe de cuento. Si esto fuera un cuento, yo sería el tipo que secuestra a la princesa en una torre oscura. Un cuento sin final feliz, al menos no en ese sentido.

—Cierto —respondió Elena asintiendo—. ¡Eres un imbécil!

—Un simple *gracias por tu ayuda* habría sido suficiente —gruñí.

—¿Quieres que te dé las gracias? ¿Por qué? ¿Por alejarme de ti dos veces, pero seguir apareciendo? ¿O por casi besarme —lo que quieres, eso lo sabemos ambos— solo para dejarme plantada bajo la lluvia? ¿Por acercarte tanto a mí hace un rato, aunque afirmas que odias el contacto físico?

Suspirando, me froté la barba incipiente.

—No odio el contacto físico, solo tu contacto.

Elena hizo una mueca amarga. —Genial, gracias. ¿Se supone que eso debe animarme?

Me apreté el puente de la nariz. —No quise decir eso.

—¿Entonces qué? Porque es difícil malinterpretarlo.

—Me confunde lo que tu contacto provoca en mí —intenté explicar, pero fracasé. Nunca he sido bueno en temas sentimentales.

—¿Tú estás confundido? No, yo estoy confundida, Clay. ¡Totalmente confundida! Tengo la sensación de que me alejas de ti, aunque anhelas lo contrario. ¿Por qué haces eso?

Mi mirada desesperada se reflejaba en sus ojos inquisitivos.

—Simplemente es así.

Me había cerrado para no tener que enfrentar mis sentimientos. Si me hubiera abierto ahora, existía la posibilidad de que perdiera el control y fracasaran mis propósitos de mantener las manos alejadas de Elena.

—Vamos, Clay. Eso no es justo.

—La vida nunca lo es.

—Supongo que no en tu visión del mundo —dijo Elena desafiante, cruzando los brazos—. Si me disculpas, estoy ocupada tratando de evitarte para que mi contacto no te confunda más.

Hizo ademán de volver al bar, pero me interpuse en su camino.

—Ni hablar, estás borracha, no estás en tus cabales, y ahí dentro hay un tipo con el ojo morado y el orgullo herido que no nos tendrá mucho aprecio en los próximos días. Te llevo a casa. Punto. —No era una petición, sino una afirmación. Una afirmación que incluso hizo callar a Elena. Al menos por un momento.

—De acuerdo, como quieras. Pero no tenemos nada más que decirnos. —Hizo una pausa significativa—. Punto.

Admito que me sorprendió un poco que Elena estuviera de acuerdo, pues esperaba firmemente más resistencia.

Elena se tambaleaba tan peligrosamente una y otra vez que tuve que sostenerla mientras caminaba. Paradójicamente, disfrutaba y odiaba su cercanía por igual. No, eso no era correcto, solo odiaba el hecho de que lo disfrutara tanto.

Elena tomó aire para decir algo —a juzgar por su expresión, algo desafiante— pero una mirada seria bastó para que se callara.

Llevaba el corazón en la lengua, y por lo que había llegado a conocerla, no era por el alcohol, simplemente era su forma de ser. ¿Cuántos problemas le habría causado esto? Elena me había llamado idiota e imbécil en un solo día, algo que nunca me había pasado en toda mi vida.

La ayudé a subir al coche y me incliné hacia adelante para abrocharle el cinturón de seguridad; nuestros labios quedaron peligrosamente cerca. De nuevo saltaron esas chispas entre nosotros que encendían algo en mí que no podía describir, y por cómo Elena se mordía el labio inferior expectante, el mismo fuego ardía también en ella.

Con un último esfuerzo me aparté, cerré la puerta del coche y volví a subir por el lado del conductor. Antes de arrancar el motor, miré a Elena expectante.

—Aprecio mucho tu voto de silencio autoimpuesto, pero tienes que decirme a dónde debo ir, solo llevo una semana aquí.

—A Red Rivers. Sigue por la *Main Street* hacia el sur hasta que salgamos del pueblo, y luego mantente a la izquierda.

No me dirigió ni una mirada, lo que me frustró más de lo que quería admitir.

—De acuerdo.

Recorrimos todo el camino fuera de Merryville en silencio, luego encendí la radio. Un segundo después, Elena la apagó.

—Tú eres el responsable de este silencio, así que tienes que vivir con las consecuencias.

Maldita sea, quería poner a Elena sobre mis rodillas y darle unas nalgadas por su insolencia, pero me limité a sonreír. Sonreí tanto tiempo que Elena tuvo que notarlo, pues esperaba ver más de su lado rebelde, aunque eso provocara que saliera a la luz mi lado dominante.

—¡Esto no es gracioso! —me espetó.

—¿No? ¿Entonces por qué estoy sonriendo?

Elena resopló mientras conducíamos en la oscuridad. Fuera de los pueblos no había alumbrado público, solo el cielo estrellado y las luces del coche que atraían insectos y polillas. Entonces Elena me miró inquisitivamente.

—¿Tú también sientes que hay algo entre nosotros, verdad? No me lo estoy imaginando.

La pregunta me pilló completamente desprevenido.

—No, no te lo estás imaginando. —Sí, quería mantenerla a distancia, a veces era un imbécil y quizás también un idiota, pero no era un mentiroso—. Pero eso no cambia el hecho de que no soy una buena compañía para ti.

—¿Por qué no? Me has protegido antes.

—Puede ser.

—Y ahora también me estás protegiendo al llevarme a casa.

Falso. Ahora mismo soy el mayor peligro para ti.

Giré hacia la entrada de Red Rivers. Las luces de mi camioneta asustaron a algunos caballos que pastaban en el cercado, haciéndolos trotar lejos.

—Llevarte a casa es algo completamente diferente.

—No lo es en absoluto, solo te lo dices a ti mismo para reforzar tus teorías, que por cierto son muy débiles.

Frené en seco, el coche patinó sobre la grava levantando una nube de polvo, luego miré a Elena profundamente a los ojos.

—No tienes ni idea de lo que pasa dentro de mí.

—No, no la tengo, ¡ese es el problema! Dime qué pasa dentro de ti, Clay.

—No puedo.

—Bien, entonces te diré lo que pasa dentro de mí.

Por favor, no.

Sabía exactamente lo que pasaba dentro de Elena, pero si lo decía en voz alta, no podía garantizar que pudiera contenerme. Sin mencionar que estaba borracha. No podía estar segura de si lo que sentía en ese momento era lo mismo que sentiría mañana.

—Lo que hay entre nosotros es tan intenso que me faltan las palabras. —Extendió su mano hacia mi rostro—. Se siente como si estuviera ardiendo y solo tus besos pudieran apagar el fuego.

—No tienes ni idea de lo que estás hablando.

—Sí la tengo, y ambos sabemos que tú sientes lo mismo.

—Estás borracha, Elena.

—Pero eso no cambia el hecho de que las cosas son como son.

—Sí, lo cambia todo.

—¡Bésame, Clay!

—No tienes ni idea de cuánto quiero besarte —murmuré y me incliné un poco hacia ella. Con la yema de mi pulgar acaricié su barbilla, guiando su cabeza más cerca de mí—. En toda mi vida no ha habido nada que haya deseado más que este beso.

—¡Entonces bésame de una vez! —suplicó Elena. Se inclinó aún más hacia mí, hasta que nuestros labios casi se tocaron. Por un momento, me entregué al deseo que ardía en ambos, pero la nota ahumada de whisky que enturbiaba el aroma floral de Elena me recordó que Elena estaba indefensa ante mí, por lo que me aparté.

—No ahora, no cuando estás borracha. No tienes ni idea de en qué te estás metiendo conmigo si me das lo que quiero.

—Pero yo también lo quiero. De hecho, soy yo quien está pidiendo el beso.

A un solo beso le seguirían cientos de besos salvajes, y a esos les seguirían cosas para las que Elena estaba demasiado borracha.

No era un hombre que se aprovechara de tales situaciones, aunque Elena me lo estaba poniendo condenadamente difícil. Las miradas de deseo que me lanzaba me estaban volviendo medio loco. Maldiciendo interiormente, aparté mi mirada de Elena y miré obstinadamente hacia la carretera. Aclarándome la garganta, puse la marcha y aceleré.

—Me faltan las palabras —suspiró Elena, sacudiendo la cabeza—. ¿Me vas a dejar plantada por tercera vez?

—No, te he puesto a salvo de la tormenta que inevitablemente se avecina.

—Y tú eres la tormenta.

—Lo has captado —respondí seriamente.

¿Era Elena consciente de lo acertadamente que me había descrito? Deseaba poder rellenar el abismo dentro de mí, enterrar así mi pasado y entregarme al deseo por Elena, pero la razón en mí no veía forma de conseguir tanta grava como mi abismo necesitaba.

Quedaban solo unos cientos de metros hasta los edificios. Tenía que aguantar.

—¿Qué pasaría si mañana mis sentimientos siguen siendo los mismos? —preguntó Elena.

—No lo serán —respondí con pesimismo y seriedad—. De hecho, las probabilidades son bastante altas de que mañana no quieras intercambiar ni una sola palabra más conmigo.

Elena se encogió de hombros. —Podría ser. Con tantas veces que me has dado de cabezazos, debería tener un trauma craneoencefálico moderado.

Antes de que Elena continuara hablando, supe que seguiría un *pero*. ¡Maldita sea!

—Pero no puedo simplemente ignorar esta chispa entre nosotros, por mucho que tú lo desees.

—Oh, Elena, no tienes ni idea de en qué te quieres meter —dije.

—¡Explícamelo! —exigió.

—No. No hablo de estas cosas.

—Guardas tantos secretos, no te haría daño compartir uno o dos conmigo.

Había compasión en su voz, lo que casi me tentó a aceptar su oferta, pero luego recapacité. En su estado, ebria y llena de deseo, Elena vendería su alma al diablo sin pestañear. Obstinada como era, no aceptó mi silencio como respuesta.

—¿Has roto muchos corazones de esta manera? —En su pregunta se percibía miedo.

—No. —Le lancé una mirada breve y seria para dejar claro que decía la verdad, luego volví a concentrarme en la carretera.

Elena era la única a quien alejaba tan desesperadamente de mí, porque era la única que me atraía de manera tan extrema.

—¿Qué te he hecho para que me odies tanto?

Maldita sea, quería abrazar y consolar a Elena, había tanta desesperación en su voz.

—No te odio, Elena. —De hecho, era el ser más encantador que jamás había visto—. Pero soy complicado. Toda mi vida es complicada, y eso no va a cambiar pronto.

—Vale, puede que tu vida sea complicada, o tal vez sea muy simple y tú la estés complicando.

—Lo dudo mucho —respondí secamente.

—Como sea, si tu vida es demasiado complicada para mí, esa debería ser mi decisión, no la tuya.

—Ya llegamos —dije frenando el coche, sin responder a sus palabras.

—¿Nos volveremos a ver? —Elena me miró expectante.

—No lo sé —contesté, fingiendo observar las casas de la granja que me importaban un bledo, solo tenía ojos para Elena. Por el rabillo del ojo, vi lo decepcionada que estaba por mi respuesta.

—Créeme, es mejor así —añadí—. Las chicas como tú deberían mantenerse alejadas de hombres como yo.

Su expresión cambió de decepcionada a furiosa.

—Muy bien, como quieras. Eres el idiota más grande que he conocido jamás, Clay Kennedy, ¡y creo que tienes razón, deberías mantenerte alejado de mí si no puedes estar cerca! ¡Mi corazón solo puede soportar un número limitado de patadas, y tú peleas muy, muy por debajo del cinturón! Aunque no creo que tus secretos justifiquen nada de lo que me estás haciendo, está bien, has ganado, ¡estoy desilusionada de una vez por todas y me mantendré alejada de ti!

Furiosa, Elena salió del coche, me lanzó una última mirada enojada y cerró la puerta del pasajero con tanta fuerza que todo el vehículo tembló.

¡Qué declaración tan clara! En realidad, era exactamente lo que quería oír, solo había un problema: no me gustaba nada escucharlo. *¡Maldita sea!*

Capítulo 5 – Elli

Tal como Tucker había pronosticado anoche, mi cabeza retumbaba con fuerza, como si alguien estuviera trabajando en mi cráneo con un martillo neumático. Estaba sentada sola en la mesa del comedor puesta por la abuela, revolviendo sin ganas la leche en mi café. La mitad de los Keys aún dormía, la otra mitad ya estaba trabajando. En realidad, era una mañana completamente normal, excepto por una cosa: era la primera vez en años que no tenía hambre. Suspirando, me froté las sienes y gemí cuando mis gafas de sol se deslizaron, permitiendo que un rayo de sol matutino quemara mi retina, o al menos así se sentía. Aunque estaba algo preparada contra la sensibilidad a la luz, no lo estaba contra todos los ruidos que atravesaban mis oídos zumbantes y me golpeaban.

Me había armado contra la sensibilidad a la luz con gafas de sol, pero no tenía protección contra los ruidos que atravesaban mis oídos zumbantes.

—¡Buenos días, cariño! —gritó mi abuela tan fuerte que me sobresalté como una niña pequeña atrapada haciendo algo prohibido.

—Buenos días, abuela —refunfuñé—. ¿No ibas a cosechar cerezas ya?

—Es cierto, iba a hacerlo, pero estoy esperando a John, que debería haber estado aquí hace media hora. No tengo idea de qué estará haciendo otra vez. —La abuela agitó las manos en el aire como si quisiera espantar una mosca—. Ah, no importa. Al menos tengo tiempo para prepararte mi desayuno anti-resaca a la Granny Key.

—Nunca había oído hablar de eso —respondí.

—Por supuesto que no, nunca lo habías necesitado. Recuerdo exactamente cuando mi abuela me sirvió el desayuno para la resaca por primera vez, tenía dieciséis años.

—¿Dieciséis? —pregunté sorprendida. Sí, mi abuela tenía una lengua suelta, que sin duda había heredado de ella, pero que se hubiera pasado tanto de la raya en aquel entonces era nuevo para mí.

—No me mires como si nunca hubieras robado algo de mi bodega, Elli. —La abuela me dio un codazo en el costado. Gemí mientras sostenía mi dolorida cabeza.

—Pero yo *nunca* he robado nada de tu bodega —respondí seriamente—. ¿Tú robaste de la bodega de tu abuela?

La abuela se inclinó hacia adelante en tono conspirativo. —A tu madre no le gusta que cuente cosas de mi fase rebelde.

—¿Te refieres a la que tienes desde que naciste? —Logré esbozar una sonrisa, aunque mi cuerpo era un centro de dolor.

—Exactamente esa. —La abuela me guiñó un ojo—. En fin, robé una botella del licor casero de la abuela May y me la bebí de un tirón junto con tu abuelo.

—Vaya. ¿Se metieron en problemas?

—¡Diablos, sí! Pero solo después de que el desayuno de la abuela nos pusiera de nuevo en pie. Justo como te pondrá a ti en forma ahora mismo.

Me dio una palmadita en el muslo y me miró alentadoramente. Al mismo tiempo, John entró en la cocina, mirándome con una sonrisa burlona.

—¿Lista para el trabajo?

—¿Otra vez impuntual? —respondí mordazmente, mientras me frotaba las sienes palpitantes.

—No es mi culpa, June se demoró —respondió John y agarró uno de los famosos pasteles de cereza de la abuela que estaban sobre la mesa.

—Estaré lista en un momento, John, pero primero tengo que desaparecer en la cocina por un rato.

La abuela le dio una palmadita en el hombro a John, luego desapareció en la despensa.

—Ah, ¿tu famoso desayuno anti-resaca?

—¿Tú sabes de eso? —Fruncí el ceño sorprendida, aunque no debería extrañarme. Mi hermano había pasado por una fase bastante difícil cuando June dejó Merryville en aquel entonces.

—¿Es una broma? —preguntó John riendo.

—¿Por qué crees que he seguido practicando todos estos años? —gritó la abuela. El constante traqueteo de latas y el tintineo de vasos mostraban cómo la abuela arrasaba como una tormenta por la habitación. Pero ni el tintineo ni el traqueteo me volvían tan loca como el masticar de John.

—¿Alguien te ha dicho alguna vez que masticas muy fuerte? —le pregunté a John. Mi hermano se apoyaba despreocupadamente contra la pared y masticaba el pastel como si fueran dos docenas de chicles.

—¿Alguien te ha dicho alguna vez que no toleras nada el alcohol? —respondió John sonriendo, antes de dar otro gran mordisco. Lo maldije por poder comer con tanto gusto mi pastel pegajoso y dulce favorito, mientras que a mí solo la vista me daba náuseas.

—Con veintitrés años soy lo suficientemente mayor como para pasarme de la raya de vez en cuando, ¿de acuerdo?

—Si tú lo dices. —Mi hermano sonrió ampliamente.

—Lo estás disfrutando, ¿verdad?

—¿Qué? ¿Crees que me gusta ver a mi hermanita impertinente tan callada?

¡Vale, lo estaba disfrutando más de lo que le correspondía como mi hermano favorito!

—¿Es tu venganza por haberme burlado de ti ayer?

Mi hermano frunció el ceño, su expresión traviesa permaneció.

—¿No es irónico que tengas dolor de cabeza hoy por el tipo que —supuestamente— me revolvió el estómago en tus bromas?

Enterré mi cara entre mis manos.

—Por favor, mátame.

—Qué va, hermanita. Una aspirina, el desayuno de la abuela y un poco de trabajo en el establo te pondrán de pie otra vez. Esperemos.

—¿Esperemos? —La abuela sacó la cabeza de la despensa, sorprendida—. ¿John? ¿Acaso dudas de mi desayuno?

—No. —Dio otro mordisco al pastel de cereza—. Pero hoy llega el caballo salvaje de Elli, sería una lástima si tuviera que pasar todo el día durmiendo.

—Ah —. Eso fue suficiente para la abuela, quien desapareció de nuevo detrás de la cortina que separaba la despensa del resto de la habitación. Mi reacción fue más evidente. Resoplando ruidosamente, apoyé la frente sobre la mesa.

—¡Oh Dios, me había olvidado completamente de la *Wild Horse Competition*!

Las probabilidades de que en cualquier momento llegara un coche con remolque para entregar mi nuevo caballo eran altas. Tan altas que me sentí aún más enferma.

—Bueno, deberías haber pensado en los caballos salvajes en lugar de en Clay Kennedy.

—Es más fácil decirlo que hacerlo.

—Por cierto, ¿quién te trajo a casa? —preguntó John cruzando los brazos—. Pensé que había sido Ty, pero él dijo que te habías ido antes que él.

En realidad, había planeado volver a casa con mi primo después de haberlo visto en el bar, pero el destino tenía otros planes.

—Fue ese apuesto joven que compró el *Oakland-Ranch* —dijo la abuela mientras regresaba cargada de la despensa.

—¿Te diste cuenta? —pregunté irritada.

—¿Quién no? Tu intento de entrar a hurtadillas no fue muy sutil, cariño.

Oh, recordaba vagamente haber cerrado con fuerza la puerta del coche de Clay para expresar aún más mi enojo, ¡pero se lo merecía!

—Lo siento —murmuré.

La abuela equilibraba en sus brazos, además de algunos frascos de conservas y huevos, un enorme trozo de carne seca mientras entraba a la cocina.

—Entonces, ¿quién era el apuesto joven al volante? —repitió la abuela su pregunta.

—Eso también me gustaría saber —. Mi hermano me miró con avidez de chismes.

—Clay —murmuré tan bajo que nadie lo entendió. Pero esperaba que con eso el tema quedara zanjado.

—¿He oído bien, Clay Kennedy te trajo a casa? —A mi hermano se le cayó la mandíbula.

—Buenos días. ¿Acabo de escuchar el nombre de Clay Kennedy? —preguntó June con curiosidad, entrando a la cocina detrás de mí. En sus brazos estaba Callie, quien chilló alegremente al vernos.

—No, has oído mal —canté más fuerte de lo que era bueno para mis sensibles oídos.

—Vaya, vaya. Así que el atractivo hombre que trajo a Elli a casa se llama Clay Kennedy —exclamó mi abuela desde la cocina.

—¿Clay Kennedy te trajo a casa?

June agarró una cafetera y me observó durante tanto tiempo que su café casi se derramó de la taza, mientras yo deseaba que me tragara la tierra.

—¿Quizás queráis gritarlo un poco más fuerte o ponerlo en las vallas publicitarias de *Main Street*? ¿Qué tal una entrevista en la radio para que realmente todos se enteren? —pregunté con sarcasmo.

June se sentó a mi lado y dio un sorbo a su taza de café rebosante.

—Tengo la sensación de que nos perdimos bastantes cosas después de irnos.

—Esa es mi señal, esperaré afuera —dijo John, llevándose dos pasteles de cereza mientras salía y mordiendo uno con deleite.

June le lanzó a John una mirada breve pero seria, que él respondió con un guiño antes de desaparecer por la puerta.

—¡Cuenta de una vez! —me exigió June, acercando su silla más a mí.

—Bueno —empecé, luego miré hacia la cocina. Pequeñas volutas de humo con olor a tocino se dirigían hacia nosotras. No es que tuviera secretos con mi abuela, pero primero tenía que aclararme yo misma qué era eso entre Clay y yo antes de que se corriera la voz—. Clay me trajo a casa, ¡y fue aún más idiota que antes!

—Oh, lo siento mucho por ti, Elli —. June puso su mano sobre la mía en señal de consuelo.

—Bah, no hace falta. Después de todo, era tu héroe.

June alzó una ceja. —Créeme, tus miradas eran inequívocas. Si dices lo contrario, estás mintiendo. Y casualmente sé que una Key nunca miente.

—Me has pillado —. Suspiré audiblemente.

—Por cierto, Clay te observaba con las mismas miradas, siempre que tú no estabas mirando.

Mi corazón dio un brinco. —¿En serio?

—Sí —respondió June seriamente, alimentando así mis esperanzas, que inmediatamente fueron aplastadas por la realidad. Las palabras de Clay me alcanzaron y chamuscaron mis alas.

—¿Entonces por qué no quiso besarme?

—¿Le preguntaste? —dijo June. En realidad, su pregunta era retórica, pero cuando me mordí el labio, su sonrisa desapareció—. ¿Le preguntaste si quería besarte?

Sí, yo llevaba el corazón en la lengua y tenía una opinión clara sobre casi todo, pero en cuestiones de hombres y relaciones era más reservada de lo habitual para una Key.

—Sí. Varias veces, pero no quiso porque *supuestamente* yo estaba demasiado borracha.

—¡Estabas bastante borracha! —objetó June.

—¡¿Y qué?! —desestimé—. ¿Quién no quiere besar esta cara bonita?

Con los dedos índices recorrí los contornos de mi cabeza, lo que hizo reír a June.

—Para mí, suena más bien como si Clay hubiera sido un caballero anoche. Te llevó a casa sana y salva en tu estado de embriaguez y se aseguró de que no hicieras nada de lo que podrías arrepentirte después, porque tus sentimientos estaban confusos por el alcohol.

No, yo sabía exactamente lo que quería, y mi opinión no había cambiado. De hecho, el alcohol había hecho que mi ardiente deseo por Clay ardiera aún más intensamente.

Por otro lado, tenía que admitir a regañadientes que tanto June como Clay podrían tener un poquito de razón.

—Vale, me rindo. ¡Por ahora!

Como si fuera una señal, la abuela salió de la cocina, balanceando con un gesto exagerado un plato enorme que colocó satisfecha sobre la mesa.

—Si te lo comes todo, te sentirás mejor en un abrir y cerrar de ojos.

Eché una mirada crítica al plato, sin respirar. El mero olor de la comida me provocaba acidez.

—Uf, abuela, ¿estás segura de que no me voy a sentir peor después de esto?

—Esta receta ha curado a todos los Key de sus resacas durante más de cuatro generaciones, así que sí, ¡estoy segura!

Con mi tenedor, pinché un poco de tocino del borde. El primer bocado fue terrible, demasiado salado e intenso, pero confié en el remedio de la abuela y en que a veces la medicina sabe amarga, así que tomé otro bocado.

Y, de hecho, después de probar un poco de carne seca y frijoles, mis náuseas disminuyeron.

—No puedo creer que realmente funcione —dije asombrada.

—Nadie lo cree la primera vez. —La abuela me dio una palmada en el hombro, sonriendo satisfecha—. Además, tienes que beber mucho, si no, el dolor de cabeza persistirá.

—Lo haré, lo prometo.

—Bien, bien. Tengo que irme ahora, o John se marchará sin mí —se despidió la abuela. Al menos lo intentó, pero cuando le hizo cosquillas en la barriga a Callie, le costó apartarse de esos grandes ojos azules con los que la bebé de June cautivaba a todos.

—Que te diviertas, abuela —respondí.

—Hasta luego, Mary.

—June, ¿estarás aquí más tarde para ayudarme con la mermelada, verdad?

—Claro, cuando quieras. Solo tengo que llevar a nuestra nueva huésped al rancho de vacaciones, luego tendré tiempo para ti.

—¡Estupendo! Y mantén un ojo en Elli, asegúrate de que beba suficiente, ¿de acuerdo?

Incliné la cabeza. —Abuela, soy lo suficientemente mayor para saber que debo escucharte.

—¿Ah, sí? Entonces deberías invitar a cenar uno de estos días a ese apuesto Clay Kennedy.

Resoplando, me arrepentí de mis palabras. —¡Abuela!

Ella soltó una carcajada y luego desapareció por la puerta, despidiéndose con la mano.

—Tu abuela es realmente única —comentó June sonriendo.

—Sí. —Tomé otro bocado de mi cura para la resaca—. Cambiando de tema: ¿Tú y John no iban a tomarse unas vacaciones de su rancho durante el festival de verano, por todas las actuaciones?

El rancho de vacaciones que June y mi hermano habían establecido hace un tiempo funcionaba de maravilla y estaba casi siempre completo, por suerte, ya que necesitábamos los ingresos para sobrellevar los períodos de sequía que habían azotado a medio Texas en los últimos años. Pero durante el festival de verano, June y John se concentraban completamente en su carrera de lazo en equipo, en la que ganaban importantes premios una y otra vez. Además, June se aseguraba de tener siempre suficiente tiempo para Callie, que era tan dulce que en Red Rivers nos peleábamos por hacer de niñeras.

—En realidad sí, pero de alguna manera me dio lástima la mujer que había buscado sin éxito en un radio de cien millas.

—Bueno, los festivales de verano de Merryville son legendarios. O al menos un poco regionalmente legendarios. ¿Tu huésped viene también por eso?

—No, es por algo familiar. No quise indagar más, pero seguro que es algo picante, ya que se ha instalado por todo un mes. Puede desayunar con nosotros, de todo lo demás quiere encargarse ella misma.

—Eso es muy amable de tu parte.

En lugar de disfrutar del silencio que se había instalado lentamente, June decidió seguir atormentándome con sus preguntas.

—¿Qué va a pasar con Clay?

—¿Hmm? —Fingí no haber entendido su pregunta.

—¿Cuáles son tus próximos pasos? ¿Vas a acercarte a él? ¿Esperas a que él dé el primer paso?

—Nada de eso.

—¿Entonces qué?

—Nada.

—¿Nada? ¿Simplemente nada?

—Sí, absolutamente nada. Él dijo que no deberíamos vernos más, y yo estuve completamente de acuerdo. Fin. Punto. Se acabó. Terminado.

—Vaya, son tantos cierres que creo que aún no se ha decidido nada.

Antes de que pudiéramos continuar nuestra conversación, oímos un suave trueno afuera que se hacía cada vez más fuerte. Cuando miré por la ventana, vi una camioneta bajando por el camino de entrada, arrastrando una enorme nube de polvo y un remolque tambaleante.

—¡Tu caballo para la competición *Wild Horse* está aquí! —gritó June emocionada y se puso de pie de un salto.

—Yuju —dije, con algo menos de euforia. La comida de la abuela realmente había ayudado, pero todavía estaba a kilómetros de distancia del viejo estado de ánimo de *Elli-siempre-está-de-buen-humor*, que pensé que nunca perdería.

Capítulo 6 – Clay

Respirando pesadamente, arranqué otro poste de madera podrida del suelo y lo lancé junto a los demás en el remolque ya cargado. Por supuesto, a primera vista había notado que la mitad de todas las cercas necesitaban ser reemplazadas, pero solo en una segunda mirada quedó claro que la otra mitad también estaba completamente corroída por el clima, el viento y los gusanos de la madera. Aun así, no me quejaba, porque el trabajo físico era exactamente lo que necesitaba hoy, al igual que los últimos días.

Tres días, para ser exactos. Habían pasado tres malditos días desde que Elena Key se había colado en mis pensamientos y desde entonces se había aferrado allí. No era de extrañar, la chica era tenaz, pero yo tenía que mantenerme fuerte. Si me debilitaba, tarde o temprano solo llevaría a problemas. Lo que yo quería, lo que realmente necesitaba de una mujer, Elena nunca podría dármelo, por mucho que lo deseara, pero mis preferencias chocaban con su carácter. Qué lástima. O tal vez era mi suerte, porque acababa de dejar atrás mi pasado, y no estaba ni de lejos preparado para cometer el mismo error por segunda vez.

Un momento, mis pensamientos tenían dos errores. El primer error era claramente referirme a Elena como un error, porque ella era perfecta, y el error número dos era arrastrar a Elena a mi pasado, ella no se merecía algo así.

Al menos Elena cumplía su palabra y no buscaba hablar conmigo, seguramente ya sabía dónde vivía, porque en pueblos pequeños como Merryville nada permanecía en privado por mucho tiempo. Al mismo tiempo, la mayoría de las noticias se difundían lentamente por los vecindarios, y aún menos salía de la región, perfecto para hombres como yo.

Cuando lancé el último poste, al menos de este pasto, al remolque, vi a lo lejos a alguien bajando por el camino de entrada hacia la casa. No esperaba a nadie, tampoco reconocí el coche gris, pero la sensación de malestar en mi estómago anunciaba problemas.

En realidad, podría haber esperado aquí hasta que el visitante no anunciado se fuera, pero mis pies me llevaron, encendidos por una chispa de curiosidad, hacia el lado del conductor de mi coche. Abrí la puerta, agarré los prismáticos del compartimento lateral y observé más de cerca el coche, cuya pintura había visto mejores días y comenzaba a descascararse.

No sé si debería alegrarme de que al volante del coche hubiera un hombre, aunque esperaba que fuera Elena. Tal vez era el tipo que iba a traerme un rebaño de ganado al final de la semana, que había comprado, o uno de mis vecinos hasta ahora desconocidos que necesitaban algo.

Me subí al coche y conduje con interés hacia la casa principal, que el visitante rodeó completamente una vez hasta que llegué. Cuando me bajé, caminó decididamente hacia mí. Desde lejos no lo había reconocido, pero ahora que estaba frente a mí, lo recordé. Era el hombre que había estado con Elena en el *Tuckers Bar*. Su expresión era seriamente profesional, el tipo no dejaba ver sus cartas.

—¿Clay Kennedy? —preguntó con voz firme.

—¿Quién quiere saberlo? —respondí con otra pregunta.

—John Key.

Nos dimos la mano. El hombre con el apretón de manos firme era entonces el hermano de Elena. John era tan alto como yo, y sus hombros eran casi tan anchos como los míos.

—¿Qué te trae por aquí? —indagué, al mismo tiempo me preguntaba qué le habría contado Elena sobre mí.

—Somos prácticamente vecinos.

—¿Ah, sí?

—Sí. El Rancho Oakland limita en algunos puntos con la propiedad Farley, que ahora también pertenece a Red Rivers, aunque nadie lo llame así.

—Interesante.

Me preguntaba qué quería John Key aquí, porque su cara seria dejaba claro que esto no era una presentación vecinal. ¿Se trataba de Elena? Demonios, por supuesto que se trataba de Elena, ¿por qué otro motivo aparecería su hermano en mi casa?

John observó las muchas obras en construcción que avanzaban lentamente, ya fuera porque me faltaban ayudantes o materiales para continuar trabajando.

—Hay mucho por hacer, ¿eh?

—Se podría decir que sí. ¿Puedo ayudarte en algo?

John asintió varias veces mientras se frotaba la barbilla, buscando las palabras adecuadas.

—Sí, de hecho, hay algo que necesito discutir contigo.

Mierda, eso no sonaba nada bien, porque tales conversaciones entre hombres normalmente terminaban en una pelea.

—Se trata de mi hermana, Elli.

Joder. Esto definitivamente termina en una pelea. Levanté las cejas.

—¿Qué pasa con Elena?

—Odia que la llamen así.

—Lo sé —respondí, apenas pudiendo ocultar mi sonrisa. Las miradas de Elena cuando la llamaba por su nombre real eran deliciosas. Sin mencionar que me gustaba su nombre. ¿Sabría Elena tan delicada en mi lengua como sonaba su nombre?

—En fin, se trata de mi hermana pequeña.

La conversación se dirigía hacia una dirección que no me gustaba. John no sabía bien cómo empezar la conversación, yo, por otro lado, me preparaba para todo, incluso para que el hermano mayor de Elena me golpeara en la cara con su puño.

—Adelante, soy todo oídos.

—Elena ha estado bastante malhumorada los últimos días, y esperaba que pudieras cambiar eso.

—No —respondí más rápido de lo que a John le hubiera gustado—. Lo dije alto y claro, Elena debe mantenerse malditamente alejada de mí, y eso no va a cambiar solo porque te envíe a ti.

—Elena no sabe que estoy aquí.

Parecía sincero, pero eso no cambiaba el hecho de que no podría contenerme una vez que hubiera probado a Elena.

—¡Eso no cambia nada! Lo nuestro nunca podría funcionar, simplemente no es posible —gruñí.

Aunque a John no le gustó mi respuesta, se mantuvo más calmado de lo esperado.

—Está bien, escucha. Lo que sea que haya pasado entre tú y Elena no es asunto mío, pero eso no importa ahora, ella te necesita.

Crucé los brazos sobre el pecho. —¿Para qué?

—Se trata de la *Wild Horse Competition*, en la que ella participa. Necesita un experto.

La conversación había dado un giro de ciento ochenta grados cuya dirección me gustaba tan poco, o quizás incluso menos. Para dar más distancia a la conversación, me puse los guantes y me dediqué a las tablas de madera rotas que tenía que trasladar una por una del carro a un gran remolque.

—Ya no soy un experto —dije mientras caminaba. John ni siquiera preguntó, simplemente se puso a ayudar.

—¿Por qué tanta modestia? Casi entras en el *Salón de la Fama*, aún podrías hacerlo fácilmente.

—Eso fue hace mucho tiempo.

—Te diste cuenta mucho antes que Elli de que su caballo salvaje era un verdadero bronco.

Me detuve. —¿Elena me da la razón?

John pateó un trozo de madera a un lado. —Está dudando de sí misma y de sus habilidades, algo que nunca le había pasado antes.

Como evitó responder a mi pregunta, supe que Elena no había admitido nada.

—No soy el adecuado para este trabajo.

—Eres el único que puede ayudarla.

Furioso, lancé la tabla de madera al remolque con tanta fuerza que se astilló por el impacto.

—¡Elena no quiere verme, maldita sea!

—No tienes ni idea —respondió John—. Ven a Red Rivers y habla con ella. Si después de eso aún quiere que te vayas, te dejaré en paz.

Odiaba que alguien me hiciera exigencias. Aparte de eso, el hermano de Elena no tenía idea de los problemas en los que estaba metiendo a su hermana. Como ya no podía contenerme más, agarré a

John por el cuello y lo acerqué a mí. Sí, había sido una estupidez, John era casi tan corpulento como yo y parecía que podía dar buenos golpes, pero me daba igual, mi ira tenía que ir a algún lado.

—¡Maldita sea, ¿todos ustedes son tan condenadamente molestos?

John podría haber golpeado, pero solo levantó las manos en señal de apaciguamiento, esperando a que me calmara y finalmente lo empujara lejos de mí, antes de que se me ocurrieran ideas tontas y desahogara mi frustración en una pelea.

—Si la competición fracasa, se permitirá el sacrificio del resto de caballos salvajes, y eso le rompería el corazón a Elli.

Bueno, si se involucraba conmigo, Elena corría el riesgo de que yo le destrozara el corazón. Me quedé en silencio.

—Te haré una oferta —me propuso John en un tono conciliador.

Con curiosidad, crucé los brazos sobre el pecho y esperé a que John me presentara su propuesta.

—Hablas brevemente con Elli sobre su caballo salvaje y, a cambio, te enviaré a algunos de nuestros ayudantes para poner en orden el rancho Oakland, ¿de acuerdo?

Después de pensarlo un momento, acepté, porque podía usar toda la ayuda que pudiera conseguir. Encontrar nuevos trabajadores agrícolas durante el pleno verano era condenadamente difícil, ya que había mucho trabajo mientras la demanda superaba la oferta.

—Bien, de acuerdo, echaré otro vistazo al caballo.

John me dio una palmada agradecida en el hombro, sin saber que había dejado entrar al diablo en su casa, aunque solo quería lo mejor para su hermana pequeña.

Sabía que debía reprimir mi curiosidad, pero esta pregunta me quemaba la lengua desde mi primer encuentro con Elena.

—¿Elena siempre es tan impulsiva?

Por la reacción de John, supe inmediatamente lo que iba a decir.

—Eso lo heredó Elli de su abuela.

—Ya veo.

—Aunque debo admitir que Elli nunca antes se había emborrachado.

—¿En serio?

Cuanto más aprendía sobre ella, más sorprendido me quedaba.

John se rió suavemente. —No, por mucho que Elli a veces tenga una gran boca, en realidad es bastante sensata.

Yo tenía mis dudas al respecto. Agarramos los últimos postes de madera deteriorados y, después de terminar el trabajo, saqué dos cervezas frías de la nevera portátil de mi camioneta. Le pasé una a John, que aceptó agradecido la bebida fría.

—Salud. —Era algo así como una oferta de paz.

—Elena te asará si tu plan sale mal, lo sabes, ¿verdad? —pregunté, esperando así saber más de ella.

—Y a ti también, si sigues llamándola Elena.

Sonriendo, di un gran trago de cerveza. —Me arriesgaré.

Bebimos nuestra cerveza y hablamos sobre los antiguos propietarios del rancho Oakland, además de los eventos del festival de verano y la preocupación de la gente por la tormenta anunciada.

—Bueno, tengo que irme. Hay una lista condenadamente larga que tengo que terminar antes de que continúe el próximo espectáculo —se despidió John y subió a su coche plateado—. Gracias por la cerveza. Y gracias por tu ayuda, la aprecio mucho.

—No hay problema.

Lo que realmente quería decir era: *Para resolver un problema, lo cambias por mil nuevos.* No es un buen trato.

Maldije al hermano de Elena por haberme convencido de hablar con ella de nuevo. No había ninguna posibilidad de que pudiera desprenderme de ella una vez más.

Capítulo 7 – Elli

Suspirando, me apoyé en los altos listones del paddock y observé a Cloud, así había bautizado a la Número Siete, mientras esperaba impaciente, escarbando con sus cascos, a que algo sucediera. Al igual que yo.

Amaba a Cloud, sin duda, era realmente dispuesta a aprender y tan dócil que me preguntaba si realmente había sido un caballo salvaje desde su nacimiento. Sin embargo, los últimos días terminaron con mucha frustración que apenas podía tragar. Después del fracaso con Clay Kennedy y el enorme problema con Cloud, mi *buena vibra* había desaparecido.

Cloud estiró curiosamente sus fosas nasales a través de la valla para conseguir algunas caricias de mi parte. Ella no se daba cuenta de toda la frustración.

—Buenos días —gritó June detrás de mí, mientras pasaba junto a mí con Champ, con quien estaba a punto de salir a montar.

—Buenos días —refunfuñé, sin apartar la mirada de Cloud.

—¿Todavía frustrada? —June se detuvo y me miró preocupada.

—Sip.

Cielos, la última vez que estuve tan frustrada fue en sexto grado, cuando Jane McCoy pudo ser la abanderada en los juegos de verano porque su madre había sobornado a todos los miembros del jurado en la barbacoa anterior. Malhumorada, pateé la pelota de gimnasia de la abuela, que había necesitado para algunos ejercicios con Cloud.

—Si alguien puede resolver este problema, eres tú.

—Tal vez.

—Muy bien, este problema pide a gritos una sesión de crisis. Espera un momento, ya vuelvo.

June me puso las riendas de Champ en la mano y desapareció en la casa principal antes de que pudiera objetar. Champ y yo la miramos alejarse igualmente irritados.

Mientras esperaba, acaricié el suave pelaje de Champ, que brillaba como el oro bajo el sol de la mañana. Cloud resopló fuerte, y si no lo supiera mejor, habría dicho que estaba celosa.

—Cloud, ¿me permites presentarte? Champion of Tournament, el mejor caballo de cutting de todos los tiempos. ¿Champion of Tournament? Esta es Cloud Seven, la mejor yegua de rancho en entrenamiento.

Acerqué el caballo de June a la valla para también mimar a Cloud con algunas caricias más. La proximidad de Champ no le molestaba en absoluto; hasta ahora, la yegua se había llevado bastante bien con sus vecinos de establo y compañeros de pasto.

Al menos algo.

Si este caballo salvaje también hubiera sido agresivo con otras yeguas, habría tirado la toalla el primer día, en serio.

—¡Bueno, ya estoy de vuelta, y he traído un remedio que garantizo que funciona!

June sonrió ampliamente mientras levantaba un recipiente de *Ben&Jerry's* y dos cucharas como si fueran un trofeo ganado.

Agradecida, tomé una de las cucharas y esperé a que June abriera el recipiente de helado.

—Realmente me conoces —dije, justo antes de meterme una cucharada llena de *Triple Caramel Chunk* en la boca.

—¿Quieres hablar de ello? —preguntó June.

—En un momento. —Comí tres cucharadas más de helado y esperé a que mi lengua se soltara, como siempre lo hacía con el helado. O con el famoso pastel de manzana con crumble de Sue con extra de nata.

Cloud escarbaba insistentemente con los cascos, porque la valla le impedía examinar más de cerca el recipiente de helado.

—El helado no es para caballitos. —Casi como si Cloud hubiera entendido mis palabras, me miró indignada. Ah, ¿cómo podía alguien negarle algo a esos ojos negros de botón? Yo ciertamente no.

—Está bien, está bien. Has ganado una victoria parcial.

En lugar de helado, Cloud recibió la pelota de gimnasia de la abuela. No sé por qué, pero a todos los caballos les encantan estas enormes pelotas suaves, que a menudo uso como recompensa al final del día. Lancé la pelota por encima de la valla, y Cloud inmediatamente trotó detrás de ella, chillando de emoción.

—Es increíble lo adorable que es Cloud —dijo June, que se había apoderado del recipiente de helado.

—Como si no fuera capaz de romper un plato.

Así es, hasta que Cloud siente un peso en su lomo, entonces el caballo de buen corazón se convierte en una bestia salvaje.

—¿Tal vez solo necesite un poco más de tiempo para acostumbrarse a todo?

—No, el problema no tiene nada que ver con la adaptación o el miedo. —Sacudí la cabeza—. ¿June? ¿Puede ser que haya perdido mi *buena vibra*?

Decirlo en voz alta tenía algo liberador; esta pregunta me había pesado mucho los últimos días.

—¿Qué? ¿Tú? Nunca. Seguro que es solo una pequeña fase —June lo descartó claramente.

—Eso también pensé con Sophia cuando insistió en ir a Nueva York.

—¡Elli, no se puede comparar algo así!

—Pero necesito algún punto de referencia para mi estudio. —Encogiéndome de hombros, continué con mi explicación—. Sophia viaja a Nueva York, tropieza en los brazos de un tipo descaradamente guapo que resulta ser el amor de su vida. Ella es feliz y está satisfecha. Yo, por otro lado, me quedo aquí en el medio de la nada...

June me interrumpió inmediatamente.

—¡Oye, tú amas este medio de la nada!

Le lancé una mirada seria a June porque estaba privando a mi dramático resumen de hechos, no del todo científico, de su dramatismo.

—Sí, está bien, amo este medio de la nada, ¡pero aun así! Por una vez que conozco a un hombre que me parece interesante, logro presentarme como una idiota en cinco minutos. Y en la segunda conversación, otra vez. Y la tercera conversación incluso hizo que ya no quisiera hablar conmigo. Sip, es oficial, mi *buena vibra* se ha ido.

—No digas eso. Elli, tu vibra es parte de tu personalidad y está arraigada en algún lugar profundo de los genes Key, no es algo que se pueda perder.

Por supuesto, no todas las dudas se habían disipado, pero June había hecho un trabajo de persuasión condenadamente bueno. Me sentía mucho mejor.

—Gracias, eso es exactamente lo que necesitaba.

—¡Bien! Y ahora ocúpate de que Cloud se convierta en el mejor caballo de rancho de todos los tiempos para que podamos ganar el primer premio, ¿de acuerdo?

—¿Sabes que la *Wild Horse Competition* trata de algo más, verdad?

—Ya, sí, pero eso genera buena publicidad, ¡y cuanta más publicidad, mejor para todos!

—¿Tus ambiciones no tendrán algo que ver con tu enemistad con Rachel? —pinché sonriendo.

—Quizás un poquitín. —June juntó el pulgar y el índice como si sujetara una hoja de papel.

—Aunque lo hago principalmente para que no se sigan matando a tiros a pobres caballos salvajes inocentes, no me molestaría ver a Rachel pálida de envidia. ¡Sobre todo porque seguro que sabía en lo que me estaba metiendo con Cloud!

—¡Ese es exactamente el espíritu de lucha que quiero ver!

—¡Claro que sí, les demostraremos a todos que este proyecto vale la pena!

Aunque mi crisis moderada se había evitado por el momento, June y yo nos terminamos el helado.

—¿Por qué sales a montar sola? —pregunté cuando Champ resopló impaciente.

—En realidad, no lo hago.

Mi mirada recorrió el patio buscando.

—Pensé que John había ido a Merryville a comprar pienso nuevo.

—Así es, junto con Callie. No pegó ojo en toda la noche. A veces me pregunto qué le pasa por las noches.

—¿Quizás le están saliendo los dientes? —No podía recordar mis primeros dientes, pero según la abuela, Sophia y yo gritábamos como si nos estuvieran matando cuando nos salían los primeros dientes, aunque antes y después éramos bastante fáciles de cuidar, siempre y cuando no tuviéramos hambre.

—Es posible que tengas razón, Elli. En nuestro próximo chequeo, le pediré al Dr. Harper que lo revise.

—O tienes un *bebé hombre lobo* que se transforma en un pequeño monstruo quejumbroso por las noches —dije sonriendo.

—No lo digas muy alto. En cualquier caso, Callie duerme como una campeona en cuanto se sienta en la camioneta.

—¿Entonces con quién vas a montar? —pregunté con curiosidad.

—Con Pam, nuestra visitante. Quería ver algo de la zona, ¡y a caballo es la mejor manera, por supuesto! Así mato dos pájaros de un tiro: Champ consigue su entrenamiento y puedo revisar cómodamente las vallas de los pastos colindantes mientras le enseño un poco a Pam.

—Suena bien, que te diviertas.

—¡Gracias! ¿Crees que puedo poner a Pam en Pokerface? Preguntó específicamente por él porque le recuerda al caballo de su marido.

—Claro, ¿por qué no?

—Por Joker.

Todos los caballos destinados a los huéspedes del rancho de vacaciones tenían un carácter tranquilo y dócil, pero sabía a lo que June se refería. Joker estaba tan apegado a su compañero que entraba en pánico en cuanto Pokerface salía de su vista. No tenía ni idea de lo que les había pasado a los dos castrados, pues los habíamos comprado en ese estado. Poco a poco y con cuidado, trabajaba para reducir ese apego insano, para que Poker dejara de destrozar los establos cuando no veía a su mejor amigo, y estaba haciendo grandes progresos.

—Si pones a Joker con los demás en el pasto, ya está mucho más tranquilo que antes.

—Vale, perfecto.

June se subió a la silla cuando un coche bajó por el camino de entrada. Los caballos levantaron la cabeza con curiosidad, al igual que June y yo.

Oh no, por favor, no.

Reconocí el coche marrón grisáceo al instante, por lo que mi corazón se detuvo por un momento.

—¿Quién viene? —preguntó June. Se inclinó hacia adelante y apoyó el brazo en el pomo de su silla western.

—Ahí viene la prueba de que he cambiado mi mojo de buena suerte por un mal karma.

—¿Eh? —Me miró desde arriba, y entonces entendió a qué me refería—. ¡Oh! ¡Ya veo! —Alternó la mirada entre mí y el coche que se acercaba—. ¿Qué hace Clay aquí?

—Buena pregunta, yo desde luego no lo he invitado.

—¡Qué emocionante! —June estaba entusiasmada, mientras que yo no sabía si reír o llorar.

—¿Tú crees?

—¡Sí, totalmente! ¿Clay Kennedy, el misterioso campeón de rodeo, viene a Red Rivers por casualidad? ¡Imposible, porque no existen las casualidades! Solo el destino, que quiere permanecer en el anonimato. —June me guiñó un ojo.

—Bueno, si es así, puedes preguntarle tú misma a Clay qué está buscando aquí, yo me voy adentro.

Clay había dejado claro que no quería volver a verme. De hecho, yo había dicho lo mismo, pero nunca lo había dicho en serio, había sido la rabia la que hablaba por mí.

—Pues, como la *casualidad* quiere, tengo que irme ahora.

—¡No puedes hacerme esto!

Sí, June podía hacerlo, y lo hizo. Con un chasquido, animó a Champ, que se puso a trotar con brío. No me lo podía creer, June realmente me dejaba sola con Clay Kennedy.

—No te olvides de contarme todos los detalles de lo que pase después, ¿vale?

—¡No te voy a contar nada, traidora! —le grité.

—¡Yo también te quiero, Elli!

June me había arrojado a la bestia, no había otra forma de describir la situación. Clay no tenía garras afiladas ni colmillos, pero toda su postura corporal y su mirada dominante gritaban: *Corre mientras puedas.*

Tal vez fuera una estupidez, tal vez significara mi fin, pero no quería huir.

Capítulo 8 – Clay

Incluso antes de que mi coche se detuviera frente a la casa principal, no pude apartar la mirada de Elena. Estaba apoyada en el poste de un paddock, bajándose el sombrero vaquero beige sobre la cara, pero aun así no podía ocultar su mirada furiosa.

Salí del coche y Elena vino hacia mí; sus rizos rubios rebotaban con cada paso.

—Pensé que no querías volver a verme —dijo Elena. Evitó mirarme a los ojos, prefiriendo juguetear con el dobladillo de su camiseta ajustada, que resaltaba perfectamente sus curvas.

—¿Quién dice que he venido por ti?

Sus mejillas se sonrojaron de repente. —Oh. No había pensado en eso.

Me acerqué más a ella. Su aroma a flor de manzano me atraía como el canto de las sirenas a un marinero.

—¿Así que crees que no he podido sacarte de mi cabeza en los últimos tres días?

Si Elena supiera lo acertada que estaba, no habría mirado al suelo avergonzada, sino que me habría sonreído triunfalmente.

—No, eh... —No dijo nada más, aunque luchaba por encontrar las palabras.

—¿Acaso tú no has podido sacarme de tu cabeza estos últimos días? —Mi voz sonó áspera y rasposa.

En sus ojos brilló algo que me reveló que había dado en el clavo. Si no lo hubiera sabido mejor, habría dicho que estábamos destinados el uno para el otro, pero ni el momento ni las circunstancias me permitían enamorarme.

—¿Qué quieres aquí? —preguntó Elena débilmente, cuando recuperó la voz.

Te quiero a ti, Elena.

—Tu hermano me pidió que echara un vistazo a tu caballo salvaje.

—¿Lo hizo? —Elena sacudió la cabeza y volvió al paddock donde estaba dicho caballo—. Por supuesto que lo hizo, ¡porque es un idiota!

Seguí a Elena y eché un vistazo a la yegua, en cuyos ojos ardía el fuego de un verdadero campeón de rodeo.

—Así que necesitas mi ayuda —concluí.

Suspirando, Elena se apoyó en el paddock. —Mi orgullo herido querría resolver esto solo, pero mi sentido del deber me obliga a escucharte a ti y a mi hermano.

Elena ni siquiera trató de ocultar lo mucho que le frustraba tener que pedirme ayuda, después de todo lo que había pasado entre nosotros. Pero eso solo demostraba lo en serio que se tomaba su tarea de ayudar a este caballo salvaje, y yo se lo agradecía.

—¿Cuál es el problema?

—Cloud se vuelve loca en cuanto hay peso sobre su lomo.

—¿Cloud?

—Sí. Te presento: el Número Siete se ha convertido en Cloud Number Seven.

—Bonito juego de palabras —murmuré sonriendo. Era típico de Elena llamar Cloud Seven al caballo salvaje Número Siete del que se había enamorado.

—Solo que no hay manera de montar en Cloud Seven porque tira a todo el mundo.

—¿Ya te has montado en ella?

Elena negó claramente con la cabeza. —¡Cielos, no! Montar viene mucho más tarde, pero quería acostumbrarla al peso de la silla desde el principio, poco a poco y con cuidado, pero incluso la manta de montar la tira en cuestión de segundos.

—Entiendo. ¿Y el veterinario ha dado el visto bueno a la yegua?

—Sí, el Dr. Duke fue el primero al que llamé. Pero ni las radiografías ni los exámenes han mostrado nada. Algunos análisis de sangre aún están pendientes, pero antes de la *competición* se examinó a todos los caballos salvajes, Cloud está completamente sana. Antes y después de tirar es dulce y dócil, pero tiene ese brillo en los ojos solo cuando salta para quitarse el peso de encima.

—Ya te dije que Siete sería un gran caballo de rodeo.

—Pero en la arena solo hay bestias. Y admitámoslo, no se ven yeguas muy a menudo allí.

—Los caballos de rodeo no son bestias.

—Creo que nuestra definición de *bestias* difiere mucho.

—Escucha, por supuesto que no todos los caballos tienen el potencial para ser un bronco, pero tampoco son monstruos sedientos de sangre. Son salvajes, tienen temperamento y comparten la pasión por el sabor del peligro con sus jinetes.

—Cuando lo dices así, el rodeo no suena tan terrible. —Incluso logré sacarle una pequeña sonrisa a Elena. ¡Maldita sea, era tan hermosa cuando sonreía! Por otra sonrisa, incluso estaba dispuesto a hablar de mi pasado, algo que nunca hacía.

—¿Sería tan malo si Siete se convirtiera en un caballo de rodeo? —pregunté.

Elena suspiró. —Sí, lo sería. Después de todo, la competición debe convencer de que estos caballos salvajes pueden ser domados. Convertir a Cloud en un caballo de rodeo sería lo contrario. Si esta competición fracasa, matarán a tiros al resto de los caballos salvajes. No sé qué hacer ni si puedo justificar salvar a los animales salvajes mientras convierto a Cloud en algo que no quiere ser. Me he preparado durante semanas para todo lo imaginable, pero no para que pudiera suceder esto.

El destino de estos animales afectaba a Elena más de lo que yo podía soportar. Me hubiera encantado tomarla en mis brazos y susurrarle al oído que todo saldría bien.

Joder. ¿Por qué me había dejado convencer para venir aquí? Esto sería la perdición de ambos.

—Entiendo. ¿Y si Cloud se convierte en un bronco y en un caballo de rancho?

—También he pensado en eso, pero ¿es siquiera posible?

Pensativo, me pasé la mano por la barba de tres días, porque no conocía ningún precedente en el que pudiera basar mi afirmación.

—Tal vez. Tengo una o dos ideas que podrías probar.

Maldita sea, ¿qué estaba diciendo? Estaba haciendo lo contrario de lo que debería. Quizás lo mejor para Elena sería que simplemente me fuera, pero maldita sea, era demasiado débil para dejarla allí sin más.

—¿Me ayudarías con eso?

Me miró esperanzada con sus grandes ojos esmeralda. No tenía ni idea de cómo alguien podía negarle algo a esos ojos del milenio.

—¿Qué hay de las reglas de la competición? Pensé que no se permitía ayuda.

Tal vez una estúpida regla de la competición salvaría a Elena de mí.

—Es cierto, pero solo en lo que respecta al trabajo del rancho —Elena se tocó las sienes—. Dios mío, nunca pensé que diría esto, pero ¿me ayudarías a convertir este caballo en un bronco?

—Creía que debía mantenerme alejado de ti —murmuré.

—Eso es lo que me dijiste, y aun así estás aquí.

Buen punto.

Elli se acercó más a mí.

—En el calor del momento, ambos dijimos cosas que no queríamos decir.

—Yo lo dije en serio.

Con un último esfuerzo de voluntad, me aferré a la decisión de no arrastrar a Elena a su perdición, pero era condenadamente difícil cuando ella bailaba tan tentadoramente sobre cuerdas finas sobre el abismo.

—¿Entonces por qué me miras como si quisieras decir lo contrario?

—Porque *querría* lo contrario, pero créeme, no es lo que tú quieres.

Los ojos de Elena me lanzaron un destello desafiante. —Yo decido lo que quiero.

—¿Entonces te dejarías arrastrar por mí al abismo? —Mi voz sonaba áspera y peligrosa. Para ilustrar cuán peligrosa era esta conversación, me acerqué más a Elena. Con mis anchos hombros, la dirigí sin esfuerzo hacia atrás hasta que su espalda tocó la valla. Su mirada estaba baja, tomé su barbilla entre mi pulgar e índice y la obligué a mirarme.

—Apenas te atreves a mirarme a los ojos, Elena. No creo que estés a la altura del abismo.

—Para con eso, Clay. Puedo hablar por mí misma y tomar mis propias decisiones. —Elena se mordió el labio inferior sin tener idea de lo que eso provocaba en mí. Las cadenas que me impedían hacer con ella lo que quería estaban a punto de romperse.

—Está bien, supongamos que sigo este juego y te creo que estás preparada para lo que viene, ¿qué pasa si te das cuenta de que no lo estás?

—Eso no va a pasar.

Qué dulce, realmente creía que estaba a mi altura.

—Elena Key, no tienes idea de en qué te estás metiendo.

—Sí, tengo una idea. Mis instintos me dicen que huya mientras pueda, pero mi corazón dice que no eres un peligro para mí.

—Tus instintos tienen razón, mi bella, deberías huir.

Mi voz sonaba como un gruñido, un duro contraste con la ternura con la que aparté un rizo rubio de su rostro, tocando su mejilla más tiempo del necesario.

—Clay, no sé qué es esto entre nosotros, pero nunca había sentido algo así.

—¿Lo dices en serio? —Era más una constatación incrédula que una pregunta.

—¡Por fin lo has entendido!

—Deberías saber qué te espera en el fondo del abismo antes de saltar ingenuamente.

—Ilústrame.

Increíble, incluso ahora, cuando mis hombros casi la enterraban, su desafiante confianza en sí misma no había desaparecido por completo. ¿Quizás estaba a la altura de mi oscuro deseo? ¿O Elena no sabía cuánto me provocaba?

—No soy un maldito vaquero mimoso, ¿de acuerdo? No soy el tipo que escucha a Bonnie Buckley mientras te sorprende con un picnic. Soy dominante, tomo lo que quiero y lo que necesito, no vas a escuchar un *te quiero* de mi parte.

En realidad, Elena debería retroceder asustada, pero me miraba con fascinación.

—Quizás por eso te encuentro tan interesante, Clay Kennedy. No espero un *te quiero* de ti, pero quiero que le des una oportunidad a lo que hay entre nosotros antes de sofocarlo en el origen. Por favor.

¿Por qué seguíamos discutiendo? Elena estaba a mi merced, en cuerpo y alma, no había duda de ello. Elena despertaba en mí un deseo insaciable de poseerla que no podía controlar. Si hubiera huido ahora, solo habría despertado mi instinto de caza. ¿Quizás había notado el brillo sombrío en mis ojos? Posiblemente sabía que no había escapatoria para ella. Maldita sea, sí. Lo sabía, sus miradas no dejaban lugar a dudas. Entonces, ¿por qué aún no podía admitir que las cosas eran como eran: definitivamente decididas?

—Muy bien, jugaré, pero solo con una condición.

—¿En serio? —Elena jadeó sorprendida antes de contenerse y volver a poner un rostro más serio—. ¿Y cuál sería?

—Jugamos este juego según mis reglas.

Me apoyé en la valla a la izquierda y derecha de Elena. Ella quedó enterrada bajo mis músculos masivos y mi dominancia. Su dulce aroma nublaba mis sentidos mientras frotaba mi mejilla contra su cuello, dejando un cosquilleo con mi barba áspera.

—Regla número uno, si aceptas y tomas este camino, no habrá vuelta atrás para ti.

—Oh, Dios. —Su suspiro era celestial, pero ni siquiera Dios podría ayudarla si firmaba un contrato con mis demonios.

—¿Realmente quieres hacer un pacto con el diablo? Si es así, estarás indefensa ante mí hasta el próximo mes.

—¿Hasta el próximo mes? —Elena parecía irritada, incluso casi decepcionada. Maldita sea, realmente había juzgado mal a Elena si quería entregarse completamente a mí, sin paracaídas, sin salvavidas y sin miedo.

—Hasta que tu caballo salvaje esté entrenado.

—¿Y entonces?

Entonces o habrás tenido suficiente de mí o nunca te dejaré ir.

—Entonces ya veremos.

—De acuerdo.

Elena se mordió el labio inferior de nuevo mientras ponía su mano sobre mi pecho, justo encima del lugar donde una vez estuvo mi corazón.

—Regla número dos —dije y aparté suavemente su mano de mí—. Nada de tocar.

—¿Por qué?

—Y mi tercera regla: No me harás preguntas de este tipo.

—Eso no es justo —suspiró Elena.

—Las reglas nunca lo son, pero has aceptado cumplirlas.

Elena quiso objetar, pero al final se contuvo. *Buena chica.*

—Te doy una última oportunidad de retirarte de nuestro acuerdo. Si me preguntas, deberías aprovecharla —susurré cerca de su oído.

Quería besarla, ¡maldita sea, no quería nada más! Pero con un último esfuerzo logré apartarme de ella.

—Si quieres que te ayude con tu caballo salvaje, lo haremos en mi rancho.

—¿Por qué no en Red Rivers?

—Porque nos costaría más tiempo construir una arena en algún lugar. Oakland es una obra en construcción total, puedo separar un paddock para nuestro propósito sin problemas —respondí, pero esa era solo la mitad de la verdad. Principalmente quería tener a Elena para mí solo, y eso no era posible en Red Rivers. En Oakland solo estaba yo y a veces algunos trabajadores contratados; probablemente no encontraría ayudantes de granja fijos hasta después del otoño.

—Trae tu caballo salvaje mañana al rancho Oakland si quieres jugar según mis reglas, o haz lo que sería mejor para ti y quédate aquí. Es tu decisión.

Elena quiso decir algo, pero puse mi dedo índice sobre sus labios.

—Piénsalo.

El destello en sus ojos dejaba claro que ya había aceptado, pero yo quería advertirle una última vez sobre mí y sobre el monstruo que podía ser. Me di la vuelta y me fui, sabiendo que Elena estaría frente a mi puerta mañana por la mañana, suplicando que finalmente la arrastrara a mi abismo, lo cual, por Dios y todo lo que me era sagrado, haría.

Capítulo 9 – Elli

Mientras mi hermano mayor sujetaba a Cloud, me subí a la silla de Copper, sintiendo la brisa matutina cosquilleando mi nuca. La última vez que había montado con ese hormigueo en el estómago fue hace décadas. Todavía recuerdo bien el día en que mi madre me sentó por primera vez en Starlight, un poni Shetland peludo, mientras Sophia me sostenía la mano.

—¿Y estás realmente segura? —preguntó John por tercera vez.

—Sip.

—Puedo acompañarte, tengo tiempo.

—No, no lo tienes —corregí a mi hermano, lanzándole una mirada de reproche—. Tú y June tenéis que ir a vuestra próxima actuación. Además, Callie necesita toda la atención que pueda conseguir si realmente le están saliendo los dientes.

Tal vez también se debía a que no quería tener ni a mi hermano ni a June conmigo, porque primero tenía que aclarar mis propias ideas sobre lo que estaba a punto de suceder con Clay.

—¿Y si Cloud se vuelve una bestia de nuevo?

—No lo hará. Mientras nadie la monte, es el caballo más manso del mundo.

Extendí la mano para que John me diera la cuerda de Cloud.

—¿Y qué pasa si lo hace? ¿Si se vuelve loca justo ahora?

Aunque mi hermano solo tenía buenas intenciones, resoplé ruidosamente.

—John, ¿no habíamos dicho que no queríamos invocar ese tipo de cosas? Mejor preocúpate por vuestro *bebé de publicidad* que le están saliendo los dientes.

—Vale, vale. Me rindo.

John acarició el cuello de Copper. En realidad, el castrado de color cobre era el caballo de John, pero como necesitaba a Fénix para las exhibiciones y competiciones, habíamos intercambiado temporalmente los caballos. Aunque no era una de las condiciones de Clay, podría necesitar ayuda en su rancho. Cielos, solo de pensar en sus reglas, mi vientre palpitaba de manera reveladora.

—Con el remolque llegarías más rápido al Rancho Oakland —murmuró John. Un último intento de disuadirme de mi plan de cabalgar hasta Clay.

—Lo sé, pero así puedo acostumbrar a Cloud al terreno y a las vacas. Esperemos que Cloud no tenga problemas con las vacas, o me volveré loca.

—¿Vas a tomar el camino por los pastos del sur, pasando por el rancho de vacaciones?

—Sí. ¿Preguntas porque quieres que eche un vistazo a vuestro huésped?

—No, nos llevamos a Pam a la competición, quiere echar un vistazo.

—Okidoki.

Así que había preguntado para saber de qué zanja tendría que sacarme en caso de emergencia si algo sucedía. Pero sentía que nada iba a pasar, Cloud tenía un buen día, al igual que yo.

—Entonces me pongo en marcha.

Chasqueé la lengua para que Copper se pusiera en movimiento. John caminó unos pasos a mi lado.

—Ten cuidado.

—Siempre lo tengo.

—Lo sé, aunque últimamente tengo la sensación de que atraes los problemas como un imán.

Si mi hermano supiera cuánta razón tenía. Era como si Clay Kennedy me hubiera reprogramado completamente con una sola mirada. No tenía idea de qué estaba mal conmigo, pero cuanto más oscuros se volvían los ojos de Clay, más atractivo lo encontraba. Con cada advertencia que pronunciaba, menos podía resistirme a él.

Una cosa estaba clara, el asunto era serio. Muy serio, de hecho, porque estaba cabalgando directamente hacia un mes lleno de cosquilleos en el estómago, órdenes ásperas y miradas sombrías.

Cielos, ¿en qué me había metido? ¿Y por qué quería entregarme tan voluntariamente a Clay?

Cloud trotaba ligeramente junto a Copper, cuya naturaleza tranquila se contagiaba inmediatamente al ya no tan salvaje caballo salvaje. Incluso en uno de los pastos del sur, donde los curiosos terneros se acercaban a nosotros, Cloud se mantuvo tranquila.

Dejamos atrás Red Rivers, pasamos por la propiedad Farley, donde estaba el rancho de vacaciones, y finalmente llegamos a los primeros pastos del Rancho Oakland, que definitivamente habían visto mejores días. La mayor parte de las vallas había sucumbido al sol de Texas, solo unos pocos postes y tablas aislados desafiaban el viento y el clima.

Cuanto más me acercaba al edificio principal, todo se veía más cuidado. Clay no llevaba mucho tiempo aquí, y considerando eso, el rancho se veía mucho mejor de lo esperado. El Rancho Oakland había estado en venta durante años, durante los cuales nadie se había ocupado de la tierra.

Cuando llegué al patio, Clay salió del establo, justo al lado de la casa principal, y me miró sorprendido.

—Buenos días —lo saludé con la mano antes de desmontar de Copper.

—No pensé que realmente vendrías —respondió.

—¿No deberías saber ya que siempre digo lo que pienso?

Una mirada al pequeño picadero recién cercado, donde había una caja de salida para caballos de rodeo, me dijo que Clay había esperado que cumpliera mi palabra. Al menos eso sugería la arena de rodeo recién construida.

Clay asintió pensativamente, luego me quitó la cuerda de Cloud.

—También deberías saber que puede ser peligroso llevar el corazón tan suelto en la lengua.

—No es más peligroso que cerrar el corazón a todo y a todos.

Me encogí de hombros y fingí no estar impresionada cuando me miró con reproche, aunque esas miradas casi me hacían perder el equilibrio.

—Elena Key, realmente siempre quieres tener la última palabra, ¿verdad?

—Amén.

Por supuesto, sabía que no debía provocarlo, no después de todas esas reglas que jugaban a su favor, pero quería descubrir desesperadamente qué pasaría si contradecía a este vaquero dominante y seguro de sí mismo.

—Eso va a la lista —dijo secamente. Eso fue todo. No pasó nada más, lo cual me decepcionó.

—¿De qué lista estamos hablando?

Clay condujo a Cloud en silencio hacia el establo, yo lo seguí con Copper. Por el rabillo del ojo, hubiera jurado que en el primer box estaba Pokerface, un caballo del rancho de vacaciones de June con el que trabajaba, pero al mirar por segunda vez, la crin de la yegua eclipsó todo lo demás. Curiosa, extendió sus ollares hacia mí cuando pasamos junto a ella. Todos los demás boxes estaban limpios, pero vacíos.

—Esta es Supernova —me presentó Clay a la yegua.

—Vaya, es una verdadera belleza. —Era de color marrón oscuro, casi negra, y tenía la crin más larga que jamás había visto en un caballo de rancho.

—Sí, lo es.

Dimos de beber a los caballos, en silencio, limpiamos sus cascos de piedras, en silencio, y los cepillamos, todavía en silencio, hasta que sentí que iba a estallar.

—¿Clay? ¿Qué lista?

—¿Alguna vez te han dicho que eres una pesada?

—Lo escucho constantemente.

—Entonces deberías pensar en ello, ¿eh?

—Qué va —desestimé con un gesto—. Ese tipo de cosas no me impresionan.

Clay dejó el cepillo a un lado y se acercó a mí.

—¿Y qué te impresiona?

¿Era una pregunta retórica? Insegura sobre qué decir o hacer, miré al suelo.

—¿Me vas a decir qué tengo que hacer para impresionarte o tengo que averiguarlo por mí mismo?

¡Cielos! ¡Eso no era una petición, sino una amenaza!

—Lo que estás haciendo ahora mismo ya está bastante bien —susurré tan bajo que Clay apenas pudo oírme.

—Ah, ¿sí? ¿Y qué estoy haciendo exactamente?

Lo que Clay me estaba haciendo era indescriptible. Irradiaba esa dominancia a la que yo quería someterme de inmediato, y solo no lo hacía para que se volviera aún más dominante. Y luego estaba ese peligro, tan tentador que no podía resistirme.

—¡Respóndeme, Elena! —me susurró Clay al oído. Su aliento caliente cosquilleaba en mi cuello como polvos efervescentes. Cerré los ojos con deleite y me entregué a Clay.

—Despiertas sentimientos en mí que no puedo identificar porque nunca antes los había sentido.

Con un gruñido satisfecho, cubrió mi cuello de besos.

—Sabes tan dulce como hueles —murmuró entre besos.

—Oh, Dios —suspiré suavemente.

—Deja a Dios fuera de esto. A veces te parecerá que te estoy llevando al paraíso, pero créeme, nos estamos alejando de él tanto como es posible.

Mi respiración se aceleró y mi corazón latía tan salvajemente que temía que saltara de mi pecho. En ese momento, estaba tan rendida a Clay que habría hecho cualquier cosa por él. *Realmente cualquier cosa.* Solo para obtener más de todo aquello de lo que me había vuelto adicta de repente.

—Por favor, tómame —le pedí en voz baja.

—Con mucho gusto —jadeó—, pero tendrás que ser paciente.

Clay se aclaró la garganta brevemente, luego retrocedió dos pasos mientras yo lo miraba, mitad furiosa, mitad horrorizada.

Todavía podía sentir el calor de Clay en mi piel, así como el salvaje latido en mi centro, que se hacía cada vez más fuerte.

—Deberías empezar con tu entrenamiento, o me harás tener ideas equivocadas.

¡Pero eso era exactamente lo que yo quería! Y hasta ese momento, había esperado que también fuera el objetivo de Clay.

—¿Qué? —pregunté, sabiendo que no obtendría otra respuesta.

—Me has oído.

—Pero no puedes simplemente...

Me faltaban las palabras, porque no estaba acostumbrada a suplicar por nada.

—Sí puedo, preciosa. Mi juego, mis reglas. Hay muchísimo que hacer.

Suspirando, tomé el cepillo, pasé junto a Clay y lo pasé por el pelaje reluciente de Cloud para distraerme. Cloud recibió el cuidado adicional con un suave resoplido.

—¿Siempre va a ser así? —pregunté mientras Clay recogía los cubos de agua.

—¿A qué te refieres?

—¿Que me pongas caliente como un jalapeño y luego me dejes caer como una patata caliente?

La sonrisa de Clay fue respuesta suficiente.

—Quizás me gusta demasiado verte así.

—¿Cómo? ¿Tan desesperada? ¿Suplicando?

—Caliente como un jalapeño.

—Creo que esperaba otras cosas cuando me advertiste sobre ti —admití abiertamente.

—¿Ah, sí? —Clay esperaba una respuesta de mi parte.

—Que usarías tu lado dominante de otra manera, y que querrías someterme. —¡Cielos, admitir mi fantasía era una cosa, pero decirla en voz alta era otra completamente distinta! Sus ojos se oscurecieron.

Incluso antes de que dijera una palabra, supe que me había advertido exactamente sobre esto—. No tienes idea de cuánto quiero someterte.

—¿Entonces por qué no lo haces? —La desesperación en mi voz era casi palpable.

Con una mirada pensativa, Clay apartó un rizo rubio de mi rostro.

—Porque si empiezo, no podré parar.

—¿Quién dice que tenemos que parar?

—Yo. —Clay se apartó de mí. Fuera lo que fuera lo que le había pasado a Clay, debía haberlo herido profundamente. ¡Pero yo no me rendía tan fácilmente, y si me llevaba toda la vida descongelar su corazón, lo haría!

—Me temo que entonces tendrás que establecer más reglas.

—Casi parece que quieres aprovechar la oportunidad para romper aún más reglas. —Clay sonrió, sin rastro del dolor en sus ojos.

—Eso tendrás que averiguarlo.

Estaba provocando a Clay deliberadamente, sin saber siquiera qué pasaría si rompía una regla. Mi entrepierna palpitante, sin embargo, ¡estaba decidida a averiguarlo!

Clay notó este deseo insaciable en mi interior, pues sus miradas encendían un fuego en mí que desprendía chispas.

—Realmente apenas puedes esperar a que te castigue.

—¿A qué te refieres con *castigar*? —pregunté—. ¿Como antes?

Mis mejillas se sonrojaron, pues me avergonzaba un poquito no saber exactamente a qué se refería Clay.

—¿Nadie te ha puesto sobre sus rodillas antes?

Negué con la cabeza.

—Maldita sea, entonces ya es hora.

¡Vaya! Ahora mis mejillas se tiñeron de un rojo intenso. En mi imaginación, Clay había sido dominante, sí, incluso un poco más rudo, pero que fuera *tan* dominante no me lo había imaginado ni en mis sueños más atrevidos.

Clay me agarró por los hombros y me empujó contra una viga que separaba dos boxes.

—Oh, Elena, realmente no tienes idea de en lo que te has metido.

—No —susurré—. Pero no me arrepiento de nada. —Al contrario, mis sentimientos se intensificaron aún más. Me había lanzado a un abismo desconocido que me había atraído con dulces promesas. La caída libre era emocionante, estimulante, y estaba ansiosa por descubrir qué secretos podría encontrar allí.

Su mano recorrió mi cuello, bajando sobre mis pechos. Inmediatamente, mis pezones se endurecieron y se volvieron más sensibles. La otra mano de Clay recorrió mi nuca hasta que finalmente agarró mi cabello y tiró de mi cabeza hacia atrás.

—Sé que debería contenerme, pero me lo pones malditamente difícil —gruñó Clay. Frotó su áspera barba contra mi mejilla, lo que me arrancó un suave gemido.

—¡Entonces tómame de una vez! —supliqué.

Él se rio suavemente, lamió breve pero intensamente mi cuello antes de soltarme.

—Diablos, sí, me encantaría follarte, pero los mejores orgasmos son los que te negaré por un tiempo, y me aseguraré de darte los mejores orgasmos que hayas tenido jamás.

Oh Dios. Mis piernas se debilitaron, pero logré agarrarme a la puerta del box antes de que cedieran.

—Respira un momento, luego entrenarás con Siete como lo tenías planeado, mientras yo me ocupo de algunas reparaciones en el granero.

Sin aliento, asentí. ¿Cómo podía Clay controlarse tanto? Pasó junto a mí como si nada hubiera sucedido, mientras yo no podía pensar con claridad. El calor que palpitaba en mi centro se extendía cada vez más, además del sol de verano que lentamente se abría paso a través del establo.

Con toda tranquilidad, Clay sacó a Copper y Supernova, mientras yo aún luchaba con mis piernas de goma. Si él hacía esto todos los días, podía olvidarme de la *Wild Horse Competition*, porque el caos emocional y las hormonas me abrumarían.

Suspirando, me apoyé contra la pared junto a Cloud, que curiosamente jugueteaba con el dobladillo de mi camisa. Era realmente fascinante lo polifacético que era este caballo salvaje. Por un lado, tan dulce, tranquilo y dócil, por otro, tan salvaje y lleno de fuego. ¿Cómo debía manejar estas contradicciones? Un momento, ¿no estaba Clay haciendo exactamente lo mismo conmigo? ¿Existían cosas contradictorias que, al mirar más de cerca, no se contradecían en absoluto, sino que armonizaban entre sí?

¡Contrólate, Elli!

Respiré profundamente dos veces más, luego llevé a Cloud afuera a la pista para comenzar nuestro entrenamiento. Aunque Cloud era un caballo salvaje de nacimiento y solo recientemente había entrado en contacto con humanos, era abierta y curiosa, como si conociera a los humanos toda su vida.

Aunque logré concentrarme completamente en mi trabajo con Cloud, sentía la mirada de Clay sobre mí, reavivando una y otra vez el fuego en mi interior. Como un lobo hambriento, Clay merodeaba a mi alrededor, esperando el momento perfecto para atacar. Pero en lugar de huir, no deseaba nada más que entregarme a él como su presa.

¡Por favor, tómame de una vez antes de que me consuma en llamas!

Capítulo 10 – Clay

Jadeando, martillé un clavo tras otro en el techo del granero para remendar los agujeros. El verano de Texas era duro y seco, pero igual de impredecible. El clima podía cambiar en segundos, sin previo aviso ni advertencia, al igual que mis sentimientos por Elena. Ella era una verdadera fuerza de la naturaleza que había arrasado conmigo sin piedad. Sin anuncio, sin advertencia, había puesto mi corazón en conmoción, algo que probablemente ni siquiera había notado.

¿Sabría Elena cuánto poder tenían sus grandes ojos verdes sobre mí? Me encantaría agarrarla por sus rizos rubios, echar su cabeza hacia atrás para poder saborear sus dulces y carnosos labios que me sonreían tan seductoramente.

Una y otra vez tenía que respirar profundamente antes de poder seguir trabajando. El granero tenía unos quince metros de altura; un paso en falso y nunca tendría el placer de descubrir si Elena sabía tan deliciosa como olía.

Elena se concentraba completamente en el trabajo con su caballo salvaje, pero aun así me lanzaba miradas inquisitivas por encima del hombro de vez en cuando. Sus ojos brillaban de curiosidad, pero también reconocí un destello de miedo. Por supuesto, Elena no tenía idea de cómo tratar con un hombre como yo, al igual que yo nunca me había topado con una chica como Elena. Pero cuanto más me contradecía, cuanto más valiente se volvía, mejor era mi intuición sobre la madera de la que estaba hecha. Una cosa sabía con certeza, Elena lo estaba pidiendo a gritos, aquí y ahora, que le dieran una buena zurra, y estaba casi seguro de que le gustaría más de lo que esperaba.

Después de haber clavado nuevas tablas en los agujeros más grandes, bajé para descansar de mi sudoroso trabajo. Elena todavía estaba en el paddock con Siete, pero parecía que ella misma necesitaría pronto un descanso. El sol de la tarde era implacable. Mi camisa estaba pegada a mi cuerpo por el sudor, así que me la quité, la arrugué y me limpié el resto del sudor del pecho mientras me acercaba a Elena y sacaba dos latas de refresco de la nevera portátil.

—Vaya —jadeó Elena mientras examinaba mi torso entrenado. El trabajo del establo por sí solo no era suficiente para templar mis músculos, así que entrenaba con pesas casi todos los días. El dolor del entrenamiento era un efecto secundario bienvenido que me hacía olvidar todos los problemas.

—Elena, estás babeando —dije sonriendo.

—¿Qué? —Elena parpadeó varias veces, luego se pasó el pulgar por las comisuras de la boca—. ¡Oye! —Puso sus manos en las caderas cuando se dio cuenta de mi broma.

En son de paz, levanté ambas latas de refresco—. ¿Sed?

—Cielos, sí.

Agradecida, tomó una de las latas, con el brazo libre se frotó la frente brillante.

—¿Cómo vas avanzando? —pregunté.

—Bien. Cloud aprende realmente rápido. ¿Y tú? ¿Ya está impermeable el granero?

—Casi, faltan unos pocos agujeros.

Todavía tenía que reemplazar algunas tablas, pero no tenía cabeza para esos estúpidos agujeros cuando Elena estaba parada frente a mí, sudorosa y jadeante.

—¿Necesitas ayuda? Podría preguntar en Red Rivers, siempre hay alguien con tiempo para ayudar.

—Puedo manejarlo, gracias.

—De acuerdo. Pero si la necesitas, házmelo saber, nos gusta ayudar.

Elena me sonrió amablemente, y quisiera o no, mi corazón se derritió.

—Pero deberías terminar para el final de la semana. Se supone que habrá una tormenta para entonces.

Todavía no se sentía nada de eso, solo las chispas y el crepitar entre Elena y yo electrizaban el aire.

Elena se dio la vuelta, palmeó el hombro de Cloud y suspiró suavemente.

—Terminado por hoy.

—Todavía no del todo —corregí a Elena—. Falta mi entrenamiento.

—Oh, sí, casi lo olvido. —Elena ajustó su sombrero de vaquero con vergüenza—. ¿Qué has planeado?

—Primero tienes que acostumbrar a Siete a la caja de salida. Solo cuando se quede tranquila allí podremos continuar.

—Está bien, de acuerdo.

Elena me escuchó atentamente mientras le contaba sobre el entrenamiento estándar para broncos.

—Pero el entrenamiento real solo podemos empezarlo cuando la silla de montar ya no sea un problema.

—Ah, si no es más que eso —respondió Elena con cinismo. Una breve mirada de reproche bastó para que se aclarara la garganta en tono de disculpa—. Lo siento.

—Cuando la silla ya no sea un problema, podemos condicionar a Siete para que se convierta en bronco en ciertos lugares, bajo ciertas situaciones.

—Quieres decir que Cloud ya no sea un bronco en ciertos lugares, ¿verdad?

—Sí, solo quería formularlo de manera más amable.

Había entrenado docenas de broncos, pero nunca había convertido un bronco en un caballo de rancho; esa era la verdadera dificultad.

—No tienes que ser delicado conmigo, soy una chica grande.

Por supuesto que lo era. Era una chica grande, tomaba sus propias decisiones y apenas podía esperar a que yo tomara algunas de sus decisiones por ella.

—Ven conmigo, quiero mostrarte algo más.

Con ligereza, Elena trepó por el paddock y me siguió hasta el establo. Me detuve frente a una vieja silla de montar western en la sala de ensillado. Tenía casi tres décadas, pero el cuero brillaba como nuevo.

—En esta silla he entrenado docenas de broncos.

Elena notó la mirada nostálgica en mis ojos cuando golpeé el asiento acolchado.

—¿Por qué dejaste de hacerlo?

—Larga historia —gruñí.

—Tengo tiempo.

—Yo no.

Ella entendió que no quería hablar sobre mi pasado. Aun así, Elena me miró preocupada.

—Espero no haberte presionado a hacer algo que no quieres.

—No. —Le sonreí con confianza—. Nunca hago nada que no me apetezca, además, tomo lo que quiero.

—¿A mí, por ejemplo?

Elena había dado en el clavo.

—Sí —respondí honestamente.

Elena me sonrió. —Pero me has mantenido alejada de ti durante bastante tiempo.

De hecho, aún lo hacía, porque estaba seguro de que no podría parar una vez que probara a Elena.

—Podría simplemente someterte, follarte duro y profundo, hasta que no pudieras más. —Su respiración se aceleró, prácticamente jadeaba mientras le contaba mis fantasías—. Podría arrancarte la ropa ahora mismo y hacerte sentir mi dominación.

—¿Por qué no lo haces entonces?

¡Maldita sea! La deseaba, demonios, me hubiera encantado follarla en ese mismo instante, pero me contuve, aunque mis vaqueros se estaban volviendo demasiado apretados para mi erección.

—Porque la espera es casi tan deliciosa. Me gusta lo mucho que me deseas, cómo todo tu cuerpo grita por mí, Elena. Pero tendrás que esperar hasta que te permita entregarte a mí.

Elena quería decir algo, a juzgar por su mirada, algo de lo que se habría arrepentido, pero después de mi mirada reprobatoria, se mordió los labios y guardó silencio. *Buena chica.*

—Has aceptado que jugaremos este juego según mis reglas.

¿Por qué tenía la sensación de que este juego se estaba saliendo de control antes de que realmente hubiera comenzado? Lo que había entre nosotros era más que un juego, más que un polvo o cien polvos. Lo que había entre nosotros era algo a lo que le temía más que a cualquier otra cosa: era algo serio.

En silencio, Elena caminó por el cuarto de las monturas, donde solo colgaban algunas sillas y cinchas. No quería comprar más caballos para el rancho hasta que pudiera contratar trabajadores que los necesitaran. Elena parecía particularmente interesada en una de las cinchas. La había comprado especialmente para Siete. La sacó del soporte y pasó sus delicados dedos por ella.

—Es una cincha de flancos —expliqué.

—¿Son tan suaves?

—Tienen que serlo. Todas las cinchas de flancos con las que he trabajado están acolchadas con piel de cordero.

Elena negó con la cabeza.

—En el rodeo siempre me concentraba en otras cosas. Los toros con miradas asesinas, por ejemplo.

Asentí. —Los toros son verdaderas bestias y sin los payasos de rodeo habría aún más accidentes de los que ya hay. Los toros quieren destruir a sus jinetes, quieren ver sangre, sin duda, pero los broncos son completamente diferentes. Después de tirar a su jinete, solo corren alrededor de lo que se interpone entre ellos y la comida.

Elena soltó una risita. —Me suena de algo. —Luego su mirada se volvió seria de nuevo—. ¿Y realmente no le hace daño a Cloud?

—Te lo prometo. Apretar la cincha es solo la señal de inicio para que los broncos sepan que va a comenzar.

Asintió, pero su expresión crítica permaneció.

—Te lo demostraré.

—¿Ah, sí? ¿Cómo?

—¡Quítate la camisa! —ordené con calma, pero con voz firme. Al mismo tiempo, tomé su sombrero de vaquero y lo puse sobre la superficie de la silla. Para lo que venía, quería ver su rostro.

—¿Qué? —Miró desconcertada su sombrero.

—Elena, ¿realmente tengo que repetirme?

—No, pero ¿no querías esperar hasta...

—Tu lista se está haciendo cada vez más larga —amenacé con un gruñido. Solo entonces comprendió la seriedad de la situación y comenzó a desabotonarse la blusa beige, bajo la cual solo llevaba un fino sujetador a través de cuya tela se marcaban sus pezones. Con una mirada tímida, bajó la vista al suelo. Levanté su barbilla, obligándola así a mirarme.

—¿Te avergüenzas? No hay razón para avergonzarse de este cuerpo perfecto.

Sus curvas eran femeninas y bien proporcionadas, su piel suave brillaba bajo la luz del sol que se filtraba por las polvorientas ventanas, y apenas podía reprimir el deseo de clavar mis manos en sus caderas.

Con un movimiento experto, le desabroché el sujetador, disfrutando al ver cómo la molesta tela caía al suelo. Maldita sea, al ver sus pechos apenas podía contenerme. Era una vergüenza que Elena escondiera ese cuerpo femenino y perfecto bajo blusas holgadas.

Tomé las mejillas de Elena y hice lo que ya no podía evitar: la besé. Nuestros labios se encontraron, se unieron, y todo a mi alrededor explotó. La intensidad con la que besaba a Elena la hizo gemir.

Maldita sea, gemía de una manera tan sensual que un suave gruñido escapó de mi garganta. Elena sabía aún más dulce de lo que había imaginado, y abrió su boca de buen grado cuando lamí su suave labio inferior con mi lengua.

El calor que se generó entre nuestros torsos desnudos nos hizo respirar profundamente, jadear, gemir. Sabía que debía tener cuidado de no quemarme, pero no me importaba. Mientras pudiera besar a Elena con tanta pasión, no me importaba si las llamas me chamuscaban. Solo cuando nuestro aliento se agotó por completo, nos separamos.

—Ahora no hay vuelta atrás —murmuré. Estaba completamente eufórico, y mi cuerpo gritaba por más de lo que solo Elena podía darme. Antes de que supiera lo que quería decir, le puse la cincha alrededor del torso y los brazos superiores y la apreté con un tirón, justo debajo de sus pechos. Con una hebilla que se encontraba al final de la cincha de flancos, la cerré, en la que había perforado algunos agujeros adicionales porque ya había sospechado que se presentaría una oportunidad así.

—¿Duele? —pregunté. Por supuesto, ya conocía su respuesta, pero no estaba seguro de si Elena también era consciente de ello.

—No —respondió sorprendida.

—¿Te gusta? —pregunté de nuevo. Mi voz era tan áspera que un escalofrío recorrió la espalda de Elena.

—Sí. —Vi cuánto le había costado a Elena admitirlo.

—Bien. Estoy casi seguro de que también te gustará lo que viene a continuación. —Caminé alrededor de ella. El sonido sordo de mis botas hacía que Elena se estremeciera ligeramente con cada uno de mis pasos.

—¿Solo estás *casi seguro*? Pensé que ya me conocías.

—La lista crece y crece —dije en tono de reproche, aunque me encantaba enormemente cómo se comportaba Elena. Era sumisa, sin duda, y realmente quería someterse a mí, pero aun así seguía siendo ella misma.

—No sé exactamente qué significa esta lista, pero creo que también me va a gustar.

—Me amarás por esta lista, sí. Pero antes me odiarás, me condenarás y me maldecirás, antes de volver a adorarme.

—Apenas puedo esperar. —Las miradas seductoras de Elena me seguían atentamente mientras yo continuaba circulando a su alrededor para examinarla. Con cada paso que daba, crecía su desesperación porque no la tocaba, aunque estaba a solo centímetros de su piel.

—¿Quieres que suplique? —preguntó—. ¡Porque estoy tan desesperada que lo haría!

—Quiero que te calles. —Inmediatamente, Elena se mordió el labio inferior—. No quiero que supliques por algo que quieres de mí, sino que esperes pacientemente hasta que te lo dé.

—¿Y si no me das lo que quiero?

—Te prometo que siempre te daré lo que necesitas, aunque no siempre sea lo que quieres.

—¿Y qué merezco ahora?

—Más. —Sonriendo, porque esta declaración podía significar cualquier cosa, seguí caminando alrededor de Elena—. ¿Te gusta estar así, indefensa ante mí?

—¡Oh, sí! —Sus ojos brillaban, todo su cuerpo temblaba, y cada una de sus fibras clamaba por mí.

Tomé una cuerda de la pared, agarré las muñecas de Elena y las até detrás de su espalda. Con un lazo, aseguré la cuerda al cinturón que había atado alrededor de su torso.

¡Qué vista! Apenas podía contenerme, tan seductoramente indefensa como estaba ahora ante mí.

—¿Y cómo te gusta ahora? —susurré en su oído desde atrás.

—¡Aún mejor! —De hecho, a Elena le gustaba tanto que apenas podía mantenerse en pie.

—Eso es bastante ingenuo de tu parte.

—Entonces alguien debería cuidar de mí. —No era una pregunta, sino una afirmación con la que yo podía estar completamente de acuerdo.

—Supongo que tendré que asumir ese trabajo. —También era una afirmación, que Elena reconoció con un asentimiento.

—¿Y realmente nunca has hecho algo así?

—No. ¿Y tú, Clay?

Asentí gruñendo. A lo largo de los años, me había convertido en un verdadero experto en dominación y sumisión, ya que había sido la única forma de mantener a las mujeres a distancia. Yo tenía el control de la situación, siempre. Al menos hasta ahora, porque aunque Elena estaba atada frente a mí, indefensa y dispuesta a obedecer cada una de mis órdenes, se acercaba peligrosamente a mi corazón. Aun así, me alegraba de que Elena hubiera llegado a mí, porque me parecía horrible la idea de que cayera en manos de un tipo que no supiera lo que hacía.

—¿A menudo? —continuó preguntando Elena—. ¿Con muchas mujeres?

¿Acaso detectaba celos en su voz?

—Lo suficiente como para saber lo que hago.

Mi respuesta no satisfizo en absoluto a Elena, lo que me hizo sonreír. Mi dulce y pequeña Elena estaba realmente celosa de los insignificantes romances de mi pasado. Sus celos me recordaron algo.

—De rodillas —ordené, para que la diferencia de poder entre nosotros fuera aún más evidente. Agradecida porque finalmente podía hacer algo, Elena cayó de rodillas.

—Si te sometes a mí, hazlo con total entrega.

—Por supuesto —respondió Elena desconcertada, insegura de qué esperaba exactamente de ella.

—Soy el único hombre que puede tocarte.

—Por supuesto, Clay. —Su respuesta llegó rápida y sin vacilación. *Bien*. Eso significaba que realmente no había otro hombre en su vida aparte de mí.

Elena se mordió brevemente el labio inferior, una clara señal de que tenía algo más que decir. Le dirigí una mirada alentadora.

—¡Suéltalo!

—¿Soy también la única mujer que puede tocarte?

Increíble. Elena era la primera que se atrevía a hacerme tales exigencias, lo que me mostró una vez más que no se sometía ciegamente, sino que se entregaba con pasión a lo que viniera.

—¿Quieres eso? —pregunté.

—Sí. —Sus mejillas se sonrojaron cuando Elena se dio cuenta de su exigencia, pero no se echó atrás. Un valor que reconocí.

—Bien. Pero deberías recordar que puede ser fatal para ti hacerme exigencias.

—Entendido.

Por fin habíamos aclarado lo más importante. Por fin podía abrir mis malditos vaqueros, que estaban demasiado apretados para mi erección. Mi miembro saltó hacia fuera y sumió a Elena en éxtasis.

—Vaya. —Sus ojos brillaban mientras se lamía los labios llena de anticipación.

Maldita sea, apenas podía esperar para satisfacer a Elena con mi miembro duro. Sin necesidad de decir una palabra más, ella abrió su boca. Disfruté el momento al máximo. Cuanto más tiempo tenía que esperar Elena por mi erección, más sensual se volvía su gemido.

—¿Quieres que te posea?

—¡Sí, por favor! ¡Por favor, Clay, tómame ya!

Cumplí su petición con mucho gusto. Me acerqué tanto a Elena que pude sumergir mi miembro en su boca, lo que la deleitó tanto que suspiró de alivio.

¡Joder! Jadeando, eché la cabeza hacia atrás y disfruté de su estrecha garganta, que se sentía mil veces mejor que en mi imaginación. Mi erección era enorme, así que le di a Elena un momento para que se acostumbrara al tamaño. Después de eso, no hubo contención. Agarré el pelo de Elena y embestí hasta el fondo, mientras su garganta se cerraba apretadamente a mi alrededor. ¡Era tan condenadamente deliciosa! Elena buscó el contacto visual conmigo, lo que me impulsó aún más.

Era demasiado bueno sentir mi erección tan profundamente en su garganta mientras sus grandes ojos me suplicaban *más*. ¡Maldita sea, estaba aún más hambrienta que yo!

Tan sensual como Elena jadeaba entre mis embestidas, apenas podía contenerme. Quería agarrarla, inclinarla sobre una de las barras donde colgaban las mantas de montar y follarla tan duro hasta que viera estrellas. Pero me contuve. Elena tendría que esperar un poco más para disfrutar de un orgasmo. Yo, por mi parte, disfrutaba plenamente del hecho de que las reglas estaban a mi favor. El juego era injusto, sin duda, pero Elena lo había querido exactamente así.

Mi agarre en el cabello de Elena se hizo más firme, me hundí profundamente en ella y me detuve.

—¿Cuánto tiempo puedes aguantar la respiración por mí? —murmuré, mientras miraba profundamente a los ojos de Elena. Brillaban de lujuria, resplandecían de excitación, y en el reflejo que me devolvía, pude ver también un poco de locura. Inevitablemente, me pregunté cómo había podido pasar por alto esta locura en sus ojos. Elena era la sumisa perfecta para mí.

Sus párpados revoloteaban excitados mientras jadeaba por aire, que mi dureza dentro de ella le negaba.

Maldita sea, era dura. En este punto, la mayoría de las mujeres se habrían rendido, pero Elena me miraba desafiante.

Elena quería más de lo que era bueno para ella, al igual que yo. Menos mal que conocía los límites de ambos. En lo profundo de mi ser, le hice una promesa a Elena de que algún día la llevaría más allá de sus límites, algún día, pero no hoy. Hoy estaba demasiado impulsivo. Mis emociones me habían abrumado y ya no podía pensar con claridad.

Mi agarre se aflojó, Elena se retiró agradecida y respiró profundamente. Todo su cuerpo temblaba de deseo, me hubiera encantado hundir mi erección profundamente en ella por segunda vez, pero me detuve y disfruté de la vista que tenía ante mí. Elena se había encendido, ardía de lujuria y estaba a punto de estallar en llamas. Al mismo tiempo, me lanzaba más miradas desafiantes. Toda su parte inferior gritaba por alivio, estaba seguro de ello. Debía sentirse infernal estar expuesta al palpitar de su centro sin poder hacer nada al respecto, ya que sus ataduras mantenían a Elena en su lugar.

—Por favor, tómame, Clay —jadeó Elena sin aliento. Me puse en cuclillas, separé sus piernas y recorrí la costura de su jean hasta tocar su punto más sensible. Gimiendo, echó la cabeza hacia atrás, y le permití entregarse a la sensación por un momento.

—Te prometo el orgasmo más intenso que hayas tenido jamás.

—Oh, por favor.

—Pero tendrás que esperar un poco más, mi bella.

Me levanté de nuevo, agarré el cuello de Elena y hundí mi erección en ella antes de que pudiera protestar. Aunque no podía decir nada, sus miradas hablaban por sí solas.

—Realmente quieres saberlo, Elena, ¿eh?

Sus grandes ojos esmeralda ardientes no podían gritar *sí* de manera más clara. La amaba por eso. Dios, Elena nunca debía saber cuánto poder tenían sus miradas sobre mí, ¡o estaría perdido!

Para distraerme del pensamiento de que Elena me afectaba más de lo que me gustaba admitir, follé su boca tan duro como pude. Una y otra vez, suspiros sensuales escapaban de su garganta, lo que solo me enfurecía más. Cuanto más fuerte embestía, más fuerte gemía Elena. Quería más de mi trato rudo, lo que podía entender muy bien, porque yo tampoco tenía suficiente de ello.

Unas últimas embestidas profundas, y ya no pude contenerme más y bombee mi placer en su garganta. Solo después de que ella lo tragó todo, me retiré de ella.

—Buena chica —la elogié. Mi respiración era pesada e irregular, y me hubiera encantado follar a Elena una segunda vez de inmediato. Ella permaneció obedientemente de rodillas, esperando que dijera algo. Por supuesto, esperaba una segunda ronda en la que obtendría su orgasmo prometido, pero tendría que esperar un poco más.

El implacable sol de la tarde había desaparecido detrás de las suaves colinas que rodeaban Oakland, sin embargo, mi cuerpo sudoroso clamaba por refrescarse.

—Voy a refrescarme y luego seguiré trabajando en las vallas —dije.

—¿Y qué hay de mí? —Contuvo el aliento, conmocionada.

—Puedes ayudarme si quieres.

—No es eso a lo que me refería. —Elena apenas pudo contener un resoplido, pero lo noté de todos modos y lo agregué a su lista, cada vez más larga.

—Tendrás que ganarte tu orgasmo primero.

—¿Y cómo?

—Llegando al clímax solo cuando yo te lo permita. —Solté sus ataduras y le dirigí una mirada seria—. Tampoco te tocarás sin mi permiso.

Elena jadeó ruidosamente.

—¡Eso es demasiado!

—¿En serio?

—¡Sí!

—Qué lástima que hayas aceptado mis reglas y por lo tanto tendrás que cumplirlas.

—Qué lástima que no puedas vigilarme todo el tiempo —respondió desafiante.

Suavemente, como si Elena no me hubiera provocado, acaricié su mejilla.

—Puedo ver si te has tocado o no. Créeme, tu lista ya es lo suficientemente larga, no querrás que sea aún más larga.

—Pero ¿cómo voy a soportarlo?

—Con dignidad.

Elena no respondió a eso. Poco a poco había entendido en qué se había metido. Bien, porque quería que fuera consciente con cada fibra de su cuerpo de que no había escapatoria. Ni para ella ni para mí.

Capítulo 11 – Elli

Bostezando, caminé por el patio hacia June, que estaba cepillando a su caballo frente al establo. Dejé un largo y delgado rastro de café que se derramaba de mi taza. El sol apenas había salido —demasiado temprano para una apasionada dormilona como yo— y durante la noche no había podido pegar ojo por culpa de Clay.

—Buenos días, Elli. Es raro verte tan temprano, ¿desde cuándo estás despierta?

—Desde ayer, más o menos —suspiré.

June hizo una pausa y apoyó curiosamente la parte superior de su cuerpo sobre el lomo de Champion. —¿Por qué?

—Por Cloud. Por la situación general. Y un poco por Clay.

Bueno, ¡principalmente por Clay!

—¿Qué ha pasado?

¡Clay ha pasado!

¡Clay era un monstruo! No podía describir de otra manera cómo me sentía por él. Todo mi cuerpo ardía, palpitaba y vibraba. Cada roce se convertía en fuegos artificiales. Mis hormonas estaban completamente fuera de control.

—Nada —dije quitándole importancia. En realidad, era cierto. Lo que Clay no había hecho era lo que me había mantenido despierta toda la noche—. Es solo que es muy diferente a lo que esperaba cuando no se comporta como un imbécil.

—¿Y eso te quita el sueño?

—No, lo que me afecta es que todo esté llevando tanto tiempo.

—Respira hondo, Elli. Normalmente eres obstinada y paciente, así que no empieces a dejar de serlo ahora.

—Tengo miedo de no lograr encontrar el equilibrio.

June tiró el cepillo en la caja de limpieza y me abrazó.

—Si alguien puede lograrlo, eres tú. ¡Cloud seguramente se convertirá en un gran caballo de rancho, y en uno aún mejor para el rodeo!

—Oh, claro. Cloud.

—Por supuesto que hablo de Cloud. ¿De quién hablas tú? —June se sobresaltó como si una descarga eléctrica hubiera recorrido su cuerpo—. ¿Acaso hablas de Clay?

—Eh... ¿No? —No sonaba particularmente convincente, June había olido la tostada.

—Oh. Dios. Mío. ¡Cuéntamelo todo!

¡De ninguna manera!

—Como dije, no ha pasado nada. Hubo un beso...

—¿A un beso lo llamas nada? ¿Cómo pudiste sentarte tan tranquila durante la cena y ocultarme un detalle tan importante?

—Primero tengo que averiguar yo misma qué es lo que hay entre nosotros.

Estaba fuera de toda duda que había chispa entre Clay y yo. Tampoco había duda de que Clay sentía lo mismo. La pregunta era: ¿qué pasaría después? Normalmente me resultaba fácil pensar en el futuro.

Desde que Sophia vivía en Nueva York, toda la planificación de Red Rivers recaía sobre mí, pero desde ayer apenas podía pensar dos minutos hacia adelante.

Cielos, me estaba volviendo loca. ¡Si no conseguía pronto mi orgasmo prometido, perdería la cabeza!

—Entonces, ¿Clay Kennedy ya no es un gran imbécil?

—No —respondí sin dudar. Me había torturado, me había dejado sola con mi lujuria, y sin duda por eso tenía una amplia sonrisa en los labios desde anoche, pero no era un gran imbécil. Clay era cauteloso. Fuera lo que fuera lo que lo había herido en el pasado, lo perseguía hasta hoy, pero parecía estar trazando lentamente una línea entre lo que sucedió entonces y lo que estaba sucediendo ahora.

June aplaudió emocionada, volvió a su caja de limpieza y sacó un grueso álbum de fotos encuadernado en cuero.

—Bien, entonces puedo pedirte algo sin remordimientos. —June me guiñó un ojo mientras me entregaba el álbum.

—¿Qué es esto?

—Un pequeño hobby mío —respondió seriamente.

June pasó algunas páginas por mí, en las que había pegadas tarjetas de autógrafos e imágenes de artículos de periódicos, junto con una firma y a veces una pequeña dedicatoria. June había viajado bastante a lo largo de su carrera, ¡incluso descubrí una firma de B.J. Sutherland, cuyo tiempo en el Barrel Racing seguía imbatido, incluso años después de su carrera!

—Déjame adivinar, ¿quieres que le pida a Clay que firme?

—Sería realmente encantador si pudieras hacer eso. —Me sonrió dulcemente.

—Está bien, está bien, dámelo ya. —Extendí mis manos, pero cuando June iba a darme el álbum, retiré mis manos brevemente—.

Pero a cambio, mantendrás a John alejado del ponche de huevo en el próximo Día de Acción de Gracias, ¿de acuerdo?

June puso los ojos en blanco fingiendo exasperación.

—Eso todavía te persigue, ¿verdad?

Resoplé. —¡Nos persigue a todos todavía! Es el tema de conversación número dos, justo después del caos de vuestra boda.

June se echó a reír. —¡Todavía amo a Sophia por hacer que nuestra boda siga siendo el tema principal de conversación en Merryville incluso un año después!

—Sí. Vuestra boda pasó a la historia de Merryville, algo que Rachel definitivamente no me dejará olvidar en la *Wild Horse Competition*. Por eso todo tiene que salir bien.

—Lo hará. ¡Eres la mejor susurradora de caballos que conozco!

—¿Cuántas susurradoras de caballos conoces?

June puso las manos en las caderas.

—¡Eso no viene al caso!

—Ah, ya veo —respondí seriamente—. Si es así, entonces puedo confiar en tu experiencia, por supuesto.

—¡Exactamente!

Nos reímos un poco y luego volvimos a temas más serios.

—Por cierto, ¿cómo fue el paseo con Pokerface?

—Genial, realmente has hecho un buen trabajo. Una prueba más de que Cloud no será un problema para ti.

Poco a poco, también tenía la sensación de que no era mi caballo salvaje el que me estaba causando grandes problemas, sino Clay.

—Por cierto, ¿tendrías tiempo para Pam próximamente? Le conté sobre la historia de Pokerface y le gustaría verte entrenar.

—Claro, no hay problema —me encogí de hombros y miré alrededor—. ¿Está Pam aquí?

June suspiró suavemente. —No. Está un poco frustrada desde que tuvo una llamada telefónica bastante larga.

—Entiendo. Le mostraré algunas cosas, pero solo en Red Rivers, ¿de acuerdo?

June entrecerró los ojos. —¿Acaso hay algún secreto en Oakland del que nadie debe enterarse?

—¿Qué? ¡No! —respondí demasiado rápido para sonar creíble—. Simplemente quiero concentrarme completamente en mi trabajo con Cloud, no necesito espectadores.

—¿Así que cierto vaquero muy atractivo no es una distracción?

—¿Vaquero muy atractivo? Espero que estés hablando de mí —dijo John sonriendo, mientras aparecía detrás de mí. Tan pronto como Callie vio a su madre, extendió los brazos alegremente.

—Sí. Justo estábamos hablando del Día de Acción de Gracias —le sonreí a mi hermano, quien intentaba ignorarme.

—¡De esto hablaremos más tarde! —exigió June con el dedo índice levantado, mientras tomaba a su pequeña hija. Levanté las manos como si me estuviera amenazando con un arma.

—Por supuesto. *Ni hablar.*

Por suerte, mi hermano había aparecido en el momento justo, porque yo era apenas un poco mejor que mi hermana mayor guardando secretos. June seguramente podía imaginarse su parte después de que mencioné el beso, pero prefería guardarme los detalles picantes. Al menos hasta que hubiera ordenado mis pensamientos. Clay me había atado, controlado y dominado, y yo quería más de eso. De hecho, la perspectiva de más me gustaba tanto que no había podido pensar en otra cosa toda la noche.

—¿Quién viene ahí? —preguntó John, observando con mirada crítica la entrada donde se acercaba un coche azul.

—¿Clay? —June miró en mi dirección mientras mecía a Callie en sus brazos.

—No, Clay no conduce un coche de ciudad.

Justo cuando pensaba que había resuelto mi *crisis de no-puedo-guardar-secretos*, se avecinaba el siguiente problema. Apenas podía reconocer la cara del hombre detrás del volante, pero el ojo morado hablaba por sí mismo. Chad, el sobrino borracho de Bill del bar de Tucker, que claramente se había tomado demasiadas cervezas para pensar con claridad.

Por suerte, Clay me había salvado de esa situación. No quería ni imaginar lo que habría pasado si no hubiera intervenido. June y John conocían la versión corta y suavizada.

—¿Qué hace aquí el sobrino de Bill? —John no sonaba muy complacido, y yo solo podía estar de acuerdo.

—No tengo idea —respondí encogiéndome de hombros y esperando que Chad me evitara.

Mis esperanzas se desvanecieron cuando estacionó y caminó directamente hacia nosotros. Tenía una expresión seria y formal.

—Buenos días —nos saludó Chad asintiendo, sin hacer contacto visual directo. Se bajó el sombrero sobre la cara, pero el enorme moretón brillaba en tonos violeta tan intensos que era imposible de ignorar.

John miraba alternativamente el moretón y a mí. Está bien, tal vez había suavizado demasiado la situación en mi relato, pero no había querido alarmar innecesariamente a nadie, ya que gracias a Clay no había pasado nada más.

—Bonito moretón —gruñó John. Se arremangó la camisa, una clara señal de que estaba listo para darle un segundo a Chad.

—Sí, eh —Chad se frotó la nuca con vergüenza mientras balbuceaba una respuesta—. Supongo que me lo merecía.

Al menos era consciente de ello, aunque eso no excusaba el miedo que me había hecho pasar. La situación se volvía cada vez más opresiva. Nadie decía nada, mientras un enorme elefante y un moretón aún más grande estaban visiblemente presentes en el ambiente.

—¿Qué quieres? —pregunté seriamente.

—Necesito hablar contigo.

—No hay nada de qué hablar —respondí brevemente—. Estabas borracho, no estabas en tus cabales y has pagado por ello con *karma instantáneo*.

Decidida, caminé hacia la casa principal para escapar de esta incómoda situación. Detrás de mí, escuché la voz seria y amenazante de mi hermano.

—Con el karma hay que tener cuidado, porque a veces viene en cuotas.

Chad me frenó cuando apenas había dado tres pasos.

—Mi tío me envía. Necesita ayuda con uno de sus caballos. Por favor, dame cinco minutos para explicar lo que pasa.

Contra mi mejor juicio, me detuve, pero no podía negarle ayuda a un animal solo porque su dueño me molestaba.

—Cinco minutos —respondí. Luego miré a June y John, que observaban atentamente lo que sucedía—. Estaré bien.

John le lanzó una mirada amenazante a Chad. —Los estaré vigilando.

—Lo entiendo —respondió Chad, levantando las manos en señal de paz. Entonces June y mi hermano se retiraron al establo. Estaban fuera de vista, pero me tranquilizaba saber que estaban al alcance del oído. Chad ahora estaba sobrio y parecía mucho más razonable, pero me había equivocado una vez con él, no podía permitirme que ocurriera una segunda vez.

—¿De qué se trata? —pregunté para romper el silencio que se había instalado entre nosotros.

—Uno de los caballos de paso fino de Bill, un futuro semental, está dando problemas.

—Está bien, echaré un vistazo al caballo de Bill, que lo traiga a Red Rivers.

—Ese es el problema, no se sube a ningún remolque.

Me maldije por no haber entrado simplemente en la casa principal. Los caballos que tenían miedo a los remolques no eran un gran desafío para mí, solo necesitaba suficiente tiempo, paciencia y un puñado de las galletas de avena caseras de la abuela, aptas para caballos.

—Bien. Echaré un vistazo al semental en las próximas semanas.

Si recordaba correctamente, Chad estaría en Merryville solo por un corto tiempo, así que las probabilidades eran buenas de que pronto tendría paz en Green Hill, lejos de más dramas, si me ocupaba del caballo de Bill.

—¿Semanas? Eso no puede ser, se supone que lo venderán en dos semanas.

Suspirando, dejé mi taza de café medio vacía para poder cruzar los brazos sobre el pecho.

—Escucha, este es un problema que requiere tiempo, y tiempo es lo que no tengo de sobra ahora mismo. Podrías simplemente preguntarle a uno de los otros participantes de la *Wild Horse Competition*, todos ellos saben tratar con caballos asustadizos. Seguro que uno de ellos tiene tiempo libre.

Chad negó con la cabeza. —El tío Bill necesita tu ayuda. Está bastante corto de dinero en este momento y solo podrá pagar cuando el caballo —que no quiere entrar en ningún remolque— pueda ser vendido.

—¿Sabe tu tío de dónde viene ese moretón?

Mi pregunta lo irritó y avergonzó por igual. —Sí. Y esto es mi castigo por ello. —*No solo tuyo, Chad, no solo tuyo*—. Mira, Elli. Había bebido más licor del que me convenía. No sabía lo que hacía.

—¿Se supone que eso es una disculpa? —pregunté—. Si es así, fue un intento bastante patético que ha fracasado.

—Elli, realmente lamento lo que pasó, créeme, y me merezco este moretón y más.

Parecía verdaderamente arrepentido, pero no iba a ceder tan fácilmente. Chad debía sufrir, porque eso era exactamente lo que se merecía. Además, era obvio que todavía me ocultaba algo.

—¿Qué pasaría si no ayudo?

—¿A qué te refieres?

—¿Bill te echaría de la granja entonces?

¡Pillado! Chad se estremeció como si lo hubiera atrapado mintiendo.

—Sí —murmuró tan bajo que apenas pude entenderlo.

—Entonces me libraría de ti, ¿verdad?

—Sí. Y yo perdería mi oportunidad de demostrarle a mi familia que puedo construir mi propia cría de caballos.

—Desde luego no te has comportado de manera muy madura —reflexioné sobre su conducta.

—¡Y me disculpo por ello! Si no hubiera sido por mí, habrías ayudado a mi tío de inmediato. ¿No es así?

Asentí. —Probablemente sí.

—Entonces, por favor, ayúdalo. Tendrá problemas si no lo haces, y no quiero ser el responsable de eso.

Resoplando, eché la cabeza hacia atrás y maldije mi mala conciencia por interponerse. Los caballos que no podían venderse no tenían un futuro agradable por delante.

—De acuerdo, iré a ver el caballo mañana en Green Hill.

—¡Gracias!

Ya estaba a punto de lanzarse a abrazarme cuando di un paso atrás.

—Pero solo con una condición.

—Lo que sea, ¡acepto!

—Nada de alcohol mientras estés en Merryville.

Eso le dio un buen golpe a su entusiasmo inicial.

—De acuerdo, trato hecho.

—Y hay algo más. —Esta vez no encontré las palabras tan fácilmente—. No estoy interesada en una relación, ¿de acuerdo?

Ahora se esfumó también el resto de su euforia.

—Entiendo.

Espero que realmente lo entienda.

Sellamos nuestro acuerdo como era costumbre en tierra texana, con un apretón de manos, luego él subió a su coche y se marchó.

Agarré mi taza de café y me dirigí de vuelta al establo, donde estaban mi hermano y June. Mientras caminaba, saqué mi smartphone del bolsillo y tragué saliva cuando me di cuenta de que estaba en modo silencioso. ¡Solo había un mensaje perdido de Clay, pero era impactante!

Elena, te espero en el rancho en veinte minutos. Sé puntual.

El mensaje había sido entregado hace dieciséis minutos. ¡Cielos, no había posibilidad de que llegara a tiempo! Con esto le estaba dando a Clay otro punto en su lista, de la que hablaba con tanta reverencia como de un antiguo secreto familiar, y que me causaba escalofríos y cosquilleos en el estómago por igual.

Aun así, no pude evitar preguntarme si con mi impuntualidad involuntaria había llevado las cosas demasiado lejos. No debía olvidar que Clay sabía exactamente lo que quería. Era un depredador, y yo era su presa, suplicándole que me cazara.

¿Sabía realmente en qué me había metido?

Capítulo 12 – Elli

El mensaje de Clay seguía rondando por mi cabeza mientras el paisaje pasaba volando a mi lado. No iba tan rápido como quería, pero consideraba esto solo como una emergencia de gravedad media, por lo que a regañadientes me ceñía a las normas de tráfico.

Una y otra vez mi mirada se quedaba pegada a mi reloj de pulsera, cuyas manecillas corrían aún más rápido que mi corazón, que latía a lo que parecían mil pulsaciones por minuto.

¿Estaría Clay enfadado?

Por Dios, Elli, ¡claro que está enfadado!

Era la primera vez que permitía que un hombre me diera órdenes y al mismo tiempo lo disfrutaba. El solo pensar que mi impuntualidad pudiera terminar prematuramente las cosas con Clay me hacía sentir incómoda.

Llegué a la entrada del rancho Oakland veinticinco minutos después de haber leído el SMS de Clay, y alcancé la casa principal dos minutos más tarde. Clay estaba apoyado despreocupadamente en la valla del corral, donde Supernova y Copper pastaban pacíficamente. Cuando salí del coche, Clay me examinó con expresión neutral, lo que, debo admitir, me desconcertó. Un Clay enfadado, sí, eso podía entenderlo, al igual que un Clay alegre —probablemente— aunque nunca lo había visto sonreír de verdad. Pero este Clay inexpresivo y neutral, que no dejaba ver sus cartas, me daba dolor de cabeza.

—Buenos días —lo saludé. Mi expresión neutral me costaba más esfuerzo que a él, eso estaba claro—. Por cierto, normalmente soy una dormilona gruñona por las mañanas, tienes suerte de que haya visto tu mensaje tan rápido.

Sí. Ese era mi desesperado intento de disculparme por mi retraso sin firmar una admisión directa de culpabilidad que pudiera usar en mi contra.

—Ven conmigo —fue todo lo que dijo Clay mientras pasaba en silencio a mi lado, indicándome que lo siguiera al granero cuyo techo había reparado ayer. Lo seguí en silencio. Ayer, el gran portón también estaba abierto de par en par, por lo que podría haber echado un vistazo al heno y la paja almacenados, y solo se me ocurría una razón por la que Clay lo había cerrado: nadie debía ver lo que sucedía detrás de esas puertas cerradas.

—Llegas casi media hora tarde —dijo Clay mientras abría la puerta chirriante junto al gran portón.

Se me puso la piel de gallina en todo el cuerpo cuando su voz áspera y masculina me alcanzó. Inmediatamente después, me atravesó con su mirada oscura, que anhelaba más de lo que era bueno para mí.

—En realidad, solo fueron...

—Me has hecho esperar casi cuarenta minutos —me corrigió Clay.

Auch. Fuera lo que fuese a pasar ahora, yo misma había empeorado mi situación.

—Lo siento —respondí en voz baja. Sí, lo sentía, al menos un poco, pero por otro lado, Clay no podía esperar que me dejara mangonear a su antojo.

—No, no lo sientes —dijo Clay secamente, como si hubiera leído mis pensamientos—. Pero lo harás.

—¿Qué quieres decir? —pregunté.

—Ya lo verás.

Seguí a Clay al interior. A través de la claraboya abierta, los rayos del sol brillaban en la parte trasera del granero, donde las partículas de polvo flotantes resplandecían doradas. El aroma del heno recién secado se mezclaba con la masculinidad, el sándalo y una pequeña nota de peligro, todo emanando de Clay.

Irónicamente, nos quedamos en la parte oscura del granero. La luz estaba al alcance de la mano, tentadora y hermosa, pero no podía tocarla, al igual que el corazón de Clay, que se encontraba enterrado en algún lugar de la profunda oscuridad.

Cuando la puerta se cerró de golpe detrás de mí, toda la pared tembló brevemente. Ahora estábamos solos. Desde mi centro se extendió un hormigueo pulsante y cálido, porque ahora estaba completamente a merced de Clay. La última vez que había ignorado mis instintos, había sido recompensada con la sensación más emocionante del mundo, y la mirada de Clay me prometía que hoy superaría esa sensación.

—Desnúdate.

¿Ahora? ¿Aquí? ¡Dios mío! En silencio, empecé a desabrochar mi blusa, porque sabía lo imprudente que sería contradecir a Clay una vez más. Se acercó mucho a mí mientras me desvestía.

—Veo que sí puedes obedecer.

Todo en mí gritaba por contradecir a Clay, y me costó toda mi fuerza de voluntad no hacerlo. Seguí concentrándome en desvestirme.

Hace una hora apenas podía esperar para quitarme la ropa, ahora me tomaba todo el tiempo posible.

—Estás muy callada, Elena. ¿En qué piensas?

Enfatizó mi nombre y lo alargó con deleite, lo que interpreté como otra invitación a contradecirlo. ¿Quería desafiarme? ¿Le gustaba a Clay que me rebelara contra él?

—Me pregunto si solo estableces las reglas porque quieres que las rompa —respondí honestamente. La última prenda cayó al suelo. Ahora solo llevaba ropa interior. Algo brilló en los ojos oscuros de Clay.

—Tienes razón.

—¿De verdad? —Me froté los brazos desnudos.

Clay recogió mi ropa del suelo. Cuando se detuvo detrás de mí, se quedó quieto.

—Tienes que prometerme algo.

No podía ver su cara, pero su voz me decía todo lo que necesitaba saber.

—¿Qué cosa?

—No dejes de contradecirme, sigue rebelándote contra mí y mantente tan tenaz y obstinada.

—¿Y qué pasa con las reglas?

El suspiro de Clay sonó como un trueno profundo que anunciaba una tormenta.

—Normalmente, le doy una maldita importancia al cumplimiento de mis reglas, pero contigo... —Hizo una pausa larga y significativa que casi me volvió loca—. Es *diferente*.

—¿Diferente?

—Solo prométeme que nunca te rendirás.

—Lo prometo.

Aunque solo eran unas pocas palabras, fluían a través de ellas cantidades inmensas de sentimientos, por lo que podía decir con buena conciencia que esta promesa era la más significativa que había hecho jamás.

—Gracias —murmuró Clay en mi oído.

Todo mi cuerpo temblaba cuando me di cuenta de que este era el momento más íntimo entre Clay y yo desde que nos conocíamos. Un murmullo cortó el intenso silencio que se había posado sobre nosotros.

—Desnúdate completamente —ahí estaba de nuevo, el Clay neutral e impenetrable, pero me había permitido ver detrás de su fachada, y me di cuenta de que su corazón estaba al alcance de la mano. Solo no debía rendirme.

Cuando dudé, Clay se paró frente a mí, mirando hacia la entrada detrás de nosotros. —¿Acaso tienes miedo de que alguien nos descubra? *Tal vez.* —¿O quizás te excita un poco la idea de que nos puedan descubrir? *¡Cielos, sí!*

No tenía idea de cómo Clay siempre lograba despertar estos sentimientos en mí, de los que quería cada vez más y nunca eran suficientes. Me quité el sujetador, luego me deslicé las bragas y le di ambas prendas a Clay, quien las puso a un lado. Regresó con un lazo y unas correas de cuero.

—¿Te has tocado, Elena? —Su pregunta era retórica, ambos sabíamos que por dentro casi me quemaba porque mi cuerpo gritaba por un orgasmo.

—No —dije de todos modos, porque él esperaba mi respuesta.

Clay sonrió satisfecho, luego me puso las correas de cuero alrededor de las muñecas, que tenían grandes anillos adheridos. Ajustó las pulseras firmemente, pero el cuero se amoldaba suavemente a mi piel. Con destreza, Clay lanzó su lazo sobre una de las vigas transversales de soporte, luego pasó la cuerda a través de los anillos metálicos de mis nuevas pulseras. Finalmente, tensó la cuerda tanto que solo podía tocar el suelo con la punta de los dedos de los pies.

Me había entregado a Clay y le había cedido el control sobre mí, mi cuerpo y toda la situación: me gustaba más de lo que quería admitir. Era la primera vez en mi vida que podía ceder el control sin temer las consecuencias. Clay había logrado liberar mis hombros de toda la carga y los problemas que normalmente arrastraba conmigo. ¿Pero a qué precio?

—¿Fue difícil no tocarte? —preguntó. —¿Tuviste que pensar en mí? —Sus dedos se deslizaron por mi cuello, bajando hacia mi ombligo, hasta entre mis piernas. —¿Quizás incluso te causé una noche de insomnio?

—Sí —suspiré, mientras intentaba equilibrar mi peso.

—¿Más difícil que convertir un caballo salvaje en un caballo de monta y un bronco?

—¡Definitivamente!

Sus dedos masajearon brevemente mis puntos más sensibles, pero justo cuando echaba mi cabeza hacia atrás para disfrutar sus caricias, se alejó. Donde había estado su mano, dejó un ardor de deseo.

Sonrió de nuevo. —Bien. Entonces el mediodía será bastante fácil para ti, pero hasta entonces te lo pondré un poco más difícil.

Contuve la respiración, porque aún faltaban unas horas para el mediodía. Clay no me dejaría colgada aquí hasta entonces, ¿o sí?

Casi como si hubiera leído mis pensamientos, se alejó con pasos pesados y lentos. Al principio pensé que Clay realmente me dejaría aquí sola —lo que me aterrorizó—, pero cuando regresó con una silla, mi pulso se calmó un poco.

Colocó la silla a unos metros frente a mí, se reclinó con desenfado, cruzó los brazos sobre el pecho y extendió las piernas cruzándolas.

—¿Clay? —Lo miré expectante. —¿Cuánto tiempo me dejarás colgada así?

—Un rato.

Había entendido que quería darme una lección, por lo que era mejor no hacer esperar a Clay, aun así fruncí los labios en un puchero.

—Esa no es una respuesta.

—Sí lo es, solo que tú deseas una diferente. Eso es una gran diferencia.

No tenía nada que argumentar contra eso, así que me quedé callada. Mis ojos brillaban de ira y le mostraban a Clay que no me rendía, sino que solo me retiraba tácticamente. Sin embargo, con horror me di cuenta de que Clay gruñía suavemente, ¡lo que significaba que disfrutaba de esas miradas!

Al principio pude aferrarme a mi ira, pero con cada segundo la espera se hacía peor. Ardía de deseo, y lo peor de todo era que Clay, quien podía satisfacer todos mis anhelos, no lo hacía, aunque estaba sentado a solo unos metros de mí. ¿Cómo podía controlarse tan bien? Sin ataduras, no tendría control sobre mí misma, pues me habría entregado a la locura que rugía en mi interior ardiente.

Mientras él estaba sentado tranquilamente frente a mí, examinándome, yo me volvía cada vez más inquieta. El peso de mi cuerpo se hacía cada vez más pesado. Una y otra vez tenía que dar pequeños pasos hacia adelante o hacia atrás, mientras mis brazos colgaban de las cuerdas.

Entre mis piernas se volvía cada vez más húmedo, el palpitar de mi punto más sensible se intensificaba con cada latido del corazón. El desequilibrio de poder entre Clay y yo no podía ser más evidente. Yo colgaba desnuda, atada e indefensa frente a Clay, quien me vigilaba como un depredador hambriento.

¡Por favor, tómame de una vez!

—Es bastante incómodo tener que esperar sin que pase nada, ¿verdad? —Clay me sonrió divertido. Quería lanzarle miradas furiosas, pero respiré profundamente y me controlé. Las miradas furiosas eran lo que él quería, así que hice mi mejor esfuerzo para que no las obtuviera y solo le respondí con un breve: —Sí.

Clay no se inmutó, y no tenía por qué hacerlo, pues tenía todo el tiempo del mundo. Yo, por otro lado, estaba, literalmente, colgada de las cuerdas. Más segundos, o minutos, pasaron dolorosamente lentos. Mi ira se convirtió en frustración. ¡Si Clay no me liberaba pronto, me volvería loca!

—Por cierto, tengo una vida fuera de Oakland. No puedes citarme y esperar que deje todo por ti porque de lo contrario habrá consecuencias.

—¿Ah, no puedo? —El sarcasmo en su voz era inconfundible.

—De acuerdo, sí puedes. —Sacudí mis ataduras. —Aun así, no puedes simplemente darle la vuelta a toda mi vida.

—Eres tú quien está poniendo mi vida de cabeza —murmuró pensativo. Luego sacudió la cabeza, como si quisiera deshacerse de los pensamientos como gotas de agua de las puntas del cabello.

—Te dominaré. Te someteré cuando me plazca. Tomaré lo que quiera.

Clay se levantó, atrajo mi cuerpo hacia él y cubrió mi cuello de besos, mientras sus manos recorrían mi piel.

—Pero hay algo que deberías saber, Elena. Sé que quieres que te someta. Puedo sentir cuánto deseas que tome lo que solo tú puedes darme. Aun así, en este viaje siempre tienes la opción de bajarte de la silla en cualquier momento.

Era una locura, Clay era el hombre más dominante que jamás había conocido, y al mismo tiempo me trataba como un caballero encantador.

—Entonces deberías saber que nunca me bajaré de la silla, sin importar lo difícil que se ponga.

Un suave gruñido de placer escapó de la garganta de Clay, haciéndome estremecer.

—Me perteneces, Elena. ¡Dilo!

—¡Te pertenezco!

—Buena chica.

—Las buenas chicas reciben una recompensa, ¿verdad?

—Cierto. —Mi corazón latía más rápido, ¡pues mi orgasmo parecía estar al alcance! Lástima que Clay pasó de largo. No podía ver lo que sucedía a mis espaldas, ni siquiera cuando escuché atentamente los sonidos que se habían producido.

—Pero antes de que las buenas chicas reciban su recompensa, las chicas malas deben ser castigadas.

Contuve la respiración. Ingenuamente había pensado que *esto* era mi castigo.

—Me hiciste esperar cuarenta minutos. —Me mordí los labios para no corregirlo por segunda vez—. Te ayudaré a recordar en el futuro lo descortés que es hacer esperar tanto a alguien.

Cuando miré por encima de mi hombro, vi a Clay detrás de mí, acariciando la punta de una larga fusta que normalmente usaba para el trabajo en tierra.

—Cuarenta azotes por cuarenta minutos. ¿Qué te parece mi propuesta?

Espera. ¿Clay realmente quería golpearme con eso? La pregunta aún más importante que me planteaba era, ¿por qué mi vientre se contraía con anticipación? ¿Había algo mal conmigo? La dominancia de Clay me había atraído desde el principio, como una polilla atraída por la luz de la luna.

—Cuando te hago una pregunta, espero que me respondas, Elena.

Amonestándome, pasó la punta de la fusta por mi espalda desnuda.

—No lo sé —confesé mis dudas.

—¿Qué es lo que no sabes? —Sentí su aliento caliente y regular en mi piel—. No estás dudando del *sí*, sino del *por qué*, ¿verdad?

Asentí, agradecida de que Clay hubiera adivinado mis dudas con tanta sensibilidad.

—Simplemente déjate llevar y confía en mí. Algo que se siente tan bien no puede estar mal.

Exhalé aliviada porque Clay había disipado casi todas mis dudas. Tenía razón, algo que se sentía tan bien no podía estar mal, porque nunca en mi vida me había sentido tan libre como ahora.

Volví a sentir la punta de la fusta en mi piel desnuda.

—Te permito gritar, porque nadie te oirá.

La anticipación que resonaba en la voz de Clay despertó mi desafío una vez más.

—Gracias, pero no es necesario.

Clay chasqueó la lengua, negando con la cabeza.

—Nunca deberías rechazar algo que te ofrezco tan voluntariamente, Elena, no siempre seré tan generoso.

El primer golpe en mi trasero me tomó completamente por sorpresa, aunque no fue muy fuerte. Los siguientes dos golpes siguieron de cerca. Con cada golpe subsiguiente, la intensidad aumentaba, Clay quería probar mis límites. Al principio estaba segura de mi victoria, pues el ardor de los golpes se transformaba inmediatamente en puro y dulce placer, hasta que Clay se dedicó también al resto de mi cuerpo. La piel de mis muslos era mucho más sensible de lo que había pensado. Con cada golpe, reprimía un gemido.

—Mi oferta sigue en pie —dijo Clay seductoramente.

—Gracias. —*Pero no, gracias.*

De ninguna manera quería darle a Clay esa satisfacción. Cuando llegó a las pantorrillas, mis gemidos se convirtieron en jadeos, pero valientemente me mordí los labios.

—¿Cuántos golpes más tienes que soportar para mí?

—¿Qué?

—¿No has estado contando los golpes? —Odiaba a Clay por el pesar que resonaba en su voz. ¡Qué cabrón, realmente quería oírme gritar!

—No, no lo he hecho.

—Deberías hacerlo, de lo contrario tendremos que empezar de nuevo.

—¿Todo de nuevo? —pregunté horrorizada. Aunque no había contado, ya debían haber sido docenas de golpes.

—Desde cero. Tal vez ahora simplemente cuentes en voz alta.

El siguiente golpe volvió a alcanzar mi trasero.

—Uno —dije entre dientes apretados. Intenté no dejar ver cuánto lo anhelaba. El ardor de los golpes se volvía cada vez más intenso, al igual que la excitación que estaba estrechamente entrelazada con él.

—¡Dos! —El segundo golpe alcanzó el mismo lugar que antes. También el tercero, cuarto y quinto golpe alcanzaron la misma marca. Después del décimo golpe, Clay me concedió un breve respiro. Desde atrás, agarró mis caderas y me atrajo hacia él para que pudiera sentir su dureza presionando contra sus pantalones.

—¿Sientes lo loco que me vuelves?

¿Yo lo volvía loco? ¡Pero si era Clay quien me estaba volviendo loca!

—Quiero sentir más —supliqué.

Clay hundió sus dientes en mi nuca. Gemí en voz alta.

—¿Así que quieres más?

—Lo quiero todo.

Gruñendo amenazadoramente, Clay dio la vuelta a mi alrededor para que pudiera mirarlo a los ojos. Me mostró su abismo, y yo no quería hacer nada más que lanzarme a él.

Su mano se deslizó entre mis piernas temblorosas. Sonriendo con placer, frotó sus dedos en mi humedad, y yo gemí *¡Oh Dios!*

Clay notó mis miradas suplicantes, pero las ignoró mientras frotaba imperturbablemente mi punto más sensible. Aunque sabía que seguía negándome el orgasmo, disfruté de sus caricias separando más mis piernas.

—Me encanta cuando gimes así mientras me lanzas esas miradas —me susurró Clay al oído.

—¡Y yo te odio por volverme tan loca!

—Correré ese riesgo. Además, te advertí sobre mí, cariño, pero no quisiste escucharme.

Clay me soltó y volvió a rodearme. Intenté seguirlo lo mejor que pude, pero cada vez que giraba la cabeza hacia un lado, perdía el equilibrio sobre mis piernas temblorosas. Para hacérmelo aún más difícil, Clay agarró mi tobillo, lo levantó y expuso las plantas de mis pies. Su fuerte agarre me ayudó a no perder completamente el equilibrio, pero cuando el primer golpe impactó mi piel sensible, me desplomé por un momento.

—¡Oh! ¡Dios! ¡Mío! —grité.

—Así que no tardaste ni diez golpes en gritar —observó Clay con suficiencia.

—¡Fueron más de diez golpes! —protesté. Mi protesta fue recompensada con otro golpe, pero esta vez estaba preparada. El dolor era intenso. Sin embargo, reprimí un grito para quitarle a Clay las ganas de dar más golpes.

—¿Cómo dices? —insistió.

—¡Doce!

Satisfecho, Clay soltó mi pierna, pero antes de que pudiera disfrutar de mi pequeña victoria, Clay hizo ademán de maltratar la planta de mi otro pie.

—¡Por favor, no! —supliqué.

Clay se detuvo. Me atrajo hacia él una vez más, envolviendo mis brazos protectoramente alrededor de mi torso.

—Montana. Repítelo.

—¿Montana?

—Montana. A veces dirás cosas que no quieres decir, por eso necesitas una palabra de seguridad para frenarme. ¿Entiendes?

Asentí. —Sí.

—Bien. Tan pronto como digas la palabra, me detendré, lo prometo. Pero aun así no deberías abusar de ella, porque probablemente conozco tus límites mejor que tú misma. La palabra de seguridad no es un pase libre, sino una línea de seguridad.

—Entendido.

Clay se dedicó por segunda vez a la planta de mi pie. Los golpes eran malvados y dolorosos, pero apreté los dientes porque quería demostrarle a Clay que podía soportar todo por él. Después de un corto tiempo, este dolor también se transformó en puro y dulce placer, por lo que cada golpe ardía dos veces.

—¡Por favor, tómame de una vez, Clay! —supliqué.

—Solo las niñas buenas se merecen mi polla. ¿Y sabes qué hacen las niñas buenas? Cuentan sus golpes.

—Dieciocho. —Apenas pude ocultar el disgusto en mi voz. Clay era un monstruo, ¡porque sabía cuánto lo deseaba! Que su erección se presionara contra sus jeans no lo hacía mejor.

Una y otra vez, Clay hacía pausas agonizantemente largas en las que me observaba, pasaba su dedo sobre las marcas rojas en mi piel o me susurraba cosas al oído que me volvían loca. Cada golpe abría un poco más la puerta a la locura que debía estar en el infierno, y cada dulce tirón que seguía me acercaba un poco más al paraíso.

—¡Treinta y cinco!

Solo cinco golpes más, después de eso obtendría la liberación que tanto anhelaba. Clay se tomaba cada vez más tiempo entre los golpes.

—Estás disfrutando esto, ¿verdad? —pregunté jadeando.

—Diablos, sí. —Sus ojos brillaban oscuros.

—¡Nunca, nunca, nunca volveré a llegar tarde!

—Te creo —respondió Clay sonriendo. —¿Por qué me hiciste esperar?

—Soy una dormilona. Y luego Chad me retuvo.

Ups. Esto último se me escapó sin querer.

—¿Chad? ¿No era ese el tipo al que le di un ojo morado?

Vaya. En un segundo, Clay se vio envuelto en un aura oscura y peligrosa que no auguraba nada bueno. Pude ver cómo sus músculos se tensaban y sus dientes rechinaban.

—Sí, ese mismo.

—¿Qué quería? ¿Una segunda paliza?

Sus manos se cerraron en puños.

—Se disculpó. Asunto resuelto, ¿de acuerdo?

—Nada está resuelto —gruñó Clay. —Ese pequeño bastardo se mantendrá alejado de ti en el futuro, y si tengo que asegurarme yo mismo. ¡Ese miserable hijo de puta nunca volverá a tocarte!

La expresión determinada de Clay me dejó claro lo en serio que lo decía, y me di cuenta de que su instinto protector hacia mí estaba bastante desarrollado. Admito que me gustaba cómo Clay reclamaba su posesión sobre mí, además de sentirme segura cerca de él, ¡pero no podía simplemente decidir sobre mi vida!

—No es tan simple.

—Sí lo es. Te mantienes alejada de él, él mantiene sus sucias manos lejos de ti, y todos felices.

—Su tío necesita ayuda con un caballo.

—Entonces rechaza la oferta.

—Ya he aceptado.

—Oh, Elena. —Miradas de reproche me atravesaron.

—Clay, deja de mirarme así. Es solo un trabajo, nada más.

—Solo un trabajo —repitió pensativamente mis palabras. —Confío en ti. —Suspirando, Clay dejó a un lado la fusta con la que me había llevado a esta locura maníaca, luego me besó apasionadamente.

—¡Eres mía! —dijo sin aliento.

—Soy tuya —respondí.

—Eres solo mía, ¡y no te compartiré con nadie!

Mi vientre tembló ante sus palabras electrizantes.

—¡Muéstrame que soy tuya!

—¡Nada me gustaría más!

Se quitó los jeans y los shorts, luego agarró mis muslos y me levantó como si fuera una pluma, de modo que pude envolver mis piernas alrededor de su cintura.

Cielos, ¡Clay era tan fuerte! Poco después entró en mí. *Duro. Profundo. Posesivo.*

Aunque quería más, mucho más, Clay me dio un breve momento para acostumbrarme a su tamaño, que me llenaba por completo. ¡Increíble!

—Eres mía —repetía después de cada embestida.

Soy suya.

Por primera vez me di cuenta de que realmente me había entregado completamente a él, y me encantaba.

Adoraba esa pulsación que sus miradas provocaban en mí, amaba los sentimientos que sus caricias causaban, y veneraba el dolor que me hacía volar. Clay sabía exactamente lo que hacía y cómo volverme loca. El solo pensamiento de que me esperaba un mes entero de estos momentos me causaba más cosquilleos en el estómago.

—¡Córrete para mí! —ordenó Clay, y yo obedecí su orden con gusto. Me relajé, me dejé ir y recibí el orgasmo más fenomenal que jamás había tenido. Todo en mi interior explotó hasta la punta de los dedos, era como si cada respiración causara una nueva explosión. El aire a nuestro alrededor crepitaba, el calor entre Clay y yo se volvía cada vez más intenso, pero Clay ni siquiera pensaba en detenerse. En su lugar, siguió follándome hasta que llegó un segundo y un tercer orgasmo. Cada uno de ellos se sentía como la pura liberación. Clay había tenido razón, nunca me había sentido tan bien, y las endorfinas que bailaban por mi cuerpo habían valido la dolorosa espera.

Nuestras miradas se encontraron. En sus ojos ardía la locura a la que nos habíamos entregado y que también se reflejaba en los míos.

—¡Esto se siente increíble! —gemí.

—Tú te sientes increíble, Elena.

Cuando el cuarto orgasmo me golpeó, apretándome aún más alrededor de Clay, él ya no pudo controlarse. Se corrió con embestidas fuertes, profundamente dentro de mí. Exhausta, me dejé caer en mis ataduras y apoyé mi cabeza en su hombro.

Vaya. Eso fue realmente...

—Increíble —jadeó Clay, como si hubiera leído mis pensamientos. Permanecimos estrechamente entrelazados hasta que recuperamos el aliento. Luego, Clay dejó que mis piernas se deslizaran hacia abajo y me liberó de las ataduras. Si no hubiera sido por sus fuertes brazos, me habría desplomado. Mis piernas aún temblaban, por el esfuerzo y la excitación, mientras mi cerebro estaba en un éxtasis de endorfinas.

—Sí, increíble —repetí, antes de detenerme.

—Pero viene un "pero", ¿verdad?

—Tal vez.

—Suéltalo.

—¿Qué pasaría si todavía quiero *más*?

—Entonces serías una chica aún más mala de lo que pensaba.

—Por cierto, te olvidaste de cinco azotes —comenté, sonriendo con picardía.

—Maldita sea, realmente aún no has tenido suficiente.

¡No, ni de lejos! Quería más de lo que Clay me hacía. Lascivamente, me mordí el labio inferior y esperé ansiosa lo que pasaría.

Clay me soltó, se puso de rodillas y, inesperadamente, me arrojó sobre su hombro.

—¡Clay! ¡¿Qué vas a hacer?! —grité tan fuerte que mi voz resonó por todo el granero.

—¡Voy a darte los azotes por los que estás rogando!

Entonces su mano aterrizó en mi trasero. Su agarre era tan firme que no podía defenderme. Mis risitas se convirtieron en una carcajada tan contagiosa que incluso contagié a Clay. ¿Quién hubiera pensado que el vaquero pesimista y cínico con el pasado misterioso podía reír?

—¿De qué te ríes? —preguntó Clay divertido—. Deberías estar más bien humilde y agradecida de que te esté enseñando un poco de disciplina.

—Yo diría que tu estrategia hasta ahora ha fallado —respondí riendo, mientras su mano seguía azotando mi trasero.

—Es cierto, debería usar armas más pesadas.

—¡Definitivamente!

Tan dominante como era Clay, también podía ser considerado o divertido. No sé cómo lo lograba, pero había encontrado la mezcla perfecta que derretía mi corazón.

Sí, tenía una coraza dura, pero yo también veía el núcleo blando que ocultaba debajo: vulnerable y humano, como cualquier corazón latiente.

Capítulo 13 – Elli

IMPACIENTE, TAMBORILEABA SOBRE LOS tablones de madera del porche mientras esperaba a June desde hacía veinte interminables minutos. ¿Acaso June se había olvidado de mí? La escalera donde estaba sentada conducía directamente a la casa de John y June, ubicada en el centro de su rancho de vacaciones. Constaba de dieciséis tablones de madera de haya, tenía docenas de muescas y tres pequeñas piedras incrustadas en la madera barnizada. Sí, estaba aburrida.

Suspirando, me levanté para estirar las piernas, pero luego cambié de opinión. El calor sofocante que se había acumulado durante toda la semana hacía que cualquier movimiento fuera doblemente agotador. Sin embargo, el clima bochornoso me daba esperanzas, ya que con semejante calor, June, Pam y los dos caballos desaparecidos no podían haber llegado muy lejos. Al menos me aferraba a esta posibilidad, porque la idea de tener que ir sola a Green Hill me gustaba aún menos que las nubes negras que se acercaban lenta pero inexorablemente. Pero, ¿y si mi hermana sustituta me dejaba plantada?

Tranquila, Elli.

Para distraerme, saqué mi smartphone del bolsillo y revisé mis mensajes. Clay me había convencido de manera convincente de que no debía perderme sus mensajes. *Nada.*

Ni mensajes ni llamadas perdidas. En los últimos cinco minutos no había pasado nada, qué fastidio.

Frustrada, pateé pequeñas piedras por el camino de grava que atravesaba todo el rancho de vacaciones. Cielos, me encontraba en una crisis de mediana intensidad en la que me hundía cada vez más, y que solo podría resolverse con al menos dos paquetes de chips de chocolate.

Para sentirme menos sola, le escribí un mensaje a Clay.

Hola, vaquero. ¿Qué estás haciendo?

En ese momento, lo que más deseaba era estar de vuelta en el rancho Oakland, pues quería disfrutar cada minuto libre con Clay. Sus ojos oscuros, su voz ronca y su forma dominante hacían que mi corazón se acelerara. Además, me preguntaba qué era esa *lista* de la que hablaba constantemente y que crecía día a día. Me picaba la curiosidad por saber qué pasaría cuando la lista finalmente estuviera completa. Con Clay, cada día se sentía un poco como si fuera mi cumpleaños o Navidad: nunca sabía qué me esperaba, pero podía estar segura de que el día terminaría con felicidad y hermosos sueños.

Aunque sabía que Clay casi nunca miraba su smartphone, y con la misma frecuencia respondía, su respuesta llegó en cuestión de segundos.

Hola, vaquera. ¿No deberías estar trabajando?

Sonreí.

¿No deberías estar haciendo cosas de vaquero?

Solo de pensar en Clay trabajando bajo el sol, con su torso musculoso brillando de sudor, mi centro palpitaba. Era una lástima que nunca se me permitiera tocar su cuerpo, pero estaba trabajando duro para cambiar esa situación.

Estás evadiendo, Elena.

Resoplé, echando la cabeza hacia atrás porque me llamó Elena. Llegó otro mensaje.

Diez azotes.

Contuve la respiración y miré a mi alrededor. ¿Había alguna posibilidad de que Clay me estuviera observando en ese momento o realmente me conocía tan bien?

Justo cuando iba a hacerme la inocente y negarlo todo, mi teléfono vibró. Contesté la llamada de inmediato.

—Ibas a contradecirme —dijo Clay en un tono sobrio.

—Hola, Elli, qué bueno escucharte, ¿cómo estás? —le ofrecí a Clay algunas alternativas de saludo.

—Veinte.

Me quedé callada de inmediato. Lo odiaba por tomarse tan en serio esa cosa dominante del castigo, y lo amaba por llevarlo a cabo de manera tan consistente.

—Entonces, ¿por qué no estás trabajando? ¿No deberías estar en el rancho Green Hill?

Clay conocía mis planes perfectamente, después de todo, ya había pasado la mayor parte de la semana en su rancho.

—Estoy esperando a June —respondí encogiéndome de hombros.

—Ya veo. —De alguna manera, Clay sonaba aliviado. Bien. Aunque rara vez dejaba entrever sus sentimientos, yo sabía lo incómodo que era para él que yo pasara tiempo cerca de Chad.

—¿Cómo van las cercas? —pregunté. En los últimos dos días había ayudado a Clay con las reparaciones para que todo estuviera listo a tiempo.

—Ya estarían terminadas si cierta vaquera no me distrajera constantemente. Pero creo que las tendré listas para cuando llegue el ganado.

—Ah, ¿así que ahora yo tengo la culpa? —Me reí—. En mi recuerdo, eres tú quien me incita a hacer cosas indecentes.

—Entonces tu memoria te falla. Pero alguien tiene que encargarse del asunto y quitarte esas malas costumbres.

—Casi suena como una invitación.

—¡Diablos, sí! —Incluso a través del ruido del teléfono, pude oír lo ronca que se volvió su voz.

—Apenas puedo esperar.

—Yo tampoco.

Por hoy, mi trabajo en Oakland estaba terminado. Cloud estaba progresando maravillosamente. Había logrado algunos éxitos. Aun así, consideré usar a mi pequeño caballo salvaje como excusa para ver a Clay una vez más, pero luego descarté la idea. Paradójicamente, manteníamos esta relación intensa y emocionante, pero todavía no se me había permitido dormir en su cama ni una sola vez.

Todo o nada, Elli.

—¿Quieres que te ayude con el ganado? Sin trabajadores del rancho, podría ser bastante estresante.

—Podría hacerse tarde.

—No importa. Podría simplemente dormir en tu casa.

Clay suspiró audiblemente. —Elena, ya hemos hablado de esto.

—Sí, pero no he recibido una respuesta.

—Sabes perfectamente mi respuesta, aunque no te guste.

¿Por qué Clay se resistía a cualquier tipo de ternura?

—Sí. Pero seguiré preguntando hasta que obtenga una mejor respuesta de ti.

—¿Por qué no me sorprende?

—Porque sabías exactamente en qué te metías cuando reclamaste el *paquete completo Elli-Key* para ti.

Un relincho al otro extremo del corral llamó mi atención. Joker trotaba de un lado a otro a lo largo de la valla, con las orejas erguidas y la cola moviéndose excitadamente.

—Tengo que colgar, creo que June está regresando.

—Sé una buena chica.

—Lo prometo.

—Dime una vez más a quién perteneces —murmuró Clay al teléfono.

—¿Por qué? —pregunté con curiosidad.

—Porque me encanta cuando lo dices.

—Te pertenezco, Clay.

Y lo que más deseaba era pertenecer *aún más* a Clay, pero él aún no lo permitía.

—Buena chica.

—Podría mostrarte de nuevo hoy lo buena que puedo ser.

Vale, era oficial, estaba completamente rendida ante Clay Kennedy.

—No seas tan impaciente. Y recuerda: no toques nada que me pertenezca.

—¡Eres malo! —resoplé haciendo pucheros. No me había tocado ni una sola vez en todo el día porque estaba ocupado con sus estúpidas vallas de pastoreo. Por eso había estado tan inquieta toda la mañana que incluso Cloud se había irritado.

—Creo que acabo de oír mal. —Su tono de reproche despertó profundos anhelos en mí.

—Quise decir *gracias*.

—Así está mejor.

Luego colgamos, y escuché los cascos que se acercaban cada vez más, hasta que vi las siluetas de dos jinetes en el horizonte.

—¡Gracias a Dios! —Aliviada, eché la cabeza hacia atrás y corrí al encuentro de June y Pam. Cuando me reconocieron, me saludaron con la mano.

Pam saltó ágilmente de la silla y me tendió la mano.

—¡Por fin te conozco, Elli! Estoy deseando verte trabajar. June me ha hablado mucho de ti.

Cielos, había olvidado por completo que Pam quería observar mi trabajo. Poco a poco, empezaba a sentir que tendría que dividirme en cuatro si quería complacer a todos.

—Me alegro también —respondí, sin dejar entrever mis preocupaciones, y le devolví su firme apretón de manos.

Pam quizás era unos años mayor que yo, pero era una verdadera belleza. Tenía ojos de un azul penetrante y un largo cabello pelirrojo. Llevaba ropa de diseño y una sonrisa que mostraba que era muy consciente de sus largas piernas. Me preguntaba qué había traído a esta belleza de ciudad a Red Rivers. Nunca había entrado en detalles cuando le contó a June sobre un asunto familiar que aparentemente tardaría un tiempo en resolverse. June, la abuela y yo sospechábamos que Pam estaba buscando a su padre; en nueve de cada diez casos, eran padres desaparecidos que se habían esfumado en algún lugar y aun así eran encontrados por hijas persistentes. Grams incluso sospechaba de algunos hombres que podrían ser el padre de Pam, pero en realidad estábamos a oscuras sobre a quién buscaba Pam, ya que se mantenía reservada.

Jadeando, Pam sacó una cantimplora de una de las alforjas, mientras yo tomaba las riendas de Pokerface, que miraba con curiosidad en dirección a Joker. Acaricié el cuello del valiente castrado, que ahora podía estar sin su mejor amigo, al menos temporalmente. También tomé las riendas de June después de que desmontara.

—Disculpa, pero tuvimos que tomar un desvío. La carretera principal a Merryville está cerrada porque un cargador de heno de los McKinney se volcó y el tráfico se extiende hasta las carreteras secundarias, tuvimos que volver por los campos —se disculpó June.

—Eso suena terrible, ¡espero que nadie haya resultado herido!

Conocía bien a los McKinney, tenían un rancho al norte de Merryville. Arthur McKinney había trabajado en la bolsa antes de descubrir su amor por el trabajo agrícola, y su esposa Anne hacía el mejor pastel en un radio de dos mil millas. June me dio una palmada tranquilizadora en el hombro.

—Por lo que parece, afortunadamente solo daños materiales.

Exhalé aliviada. —Tal vez ahora el alcalde decida arreglar los baches que son más viejos que el antiguo carro postal de Dotty.

—Esperemos.

Llevamos los caballos al lugar de amarre.

—¿Cómo va con Cloud? —preguntó June. Sus miradas eran inequívocas y en realidad preguntaban: *¿Cómo va con Clay?*

Mi respuesta brotó sin control. —¡Genial! Cloud por fin se queda tranquila cuando tiene la silla en el lomo.

—¡Fantástico! —June aplaudió de alegría—. Sabía que lo lograrías, porque eres la mejor susurradora de caballos del mundo entero.

Sonreí, mitad avergonzada, mitad orgullosa por el elogio de mi hermana deseada.

—¿Cloud? ¿El caballo salvaje? —preguntó Pam con curiosidad. Al ver mis miradas desconcertadas, me regaló una fría sonrisa de ciudad—. Puede que le haya preguntado un poco a June sobre ti y tu trabajo. Ojalá pudiera verlas trabajar.

Insegura sobre cómo darle una amable negativa a Pam, jugueteé con el dobladillo de mi camisa.

—Por favor, no me malinterpretes, Pam, pero la *Wild Horse Competition* me está poniendo bajo mucha presión, y los espectadores no ayudan.

—Claro, lo entiendo. ¿Es por eso que el caballo no está en Red Rivers?

No era exactamente así, pero asentí para evitar tener que hablar sobre el complicado asunto de Clay. —Se podría decir que sí.

—¡Y porque no puede resistirse al encanto del dueño de la granja! —soltó June de repente.

—¡June! ¡Sabes lo rápido que se propagan los rumores aquí! —La miré con reproche antes de volverme hacia Pam—. No le creas ni una palabra. Puedo resistirme perfectamente al encanto de mi ayudante.

—Aunque en realidad no quería hacerlo.

—Oh, entonces es algo serio. —Pam se rió y luego se llevó el dedo índice a los labios—. Mis labios están sellados.

—¿Ves? —dijo June sonriendo—. Todo está bien.

—Le encantan los caballos y te ayuda. Si además sabe cocinar aunque sea un poco, definitivamente deberías quedártelo —enumeró Pam algunas de las cualidades que definen al hombre perfecto. Cielos, ¡no sabía si Clay sabía cocinar! No sabía ni si Clay cocinaba, ni qué le gustaba comer. En realidad, no sabía nada sobre el misterioso y reservado campeón de rodeo. Tampoco su película favorita o qué música escuchaba. Inevitablemente, tuve que preguntarme qué era yo exactamente para Clay si él no revelaba nada de sí mismo. Desesperadamente, intenté dirigir la conversación en una dirección menos dolorosa.

—¿Cuánto tiempo más te quedarás, Pam?

La risa de Pam se desvaneció. —No mucho, creo.

—¿Entonces tu problema familiar está resuelto? —preguntó June alegremente, pero Pam hizo un gesto de negación.

—Más bien todo lo contrario. No es fácil encontrar la verdad entre medias verdades y rumores. Tal vez debería simplemente volver a Dallas hasta que el asunto se enfríe un poco más.

La sonrisa de ciudad desapareció. En su lugar quedó la expresión de una mujer a punto de rendirse. Negué con la cabeza.

—Si algo he aprendido de mi abuela, es que nunca crece suficiente hierba sobre un asunto, porque siempre hay suficientes burros hambrientos que se comen la alfombra una y otra vez.

Las sabidurías de la abuela siempre eran buenas para una risa, especialmente en situaciones serias. Incluso Pam soltó una risita entre dos suspiros. Luego se aclaró la garganta y su sonrisa de ciudad volvió.

—Tienes razón, tal vez me quede más tiempo para cortar el césped yo misma.

—Buena decisión —asintió June—. El rancho de vacaciones puede seguir siendo tu hogar hasta que lo hayas resuelto todo.

Juntas, nos ocupamos de los caballos. Pam limpió los cascos mientras yo preparaba dos cubos de pienso, a los que June añadió algunas zanahorias extra.

—June, no quiero presionarte, pero tenemos que irnos ya.

—¿Por eso estás atendiendo a los caballos con toda la calma del mundo? —June me miró con complicidad.

—Sí, vale. No tengo muchas ganas de ir a Green Hill, pero le prometí a Bill que revisaría su caballo.

—Y yo voy contigo porque...

—Porque es más fácil quitarle el miedo al remolque a un caballo entre dos.

—Ah, claro. Y es más fácil entre dos cuando uno de los dos no es Chad, ¿verdad?

June ladeó la cabeza, habiendo descubierto mi plan.

—Quizás necesite un pequeño amortiguador, solo por si acaso. Clay también piensa que es una buena idea.

June me sonrió. —No hay cumplido más bonito que los celos. —Se inclinó hacia mí y puso esa expresión ávida de sensacionalismo que casi siempre acompañaba nuestras conversaciones en las que aparecía Clay Kennedy—. ¿Cómo va todo?

—Va bien —respondí satisfecha.

—¿Ha habido otro beso? ¿Muchos más besos? ¿Mucho más que muchos más besos?

Mis mejillas se sonrojaron ante la curiosidad de June.

—Diría que nos estamos acercando lentamente.

Por supuesto, tuve que andarme con rodeos; difícilmente podría haber dicho lo que Clay realmente hacía conmigo. Conmigo, las ataduras, los látigos y sus oscuras fantasías que avivaban mis más profundos anhelos.

—Suena prometedor. Hablando de promesas, ¿ya has conseguido un autógrafo de Clay?

Me estremecí con culpabilidad.

—¡Lo he olvidado por completo!

—¡Por eso me debes una dedicatoria creativa! —me amenazó June en broma, levantando el dedo índice.

Todavía riéndonos, alimentamos a los caballos cuando sonó el smartphone de June. El sonido de "Eye of the Tiger" solo sonaba cuando llamaba John.

—Disculpadme un momento.

—Hola, cariño. ¿Qué pasa? —June contestó la llamada sonriendo y se alejó unos pasos de nosotras—. Sí, está aquí. ¿Por qué?

Inmediatamente después, June dio media vuelta y me puso su smartphone en la mano, con cara seria.

—Es para ti.

Oh, oh. Estas llamadas siempre terminaban con malas noticias.

Capítulo 14 – Clay

—¿Es eso un problema? —preguntó el hombre al otro lado de la línea.

—¡Es un maldito problema enorme! —respondí furioso mientras lanzaba una bala de paja fresca al box vacío. Supernova no se enteraba de mi enfado porque estaba pastando fuera, junto con el caballo del rancho de Red Rivers.

—Bueno, yo solo soy el conductor, no puedo hacer mucho ante un cierre total de carretera.

Maldita sea, eso ya lo sabía, pero aun así esperaba otra respuesta.

—Me pondré en contacto de nuevo —dije, tan calmado como pude.

—No me iré a ninguna parte —bromeó el conductor antes de colgar.

Me habría encantado estrellar mi smartphone contra la pared. Justo hoy, cuando debía llegar mi nuevo ganado, había un cierre total que provocaba kilómetros de atasco. No tenía ni idea de cuánto tiempo estaría cerrada la carretera, pero de ninguna manera el ganado podría quedarse en el transporte durante la noche. Eso significaba que o mis vacas aprendían a volar, o encontraba otra forma de llevarlas a Oakland.

Aunque debería estar pensando en una solución, mis pensamientos volvían una y otra vez a Elena. Me volvía medio loco saber que estaba justo ahora en Green Hill, donde también vivía ese pequeño bastardo al que le había dado una lección hace poco.

Era una lástima que Elena no se dejara dictar nada respecto a su trabajo. Y más lamentable aún que yo respetara eso. Así que, me gustara o no, tenía que vivir con esa sensación desagradablemente familiar de que había cosas sobre las que no tenía control.

Con el bieldo, pinché la bala de paja para esparcirla por el box.

—Vaya, ¿qué ha hecho esta bala de paja para merecer tu ira? —Al principio pensé que oía la voz de Elena en mi cabeza, pero cuando me di la vuelta, estaba allí en carne y hueso.

—Elena, ¿qué haces aquí?

—Tomar partido por la bala de paja. —Sonrió con picardía y se apoyó contra la puerta abierta del box—. ¿Es por el cierre de la carretera?

—¿Has oído hablar de ello?

—Sí. Por eso estoy aquí.

—Bien.

—¿Bien?

—Siempre me parece bien cuando puedo tenerte vigilada —gruñí con voz ronca.

—¿Te he dicho alguna vez que me pareces bastante sexy cuando estás celoso?

—No, no lo has hecho, pero tampoco estoy celoso. —Mi voz firme no dejaba lugar a dudas de que Elena haría bien en callarse ahora.

Sin embargo, su sonrisa cada vez más amplia mostraba que no se conformaba con mi respuesta. Puse el bieldo en el borde del box y atraje a Elena hacia mí. Sorprendida, dejó caer un libro encuadernado en cuero que cayó sobre la cama de paja fresca. Quiso recogerlo, pero mi agarre le recordó que era mejor que se concentrara en mí.

—Eres mía, punto. No hay razón para que esté celoso.

Al menos no había razón para admitir mis celos, que Elena había reconocido correctamente. Para enfatizar mis palabras, presioné mis labios contra los suyos y le robé un beso. Cada vez que sentía su suave piel o veía sus ojos brillantes, el mundo se volvía un poco más tranquilo. Elena era mi morfina, que me adormecía del dolor del mundo.

Con deseo, Elena puso sus manos alrededor de mi espalda mientras presionaba sus caderas contra mí. Ella quería más, al igual que yo, pero tenía que controlarme. Uno de mis problemas —el más grande— estaba resuelto, pero aún quedaba el cierre de la carretera.

Una última vez, lamí sus labios que sabían a manzanas dulces, mientras su lengua salía a mi encuentro. Le arranqué un suave y sensual gemido al que simplemente no podía resistirme. Jadeando, la presioné contra la pared. Mis manos acariciaban su cuerpo con anhelo, mientras los gemidos de Elena se hacían cada vez más fuertes.

—No deberíamos hacer esto. No ahora —susurré.

—Sí, justo ahora.

—Todavía hay problemas que resolver.

—Considera este problema resuelto.

Maldita sea, debería frenarme, contenerme y buscar una maldita solución, pero no podía separarme de ella, era demasiado débil.

—¿Y qué hay de mi problema de no poder quitarte las manos de encima?

—Para eso también tengo una solución —respondió Elena sonriendo—. Aunque creo que es menos un problema y más un requisito para lo que estamos haciendo.

Elena tenía toda la razón, hacía tiempo que habíamos sucumbido a la locura, pero a cambio obteníamos exactamente lo que queríamos: un precio justo.

Nos lanzamos salvajemente el uno sobre el otro. Agarré el cabello de Elena y tiré de su cabeza hacia atrás, hundiendo mis dientes justo encima de su clavícula, mientras ella se frotaba con fuerza contra mi erección. Solo el sonido de mi teléfono nos hizo separarnos de nuevo. Era el número del conductor que debía traer mi ganado, pero estaba atascado.

—Esta sería una buena oportunidad para contarme tu solución —dije, agitando el teléfono que sonaba.

—Llevaremos el ganado a Oakland.

Al principio pensé que su sugerencia era una broma, pero no se reía, sino que me miraba seriamente.

—Pero eso son fácilmente quince o veinte millas.

Elena se encogió de hombros. —No hay problema. Simplemente llevaremos el ganado hasta Red Rivers. Y desde allí es solo un salto hasta tu rancho.

—Ya veo. Pero ¿cómo llevaremos el ganado hasta Red Rivers? Todas las carreteras principales están bloqueadas.

Para eso también tenía Elena una solución.

—Los llevaremos por las tierras fronterizas, allí hay caminos por los que podemos dejar que el ganado transite sin problemas. Solidaridad entre vecinos. Nadie se molestará si usamos sus caminos, a nosotros tampoco nos molestaría.

—De acuerdo.

Respondí la llamada y dirigí al conductor lo más cerca posible de Red Rivers, donde debía esperarnos tan pronto como pudiera pasar el bloqueo total. Al salir, casi tropecé con el libro que Elena había dejado caer.

—¿Qué es eso?

—Oh, es de June, le debo un pequeño favor.

Curioso, hojeé las páginas. El libro contenía fotos, postales y autógrafos de docenas de campeones de rodeo, cutting y otras disciplinas western.

—Así que le debes un favor a June Farley, y yo debo responder por ti, ¿lo entiendo bien?

—En realidad, solo quería pedirte un simple autógrafo, porque June colecciona autógrafos de verdaderos campeones y leyendas, pero si lo pones así... —Elena me sonrió con las mejillas rojas.

Justo cuando iba a responder, la amplia sonrisa de Bob McMorgan hizo que mi pulso se acelerara. Habían pasado años, maldita sea, pero esa risa mentirosa aún avivaba mi ira como si fuera ayer la última vez que vi a ese cabrón.

—¿Qué pasa? —preguntó Elena, notando mi expresión sombría.

—Ah, nada. Bob McMorgan es solo un imbécil, eso es todo.

—¿Por qué? ¿Qué pasó entre ustedes?

Hice un gesto de desdén. —Nada más, simplemente es un imbécil, punto.

—También hay personas que dicen que tú eres un imbécil *sin más*.

Alcé las cejas. —¿Quién dice eso?

—Eh. —Elena sonrió, miró al suelo y jugueteó con el dobladillo de su camisa—. Quizás yo lo haya dicho. ¡Antes! Tal vez más de una vez.

Mientras más frases que no mejoraban precisamente su situación brotaban de ella, me acerqué.

—¿Así que me considerabas un imbécil? —Mi voz era como un trueno—. ¿Qué más soy para ti, Elena?

Ella retrocedió hasta que la pared de madera del granero se lo impidió.

Desconcertar así a Elena me gustaba más de lo que era bueno para ambos.

—Puedes ser muy encantador.

—¿Y?

—Y dominante.

—¿Y cuál de los dos te gusta más?

—Depende de la situación. —Su voz no era más que un susurro.

—¿En qué situación nos encontramos ahora?

—Nos encontramos en una situación en la que encuentro irresistible tu dominancia.

—¿Así que te gusta cuando te doy órdenes? —Sus miradas de deseo lo decían todo.

—Sí.

—¿También te gusta que me pertenezcas?

—¡Cielos, sí!

—Maldita sea, me encanta recordarte que eres mía.

Elena mordió su labio inferior de manera seductora, llevándome casi a la locura.

—Me encanta cuando me recuerdas que soy tuya.

—Para mí suena como si viniera un *pero*.

—Pero me temo que no tenemos suficiente tiempo.

Odiaba tener razón, y odiaba aún más no poder follar a Elena aquí y ahora.

—Es una lástima que la vida real se interponga, pero lo recuperaremos.

—¿Prometido?

—Prometido. Por cierto, tampoco he olvidado tus veinte azotes.

Los ojos de Elena se iluminaron.

—Apenas puedo esperar.

Es increíble lo perfecta que Elena estaba hecha para mí, aunque yo, idiota, pensara lo contrario al principio. Afortunadamente, Elena Key era la niña más persistente que conocía, lo suficientemente persistente incluso para mi terquedad.

Capítulo 15 – Clay

Estábamos en medio de la nada, a unas treinta millas de mi rancho, lo más cerca que el camión de ganado podía llegar a Oakland. Me monté en Supernova, la parte más difícil ya estaba hecha. Junto con el conductor, habíamos sacado dos docenas de reses del camión y las habíamos revisado. Por suerte, ninguno de los animales cojeaba, y el conductor les había proporcionado suficiente agua, así que el inesperado arreo no debería ser un problema.

—Listo —dijo Elena aliviada mientras se montaba también.

—Sabes que aún nos queda el viaje, ¿verdad?

—¡Claro! ¡Será emocionante! —Elena sacó una barra de cereal de la alforja, abrió el envoltorio con los dientes y le dio un mordisco con deleite.

Yo veía el viaje de millas por delante con menos optimismo. Las nubes negras avanzaban lenta pero seguramente hacia Merryville, y las ráfagas de viento frío que cortaban el aire caliente anunciaban lluvia. A más tardar mañana, la tormenta nos habría alcanzado.

Al menos John había podido acercarnos a nosotros y a los caballos a pocas millas del camión; los senderos secundarios no eran un problema para los vehículos pequeños, pero desafortunadamente sí lo eran para un camión con veinticinco reses.

Elena acarició primero la crin de su caballo castrado, luego se inclinó hacia Sieben.

—Estoy muy orgullosa de ti.

Elena montaba el caballo de su hermano, seguida de cerca por Sieben, cuya larga cuerda guía estaba atada al pomo de la silla de Copper.

—Sieben está haciendo buenos progresos —estuve de acuerdo. En los últimos días, había estado observando a Elena en secreto mientras trabajaba con los caballos. Admito que me había entregado más a mis fantasías sobre lo que haría con Elena después del trabajo.

—¿Estás segura de que Sieben podrá con esto?

—He convertido a un caballo con fobia a las vacas en un verdadero campeón de corte y he emparejado a un caballo de torneo agresivo con las yeguas e imposible de integrar con una cabra, así que sí, estoy segura de que Cloud lo dominará con excelencia. No hay mejor manera de introducirla al verdadero trabajo de rancho.

Elena me miró con total seriedad, no dejaba dudas de que hablaba en serio, pero aun así su declaración me desconcertó.

—Espera, ¿qué fue eso de la cabra?

Los rasgos duros de Elena se suavizaron hasta que empezó a reírse. Al mismo tiempo, comenzamos a cabalgar para no perder más tiempo valioso.

—Eso fue hace mucho tiempo, y Rachel Pearson todavía no me ha perdonado por no haber encontrado otra solución.

Rachel Pearson, la pequeña muñeca Barbie que no dejaba pasar nada y creía que podía comprar todo con el dinero de papá.

—¿Buscaste otra solución?

—¡Vamos, Clay, tú también no!

Mi risa, porque Elena me miraba tan indignada, no mejoró la situación.

—Por supuesto que hice todo lo posible, pero así todos están felices. Prime Tribute porque tiene un amigo, Nougat porque tiene un hogar, y Rachel porque su prometedor caballo vuelve a ganar premios. Sí, lo admito, una cabra parece bastante extraña en un establo elegante y carísimo, pero la vida sigue sus propios caminos. Así son las cosas.

—¿Todavía recuerdas los nombres de los animales?

—Claro, recuerdo a cada caballo al que pude ayudar.

Elena era realmente demasiado buena para este mundo cruel. Una estrella brillante que resplandecía valientemente en la oscuridad.

—¿Qué pasa? —preguntó cuando notó mi sonrisa.

—Te tomas tu trabajo bastante en serio, ¿eh?

—Sí, amo lo que hago, siempre ha sido así.

—Entiendo.

Elena me miró con conocimiento. —Sé que lo entiendes.

Maldita sea, estaba tocando mi punto débil.

—¿Por qué ya no haces lo que amas, Clay?

Porque mi maldito corazón muerto yacía sangrando en alguna arena después de que me lo arrancaran violentamente del pecho...

—Como has dicho tan bien, la vida sigue sus propios caminos. Así son las cosas.

—No, tú elegiste este camino.

—No tenía otra opción. El rodeo quedó atrás, al igual que Dallas.

—¿Alguna vez hablarás conmigo sobre lo que pasó en tu último rodeo?

—Difícilmente —respondí honestamente—. No es fácil hablar de esas cosas.

Elena asintió comprensivamente, luego el silencio se instaló entre nosotros mientras conducíamos el ganado a través de los prados rurales que se extendían entre nosotros y mi rancho.

Todo el tiempo Elena parecía bastante abatida, hasta que finalmente suspiró en voz alta.

—Tengo miedo de que este mes termine y después me eches de tu vida.

—¿Qué? —Esperaba cualquier cosa, pero no eso. A regañadientes, tuve que admitir que ya me había roto la cabeza varias veces pensando en el *después*. Era un trato claro, pero tal como estaban las cosas, estaba seguro de que nunca podría dejar ir a Elena. Por otro lado, también era consciente de que nunca podría darle lo que anhelaba. Amor, seguridad. Cosas para las que no estaba hecho, que había desterrado de mi vida hace mucho tiempo.

—Eso es lo que más temo, y lo segundo peor es fracasar en la *Competición de Caballos Salvajes*. En el tercer lugar de mis miedos, por cierto, está ahogarme en lava caliente. —Ambos sonreímos brevemente antes de que Elena volviera a ponerse seria—. De todos modos, no hablo de mis miedos, con nadie.

—¿Entonces por qué conmigo?

—Porque contigo puedo hablar de estas cosas. No sé por qué, pero espero que te pase lo mismo conmigo.

Maldita sea, Elena se estaba acercando a mi corazón más de lo que me gustaba.

—Volveré a eso. Pero hay algo más de lo que quiero hablar contigo.

En realidad, quería hablar de esto más tarde, pero tenía que dirigir la conversación hacia un rumbo menos peligroso.

—Claro, dispara.

—Lo que es tan importante en el rodeo como una buena actuación es el nombre del caballo, así que deberíamos pensar en cómo llamaremos a Sieben.

—Cloud ya tiene un nombre: Cloud.

—No, necesitamos algo salvaje y peligroso, un nombre que se grabe en las mentes de los jinetes como fuego infernal. Pensaba en algo como Thunderstorm o Widowmaker.

—¡Clay Kennedy, de ninguna manera vamos a llamar Hacedor de Viudas a mi pequeño y fiel caballo salvaje!

Ya esperaba una reacción así.

—Vale, entonces llevemos a tu pequeño y fiel caballo salvaje a la arena, y el jurado simplemente evaluará cómo se acurruca con Sieben, será algo diferente.

—Ahora te estás burlando de mí —Elena hizo un puchero que inmediatamente quise besar.

—Maldita sea, lo has captado perfectamente.

—Bien, por mí, búrlate todo lo que quieras, pero ¡no llamarás a Cloud Widowmaker! Punto. Se acabó. Fin de la discusión.

Sin esperar mi respuesta, Elena chasqueó la lengua y se alejó al trote.

—A veces eres más valiente de lo que te conviene —le grité.

—Puede ser, ¡pero por suerte soy bastante rápida! —Su risa resonó por los prados, y no tuve que pensar mucho en lo que pasaría a continuación. Espoleé a Supernova para perseguir a Elena, sin prestar atención al ganado. Sin jinetes que las condujeran, las vacas simplemente se quedaron donde estaban.

—¡Será mejor que te detengas ahora! —le exigí en un tono severo.

—¿O qué?

Elena seguía burlándose de mí. Si solo supiera lo que planeaba hacer con ella, no me provocaría así.

—¿Realmente tengo que darte una lección?

—Dímelo tú.

Está bien, eso fue suficiente. Elena quería una lección, y obviamente la necesitaba. Desaté el lazo de la silla, ordené la larga y áspera cuerda y tomé impulso. Elena se dio cuenta rápidamente de lo que planeaba hacer, así que desató la cuerda de Sieben de la silla, la arrojó sobre el cuello del caballo salvaje y galopó lejos de mí con Copper.

—¡Vamos, Nova, démosle una lección a Elena! —animé a mi caballo. Caímos en un rápido galope. No pasó mucho tiempo antes de que Elena estuviera al alcance.

—¡Ni se te ocurra! —me amenazó Elena.

—¿O qué? —Sonriendo, me di cuenta de que sus propias palabras se habían vuelto en su contra. Admito que me gustaba perseguir a Elena por los vastos campos y prados, aunque ambos sabíamos que la atraparía.

Siempre te atrapo, me perteneces, Elena.

—¡Clay Kennedy!

—¡Te doy una última oportunidad de escucharme! Me conoces y deberías saber exactamente lo que sucede si no lo haces.

—¿Quizás quiero averiguar qué pasa? De todos modos, ¡primero tienes que atraparme!

Nada más fácil que eso, aunque había tenido una carrera bastante buena en el rodeo, también era un muy buen roper. Sin esfuerzo, hice girar mi lazo, esperando pacientemente a que Supernova galopara aún más cerca de mi presa. Elena jadeó sorprendida cuando la cuerda se apretó alrededor de su torso, e inmediatamente se detuvo.

—Está bien, está bien, me rindo.

—Por fin.

—¿Qué, no hay un *buena chica*?

Elena se había detenido, pero aún no se había rendido del todo.

—¡Desmonta! —ordené en voz baja, sin responder a su provocación. Elena trató de mantener una expresión neutral, pero inmediatamente reconocí que por fin entendía la seriedad de la situación. *Bien.*

—¿Qué? ¿No deberíamos volver?

—Elena, no quieres que me repita ahora —gruñí. Ella podía imaginar por sí misma cuánto había tensado ya la cuerda, así que se bajó de la silla sin más protestas. Disfruté las miradas expectantes que Elena me lanzaba mientras esperaba más instrucciones.

—Abre tu pantalón.

Desconcertada, pero sin dudar, Elena abrió su pantalón, al mismo tiempo que yo desmontaba. Maldita sea, apenas podía contenerme.

—Tú lo has querido —dije. Luego agarré a Elena, la puse boca abajo sobre la silla de Copper y le di un segundo para asimilar la situación.

—¿Qué vas a hacer? —preguntó Elena en voz baja. Su tono no era ni provocativo ni desafiante y me pregunté cuánto lamentaba su acción.

—¿A qué te parece? —le devolví la pregunta.

—Como si fueras a...

—¿Sí?

—Como si fueras a castigarme ahora mismo.

—Vaya, mira, sí que tienes un sentido sensible después de todo —me burlé de Elena.

—¿De verdad vas a castigarme ahora?

Su voz temblaba de emoción.

—Diablos, sí. Sabes que no hago las cosas a medias, y también sabes en lo que te has metido. No hay vuelta atrás para ti, así que deberías aceptar con dignidad los veinte azotes que aún me debes.

Elena suspiró suavemente, lo que me bastó como consentimiento. Me coloqué a un lado, sujeté las riendas de Copper y dejé caer mi mano sobre el trasero de Elena. Mi primer golpe no fue particularmente fuerte, pero quería darle a Elena y al caballo sobre el que estaba tumbada la oportunidad de acostumbrarse a los movimientos extraños.

—¿Has hecho esto antes? —preguntó Elena entre dos golpes.

—No —respondí—. Pero me gusta tanto que en el futuro deberías controlarte mejor cuando salgamos a cabalgar juntos.

Mi mano seguía golpeando el mismo punto, ahora rojo fuego, lo que Elena no dejó sin comentar.

—¿Sabes que aún tenemos muchas millas por delante, verdad?

Sonreí con complicidad. —Sí. ¿Y sabes cuántos azotes llevamos?

—¡Nueve! —respondió ella rápidamente.

Maldita sea, estaba disfrutando cada azote más de lo que le convenía a Elena. Sus gemidos sensuales me obligaban a intensificar mis golpes.

—Alguien podría vernos, Clay —suspiró ella suavemente.

—Tengo la sensación de que eso te gusta aún más que en el granero. ¿Podría ser?

Elena tardó un momento en darse cuenta de que yo tenía razón, luego asintió.

—Bien. Entonces deberíamos repetirlo —sugerí sonriendo.

—Terminemos esto primero —respondió Elena.

Aunque Elena soportó los siguientes azotes con compostura, sabía que la estaba llevando al límite. Cabalgar por la pradera con el trasero al rojo vivo no era fácil, pero sabía que Elena era lo suficientemente fuerte para soportarlo. Además, Elena se humedecía más con cada golpe, lo cual podía notar a primera vista gracias a esta excelente vista. Me costó toda mi fuerza de voluntad no penetrar a Elena con mis dedos, pero lo logré. Si la tocaba ahora, si la probaba ahora, habría tenido que follarla en el acto, porque en esos momentos ya no era capaz de alejarme de ella. Para ser exactos, ya no era capaz de mantenerme alejado de Elena en ningún momento.

Maldita sea, estaba en camino de enamorarme de Elena y no podía evitarlo. Para distraerme, me concentré en la magnífica vista: el cuerpo perfecto y semidesnudo de Elena frente a un panorama texano digno de postal.

Aun así, creía saber que los últimos azotes me exigían mucho más a mí que a Elena.

—¡Veinte! —En su voz se notaba alivio, quizás incluso un toque de pesar. Elena se deslizó de la silla y se abrochó los vaqueros.

—¿Te vas a portar bien ahora?

—Sí. —Miró al suelo con arrepentimiento. Casi lamenté que este estado no durara mucho, pero solo casi. En realidad, estaba ansioso por ver qué se le ocurriría a Elena a continuación para provocar mi lado dominante.

—Bien. Entonces volvamos con Sieben y el ganado.

Dicho y hecho. Montamos en las sillas y trotamos de vuelta al lugar donde habíamos dejado a los animales; mientras tanto, observaba atentamente a Elena. Ella intentaba no demostrarlo, pero sentía mi lección con cada paso.

El ganado pastaba la poca hierba que no había sido quemada por el sol, mientras Sieben levantaba las orejas y nos miraba perpleja. El caballo salvaje no tenía idea de lo que había pasado antes, pero cuando Elena silbó, trotó alegremente hacia nosotros.

—Impresionante —dije con admiración.

—Bah. Convertir a un caballo con fobia a las vacas en un campeón de cutting, eso sí es impresionante.

—Un simple gracias habría bastado, pero claro, puedes lanzar otros ejemplos si buscas problemas.

Elena soltó una risita. —Yo también lo encontré bastante impresionante, solo que galopar lo suficientemente rápido para que puedas atraparme no es fácil con tu paso de tortuga.

—¿Mis lecciones realmente solo duran cinco minutos?

—Eso parece. —Elena me sonrió con descaro mientras yo la miraba con ojos sombríos.

—Me gusta que prácticamente estés suplicando por más castigo, pero no podemos permitirnos otra pausa si queremos llegar a nuestro campamento antes de que caiga la noche.

Según Elena, a mitad de camino, en medio de las tierras de Red River, había una pequeña cabaña donde podíamos pasar la noche.

—Qué lástima, entonces tendrás que anotar mis faltas en la lista.

—Créeme, no quieres que esa lista se haga más larga.

—Pero quiero saber qué planeas hacer con esa lista. —Elena hizo un puchero.

—Bueno, seguirá siendo un secreto hasta que te hayas ganado la respuesta. Fin de la discusión.

—Ese no es tu único secreto, ¿verdad?

Mierda. No había nada de lo que quisiera hablar menos, pero si le mentía a Elena, ella lo vería. No sé por qué esa chica me afectaba tanto que me estremecía, pero sabía que a ella le pasaba lo mismo.

—¿Algún día me contarás lo que cargas contigo?

—Si esperas un *sí* ahora, me has juzgado mal.

—Un *tal vez* me basta completamente.

Me sonrió cálidamente y con eso dos cosas quedaron oficiales.

Primero: Elena era demasiado buena para este mundo.

Y segundo: Mis sentimientos por Elena eran mucho más profundos de lo que había creído.

—Tal vez.

Elena me sonrió satisfecha, luego nos concentramos de nuevo en nuestro trabajo y seguimos conduciendo el ganado hacia el rancho Oakland. Una y otra vez, Elena se movía en la silla o se inclinaba hacia adelante, lo que yo observaba con diversión. Cuantas más millas recorríamos, más silenciosa se volvía Elena. Sin bromas atrevidas, sin apuestas locas. Quisiera admitirlo o no, por el momento había aprendido su lección.

El tiempo voló y, puntualmente al anochecer, llegamos al campamento donde planeábamos hacer un alto por la noche. Elena no había exagerado cuando habló de una cabaña sencilla. En realidad, eran tres muros y medio de piedra natural techados, sin ventanas ni puertas. A unos metros de la cabaña había un lugar excavado para una fogata protegida. Las chispas en esta época del año, incluso con una tormenta acercándose, podían devastar regiones enteras.

—Qué elegancia —dije en broma mientras desmontaba de Nova.

—Encuentro este tipo de encanto rural invaluable.

Después de echar un vistazo alrededor, asentí. Elena tenía toda la razón. La verdadera naturaleza no tenía nada que envidiar a un hotel de lujo.

Elena desensillaba a Copper y llevaba la silla al refugio.

—John ya estuvo aquí —me gritó mientras yo me ocupaba de los cascos de Supernova—. ¡Qué bien, me muero de hambre!

—Siempre dices lo mismo, Elena.

—¡Pero esta vez es verdad!

—Te has comido seis o siete barritas de cereales en las últimas dos horas. —Me había sorprendido descubrir que su alforja era un pozo sin fondo que debía contener cientos de barritas de cereales y otros aperitivos.

—¡Esas no llenan! —Elena sacó una nevera portátil del refugio—. Esto sí que llena. Eso espero.

—¿Qué hay dentro? —pregunté.

—Buena pregunta. —Elena se encogió de hombros y luego me sonrió ampliamente—. Señor Kennedy, ¿le apetece un unboxing con su anfitriona Elli Key?

—Adelante. Espero que haya más muestras de hospitalidad.

—¡Puedes apostarlo!

Mientras Elena luchaba con la tapa cerrada de la nevera, yo quitaba las piedras de los cascos de los otros caballos.

Cuando por fin logró abrirla, Elena rebuscó por todo el contenido.

—Salchichas. Bastante de ese queso para asar que mamá almacena por toneladas, pero que a nadie le gusta. Además, pan de palo con extra de chile. —Elena repasaba el contenido de la caja como si estuviera leyendo la guía telefónica, hasta que de repente soltó un grito de alegría—. ¡Dios mío! ¡Filetes marinados en la salsa barbacoa casera de la abuela!

La alegría infantil de Elena por la comida me hizo sonreír.

—Creo que en la historia de la humanidad ninguna mujer se ha alegrado tanto por un trozo de carne como tú ahora mismo.

—¿Qué puedo decir? Solo soy humana. —Se encogió de hombros mientras seguía rebuscando en la nevera—. Además, la abuela solo hace esta salsa en las ocasiones más especiales: en Navidad y en mi cumpleaños.

—Entonces, ¿tenemos algo que celebrar?

Elena ladeó la cabeza pensativa. —Creo que sí.

—Ahora me has dejado intrigado.

Miré expectante en dirección a Elena.

—Una barbacoa es nuestra forma de dar la bienvenida a alguien en el vecindario. Básicamente, puedes considerarlo como una invitación a la verdadera barbacoa.

—¿Así que tu abuela reparte invitaciones en forma de filetes marinados? Tu familia está bastante loca.

Conseguí arrancarle una sonora carcajada a Elena.

—Un poco. Pero no más que otras familias.

—Puede ser. Ya que estamos hablando de *cosas normales*, ¿cómo está tu trasero?

—¡Excelente! —Ni siquiera necesitaba mirar a Elena a los ojos para saber que mentía por puro orgullo, pero decidí seguirle el juego.

—Bien. Entonces, como castigo, ahora te azotaré más a menudo ese culito dulce y firme, para luego perseguirte por la pradera.

—Oh.

Maldita sea, su *oh* me proporcionó una gran satisfacción, y junto con sus ojos abiertos de par en par, esta situación no tenía precio. Elena se apartó de mí y empezó a llenar cubos con pienso para los caballos, mientras yo seguía con mi trabajo.

Después de limpiar todos los cascos, guardé el limpiador de cascos en el bolsillo y me sacudí el polvo de los vaqueros.

—¿En qué puedo ser útil?

—Podrías traer leña seca del refugio.

—Enseguida.

—Y podrías aceptar la invitación de la abuela y decir que sí a la barbacoa de bienvenida.

Sonriendo, me rendí, Elena no iba a darse por vencida si no aceptaba.

—Sería un honor.

Los ojos de Elena se agrandaron. —¿De verdad?

—Sí.

—Tengo que admitir que esperaba tener que convencerte más.

—Lo sé. A estas alturas te conozco lo suficiente como para saber que hay cosas que no puedo quitarte de la cabeza.

Chillando de alegría, saltó y me abrazó. —¡Gracias!

—Pero deberías saber que sé distinguir muy bien entre las cosas que no puedo quitarte de la cabeza y las que sí puedo.

—Confío plenamente en eso —respondió pensativa.

Elena se separó de mí, luego recogió una rama medio quemada y empezó a hurgar distraídamente en el carbón negro que quedaba de la última hoguera.

—¿Clay? ¿Te molesta no poder quitarme algunas cosas de la cabeza?

Le levanté la barbilla y la obligué a mirarme para que pudiera ver la sinceridad en mis ojos.

—Eres mía, con todas tus facetas. —Su forma de ser rebelde y provocativa era refrescante y tan atractiva que era mejor que me callara ahora para no pronunciar esas tres palabras fatídicas para las que aún no estaba preparado.

—¿Por qué lo preguntas?

—Ah, por nada. —Elena se encogió de hombros, pero reconocí a primera vista que su *por nada* en realidad significaba otra cosa.

—¡Suéltalo! —le exigí—. Sabes que no debes mentirme.

—Bueno. No es que quiera quitarte nada de la cabeza, Clay, pero me gustaría un poco más de romanticismo.

—¿Romanticismo?

—Sí, romanticismo.

—¿Pétalos de rosa cayendo del cielo? ¿Cartas de amor poéticas? ¿Una canción de amor compuesta por mí que canto en medio de la noche frente a tu ventana? ¿Ese tipo de romanticismo? Mierda, ¿quieres armar uno de esos rompecabezas de *El amor es...*? —pregunté con sarcasmo. Elena se rio brevemente, aunque al mismo tiempo tenía ganas de llorar.

—¡Te estás burlando de mí otra vez!

—Maldita sea que sí. Nunca he sido un romántico y seguro que no me convertiré en uno ahora.

Elena suspiró. —No quiero eso, solo un poco más de ternura. Un beso, una caricia, algo entre nuestras aventuras salvajes que me demuestre que soy importante para ti.

—Soy malísimo en eso —respondí.

—Pero ¿lo intentarías por mí al menos?

—De acuerdo.

Sabía que debería haberme negado, pero era demasiado débil. Bueno, a veces yo también era solo un hombre.

—Gracias. —Los ojos verdes de Elena empezaron a brillar como dos zafiros puros bajo la luz del sol.

—Bien, entonces me ocuparé del fuego antes de que te mueras de hambre.

—¡Fantástico! ¡Créeme, será la mejor comida de fogata que hayas probado jamás!

—Hoy estás muy modesta —dije sonriendo, luego entré en la cabaña de piedra, donde hacía un agradable fresco. Contra la pared había unos postes, en la esquina había heno fresco para los caballos y al otro lado, junto a una vieja cómoda, había una gran pila de leña seca y ramas. Cogí la leña. Al hacerlo, descubrí algo en la cómoda de madera que me hizo sonreír ampliamente. *Perfecto.* ¿Elena quería más romanticismo? Lo tendría, pero a mi manera.

La fogata se encendió en cuestión de minutos. Bien. No podía esperar más, me había contenido durante demasiado tiempo. Elena empezó a desempacar el contenido de la nevera portátil, pero chasqueé la lengua en señal de reprobación.

—Todavía no, Elena, primero tiene que arder un poco la leña.

Elena resopló suavemente. —¡Pero tengo hambre!

—Por suerte, tengo una distracción para ti.

—¿Ah, sí? —Me miró con expectación—. ¿Para mí? ¿O más bien para ti?

Su respuesta me hizo sonreír. —Para ambos, diría yo.

—Entonces más bien para ti —dijo Elena con una sonrisa seductora.

Saqué un pañuelo de mi alforja, que en realidad debía proteger mis pulmones del polvo seco, pero ahora cumpliría un propósito mucho más importante.

—Te va a gustar.

Ahora Elena podría demostrarme si había aprendido su lección y cuánto podía soportar por mí.

Capítulo 16 – Elena

Vaya. Clay tenía de nuevo ese brillo oscuro en sus ojos, ese que solo aparecía cuando quería hacer cosas prohibidas conmigo. Todo mi cuerpo hormigueaba de emoción, y olvidé mi hambre al instante.

Se acercó a mí, sosteniendo un pañuelo rojo en su mano. Contuve la respiración por la emoción cuando me quitó el sombrero y me vendó los ojos. Estaba completamente ciega, pero los fuertes brazos de Clay me guiaron con seguridad hacia el refugio. El cambio de temperatura me hizo estremecer por un momento. Aunque el sol ya se estaba poniendo, afuera todavía hacía unos treinta grados, que sentía claramente en el valle sin viento donde nos encontrábamos.

—¿Qué tienes planeado? —pregunté en voz baja.

—Más romance —murmuró Clay en mi oído.

¿Por qué tenía la sensación de que me había malinterpretado a propósito?

—¡Desnúdate! —ordenó Clay en voz baja, pero con firmeza, y obedecí. Clay besó mi nuca, luego me guió hacia abajo, de rodillas. Allí donde esperaba encontrar un suelo duro y frío, encontré una manta suave colocada sobre heno.

—Acuéstate boca arriba.

Me tumbé sobre la suave manta que olía a heno.

—¿Estás cómoda?

Su voz sonaba suave, de alguna manera invitadora, pero sabía que las apariencias engañaban. Fuera lo que fuera lo que Clay planeaba, no era romántico, sino que me llevaría una vez más a mis límites, lo cual me aliviaba de alguna manera, porque eso era lo que yo quería mucho más que el puro romanticismo. ¿Era presuntuoso esperar que Clay me llevara más allá de mis límites esta vez?

—Sí, estoy cómoda —respondí.

—Muy bien. Porque vas a quedarte exactamente así, hasta que yo te permita moverte de nuevo.

El calor subió por mi cuerpo, mi centro hormigueaba, y sentí que ya estaba lista para él. Pero conocía a Clay lo suficiente como para saber que tendría que ganarme mi orgasmo.

Intenté mirar a través del pañuelo, pero todo estaba oscuro. Así que me concentré en los pasos de Clay, que se alejaron brevemente de mí. ¿Qué tenía planeado?

—Este no es el tipo de romance al que me refería antes —solté de repente.

—Lo sé. Pero no vas a conseguir otra cosa de mí hoy.

¿Era eso una amenaza? ¿Una promesa? Fuera lo que fuese, hizo que mi sangre hirviera.

El crepitar y chisporroteo de la hoguera y el canto de los grillos me dificultaban oír lo que Clay estaba haciendo. A un sonido raspeso le siguió el inconfundible olor a azufre. ¿Por qué encendía Clay una cerilla? Pude oír cómo soplaba, otra prueba para mi teoría.

—Aunque no puedas verlo, el ambiente es bastante romántico ahora —dijo Clay.

Cuando se arrodilló a mi lado, sentí su propio calor corporal irradiando de él. Cuando su mano tocó mi vientre, me sobresalté ante el contacto inesperado. Su mano se deslizó por mis costados, subiendo hacia mis pechos. Mis pezones ya estaban duros, como Clay constató con un gruñido al pellizcarlos. Mi torso se arqueó antes de que pudiera reprimir el impulso.

—¡No te muevas! —me advirtió Clay severamente.

Cuando Clay retorció ambos pezones simultáneamente entre el pulgar y el índice, grité, pero logré quedarme quieta. Nunca me había resultado tan difícil no moverme.

Sus manos siguieron recorriendo mi cuerpo, y me gustó no ver lo que iba a pasar a continuación. Solo había oscuridad, la voz profunda de Clay y sus manos, que despertaban los deseos más profundos en mí.

Cuando su mano se deslizó entre mis piernas, gemí suavemente. Clay sabía exactamente lo que hacía cuando encontró con precisión mi punto más sensible y lo masajeó con movimientos circulares.

Debía estar en el cielo, al menos así se sentía. Sus movimientos se volvieron más rápidos, más firmes, mi orgasmo se acercaba cada vez más, hasta que Clay se detuvo justo antes de mi clímax.

Debería haberlo sabido, que no me lo pondría tan fácil, aun así, la decepción se reflejó en mi rostro.

—Tienes que tener un poco más de paciencia.

En realidad, yo era bastante paciente —tenía que serlo para mi trabajo con animales— pero con Clay era diferente. Con él, todo se sentía como la *víspera de Navidad,* y apenas podía esperar a ver qué pasaría después.

—No es tan fácil —respondí.

—Por eso tendrás que practicar la paciencia conmigo en el futuro.

—Esto te gusta, ¿verdad? Hacerme suplicar por algo.

—Maldita sea, disfruto cada momento de ello.

Yo también, lo cual era paradójico, porque al mismo tiempo sentía que casi iba a explotar si no conseguía lo que quería. Clay era un verdadero maestro en mantener el equilibrio entre esta delgada línea de excitación, dulce dolor y frustrante seducción.

—Y esto lo voy a disfrutar aún más —dijo Clay con voz ronca. No sabía a qué se refería, hasta que algo caliente goteó sobre mi vientre. Una segunda gota siguió inmediatamente. La temperatura se enfrió rápidamente, pero aun así, cada gota caliente adicional provocaba una pequeña descarga de adrenalina.

—Las velas definitivamente contribuyen al romanticismo, tengo que darte la razón en eso, Elena.

Clay respondió a mi pregunta no formulada sobre lo que estaba goteando en mi vientre. Era realmente fascinante lo bueno que era Clay para volverme loca. Incluso las cosas más normales las usaba de forma tan poco convencional que de repente los lazos o las velas normales se convertían en armas explosivas de sensaciones que me lanzaban a esferas desconocidas.

Cuanto más alto subía Clay con la vela, más difícil se volvía permanecer quieta, pues mi piel, ya de por sí sensible, era aún más receptiva en los pechos. Cuantas más gotas cubrían mi cuerpo, más pulsaba mi centro y más arduo se volvía mi autocontrol. Mi corazón latía fuerte y desenfrenado en mi pecho, tal vez para mantener el ritmo de mi respiración acelerada. Esfuerzo, excitación, mis sentimientos por Clay que se habían desarrollado demasiado rápido, dolor y la picante situación de que podían pillarnos en cualquier momento; todo eso se mezclaba en una gran y opaca niebla de emociones.

—¿Qué pasa si ya no puedo quedarme quieta? —Mi voz sonaba tan ronca que apenas me reconocí a mí misma.

—No quieres averiguarlo. —Su advertencia me hizo estremecer—. Sé que puedes cumplir mis reglas.

—Pero es tan difícil.

—Nadie dijo que fuera *fácil*.

Cuando una de las gotas calientes aterrizó en mi pezón izquierdo, quise arquearme, pero la fuerte mano de Clay, que de repente se posó entre mis pechos, me presionó firmemente contra el suelo. Solo cuando la cera se enfrió, mis músculos se relajaron de nuevo y la presión de la mano de Clay sobre mi pecho disminuyó.

Aunque no podía ver su expresión facial, por el chasquido reprobatorio de su lengua, podía imaginar que mi arqueamiento tendría consecuencias.

—Lo siento —susurré humildemente, con la esperanza de que Clay fuera indulgente conmigo.

—Será mejor que te quedes quieta ahora.

Asentí rápidamente con la cabeza y me preparé para que mi pezón derecho también fuera rociado con cera. Pero no pasó nada. En la oscuridad, con todo ese caos emocional y el hecho de que todo mi cuerpo hormigueaba hasta la punta de los dedos, había perdido por completo la noción del tiempo.

—¿Es este mi castigo?

—No. —La anticipación en su voz me asustó, pues no tenía idea de lo que Clay planeaba, pero podía imaginármelo. Casi como si hubiera leído mis pensamientos, su mano se deslizó hacia abajo, entre mis piernas. Tan húmeda como ya estaba, los dedos de Clay se deslizaron fácilmente dentro de mí, y dejé escapar un suave gemido. Al mismo tiempo, puso su pulgar sobre mi clítoris, lo que me arrancó otro suspiro de alivio.

—Realmente deberías quedarte quieta ahora, Elena. De lo contrario, solo empeorarás tu situación.

¡Oh, Dios! La cera caliente goteó sobre mi botón derecho. Increíble, pero los dedos de Clay dentro de mí de repente se sentían el doble, ¡no, tres veces mejor! Todo era tan intenso que incluso podía saborear el chisporroteo en el aire.

—Buena chica.

Incluso cuando la cera goteó hacia abajo, se enfrió y finalmente se endureció, los toques de Clay casi me volvían loca.

—Esta es la entrada al paraíso —murmuró Clay, mientras distribuía más cera sobre mi torso.

—Un precio pequeño —respondí sonriendo.

Mi sonrisa solo se desvaneció cuando Clay se retiró de mí. Al parecer, todavía no me había ganado mi orgasmo. ¡Un poco más y me consumiría!

—Tendrás tu orgasmo pronto, pero primero viene tu castigo.

—Clay lo dijo con tanta calma que me estremecí de humildad. ¿Cómo podía controlarse tan bien? Sin sus órdenes dominantes, sin duda me habría lanzado sobre él, de modo que no tuviera otra opción que follarme hasta que viera estrellas, porque eso era exactamente lo que quería.

—¿Clay?

—¿Elena?

—¿Cuán grande sería el castigo si te tocara?

—¡Se supone que debes quedarte quieta! —gruñó.

—¡Y se supone que tú no debes eludirme! —No me rendí, ¡esta vez no!

—Sin tocar, Elena, ese era el trato.

Suspiré suavemente. —Entonces quiero un nuevo trato.

—Pero no hay un nuevo trato. Y ahora quédate quieta, antes de que cambie de opinión y tu castigo sea una noche sin sexo.

Vaya. La amenaza había calado, aunque una pequeña parte de mí seguía frustrada porque Clay era tan inaccesible.

—¿Cómo me vas a castigar ahora?

—Ya lo verás.

¿Habría sido intencional su elección de palabras? Probablemente sí. En cualquier caso, contuve la respiración, no protesté y esperé ansiosamente mi castigo para poder finalmente obtener mi merecido clímax.

Tortuosamente lento, Clay dejó caer más cera sobre mi cuerpo, sin excluir ni siquiera mis sensibles costados. Siguió una breve pausa antes de que Clay también atendiera mis piernas. Justo cuando creía que mis pechos eran el mayor problema, la parte interior de mis muslos resultó ser mucho más sensible, y Clay subía cada vez más y más... *¡Cielos!*

Mis uñas se clavaron en la suave manta, apreté los dientes e intenté mostrar lo menos posible cuán sensible era mi reacción a la cera.

—Difícil, ¿verdad? —preguntó Clay con un tono solícito. Era fascinante cómo Clay podía ser dominante y cariñoso al mismo tiempo.

—Sí —respondí suspirando.

—Sé que estás lista para más.

—¿Más? —pregunté horrorizada.

—Absolutamente.

—¿Qué te hace estar tan seguro?

Clay se detuvo, dejando que la cera de la vela goteara sobre un solo punto de mi muslo.

—Te conozco, conozco cada fibra de tu cuerpo, y sé que anhelas más.

Clay tenía razón, una parte de mí anhelaba ir más allá de mis límites, pero esa parte estaba contenida por mi inseguridad.

—No tengas miedo, Elena. Sé exactamente hasta dónde puedo llegar contigo. Déjate llevar y confía en mí. A cambio, te prometo el orgasmo más intenso que hayas tenido jamás.

No fue su promesa lo que me tentó, sino el hecho de que realmente podía confiar en Clay, ya lo había demostrado varias veces.

—Confío en ti.

—Buena chica.

La cera subió por la sensible cara interna de mis muslos, cada vez más y más arriba... hasta que contuve la respiración por la excitación y la reverencia a partes iguales.

Clay era un verdadero maestro en torturarme, porque en lugar de castigarme finalmente, sentí las gotas calientes de nuevo en mi vientre. Una vez más, se acercaron milímetro a milímetro a mi punto más sensible.

Las chispas a nuestro alrededor crepitaban, explotaban, y estaba convencida de que yo también estaba en llamas. La cera goteaba cada vez más y más abajo... mientras mi excitación aumentaba hasta lo inconmensurable.

—¿Lista?

No. Pero nadie lo está cuando se tira al agua fría. —Sí.

El calor que se extendió entre mis piernas era indescriptible. Caliente. Malditamente caliente, incluso. Intenso. El dolor se transformó en cuestión de segundos en un deseo ardiente y pulsante. La cera enfriándose cosquilleaba en mi piel como champán.

Eran las sensaciones más locas e intensas que jamás había experimentado. Antes de que pudiera pensar con claridad de nuevo, Clay despegó la cera, se desabrochó los pantalones y entró en mí.

Su dureza me llenó por completo, y gemí en voz alta.

—¡Por favor! —le supliqué.

Me dio un momento para acostumbrarme a su tamaño.

—¿Por favor qué? —preguntó divertido.

—¡Por favor, tómame!

—¿Cómo quieres que te tome? —Clay disfrutaba plenamente del hecho de que yo estaba bailando al borde del abismo.

—¡Como me lo merezco!

—¿Duro? ¿Profundo? ¿Sin piedad? ¿Exactamente como lo necesito?

—¡Dios, sí!

Clay lamió mi cuello con deleite mientras un gruñido profundo escapaba de su garganta, luego cumplió mi petición y me tomó. Duro, profundo y sin piedad. El aroma a heno, hierbas secas y abedul ardiendo se mezclaba con el olor masculino y amargo de Clay.

En ese momento, habría dado cualquier cosa por tocarlo, pero me quedé quieta. Clay aún no me había permitido moverme de nuevo, y estaba segura de que solo esperaba poder castigarme una vez más.

—¡Córrete para mí! —jadeó Clay en mi oído. No necesitó decírmelo dos veces, porque mi clítoris aún pulsaba por la cera caliente y cosquilleante. Me corrí, me dejé llevar y floté en la corriente de sensaciones.

—Esto debe ser realmente el paraíso —suspiré, mientras mis sentimientos me abrumaban.

—A estas alturas ya deberías saber que cumplo mis promesas.

Cuando mis sentidos volvieron lentamente, sentí cómo la erección de Clay se hacía cada vez más dura. ¡Se sentía simplemente demasiado bien cuando se corría dentro de mí! Cuando disparó su semilla dentro de mí, apoyó brevemente su frente en mi pecho. Su aliento caliente hacía cosquillas en mi piel mientras su dureza seguía pulsando dentro de mí. Después de una breve pausa para recuperar el aliento, Clay me quitó la venda de los ojos, luego nos dedicamos juntos a la cera en mi cuerpo, que se adhería más obstinadamente de lo que pensaba.

—Esto es una verdadera masacre de velas —dije sonriendo.

—Romanticismo de velas —me corrigió Clay.

—Pongámonos de acuerdo en una masacre romántica de velas, ¿vale?

—Bien, como quieras.

Clay me ayudó a levantarme, me vestí de nuevo y salimos. La fogata crepitaba pacíficamente, las sombrías volutas de humo de antes se habían disipado, y Clay hurgaba satisfecho en la nevera en busca de la carne para asar, mientras yo me ponía cómoda en un tronco caído que servía de banco.

Las brasas del fuego me proporcionaban calor cuando el frío viento de tormenta me hizo estremecer. El sol ya se había puesto completamente, y la fría brisa enfriaba la tierra más rápido de lo que me hubiera gustado.

—¿Cuánto crees que falta para que estalle la tormenta? —le pregunté a Clay.

—Buena pregunta. En el pronóstico del tiempo dijeron mañana al mediodía, pero espero que pueda esperar hasta la noche.

—Ojalá. Puedo imaginar cosas mejores que cabalgar bajo la lluvia torrencial mientras los animales se dispersan en todas direcciones con cada trueno.

Ya había experimentado algunas cabalgatas con mal tiempo, pero en esas ocasiones tanto las vacas como los caballos sabían dónde estaba el establo seguro, por lo que se dirigían allí por sí solos. Pero para los animales -excepto Copper, que correría hacia Red Rivers- esta tierra era un terreno inexplorado.

—No solo tú. Aunque me encantaría verte con una camiseta empapada. —Clay me sonrió, luego puso unos trozos de carne en la parrilla que descansaba sobre piedras calientes.

—Tienes razón, sea lo que sea que haya hecho tu abuela, ya huele delicioso.

—Te lo dije —respondí malhumorada, porque Clay no me había creído.

Mientras la carne se cocinaba, envolví un poco de masa de pan en dos palos y le di uno a Clay, que se sentó a mi lado.

—¿Sabes cocinar? —pregunté, ante lo cual me miró perplejo.

—¿Qué?

—Que si sabes cocinar.

—¿Por qué quieres saberlo?

—Cocinar es importante, porque el amor entra por el estómago y esas cosas —dije encogiéndome de hombros. Por supuesto, era una verdadera mejora si los hombres sabían cocinar, pero en realidad quería llegar a otra cosa. Desde que conocía a Clay, no había contado casi nada sobre sí mismo, así que quería sacarle algunas cosas mediante una conversación trivial.

—Bueno. No sé, al menos nadie se ha quejado nunca de mi comida.

—Esa es una buena señal.

—¿Qué hay de ti?

Levanté mi brazo libre. —Oh, me encanta comer, pero solo deberías ponerme en tu cocina si quieres cobrar el seguro de tu casa.

Mi declaración -solo ligeramente exagerada- hizo reír a Clay.

—Así que así. Mi pequeña gatita golosa necesita un abrelatas, ¿lo veo bien?

Resoplé sonoramente. —Para nada. Puedo pedir algo del restaurante de Sue por mi cuenta.

Clay probó con cuidado la consistencia de su pan en palo. Asintió satisfecho, luego desprendió el pan tostado del palo y se lo comió.

—¿Por qué alguien querría pedir algo cuando puede conseguir una comida tan excelente?

—Yo —respondí con confianza—. Y tú también, una vez que pruebes el legendario pastel de manzana con crumble de Sue.

—¿Legendario, eh?

—Tan legendario que incluso mi hermana vuelve desde Nueva York por él.

Bueno, en realidad Sophia había tenido otras razones para su última visita, pero realmente no necesitaba restregarle a Clay la pequeña crisis en la relación por lo demás perfecta de Sophia.

—Elena, eso es el hogar. En el hogar siempre hay algo que nunca te suelta completamente y te atrae de vuelta.

—Suena como una frase de calendario. O como un Johnny Cash muy melancólico.

—Puede ser, pero aun así es cierto. —Clay no se dejó desconcertar por mi comentario, al contrario, puso una expresión aún más seria. De repente, parecía décadas mayor, más maduro, pero también más desgastado.

—¿Y qué dejaste atrás en Dallas?

—Eso es diferente.

—Ah, ¿ahora de repente es diferente solo porque te concierne a ti?

Clay me miró sombríamente, pero sabía que yo insistía en una respuesta.

—En Dallas no me espera más que caos y pena.

Cada vez que Clay hablaba de Dallas, tenía esa expresión desgarradora. Me acerqué más a él, de modo que nuestros muslos se tocaron, luego puse mi mano sobre su rodilla.

—Clay, lo que... o mejor dicho, quien sea que te haya roto el corazón en Dallas, no fui yo.

En realidad, esperaba una objeción, porque Clay nunca mostraba sus cartas, pero esta vez se quedó en silencio, lo que equivalía a un asentimiento. Quienquiera que estuviera esperando a Clay en Dallas, le había roto el corazón, que yo solo podía reparar con dificultad. Tomé la mano de Clay y la apreté suavemente.

—Y tu corazón no se hará pedazos solo porque te toque. ¿Ves?

—Cuando me tocas, despiertas sentimientos en mí que no debería tener.

—No tienes que luchar contra esos sentimientos.

—Sí —dijo entre dientes apretados.

—¿Por qué?

—¡Porque maldita sea, no puedo arriesgarme a enamorarme de ti!

Me quedé paralizada. No esperaba esta honestidad despiadada. Clay retiró su mano de la mía y se puso de pie.

—Soy un maldito controlador, ya no puedo dejar de lado mi lado dominante, y tampoco puedo ofrecerte el *romanticismo* que anhelas.

Yo también me puse de pie para que estuviéramos al mismo nivel, en la medida en que eso era posible con la considerable altura de Clay.

—Eres el primer hombre que no encuentra mi actitud rebelde y honesta repelente, sino desafiante. Y eres el primer hombre al que le permito callarme. Encajamos perfectamente, de esa manera extraña y hermosa que no se encuentra dos veces en el mundo. Eso tiene que significar algo para ti también, ¿no?

Vaya. Esto ya no era una escalada de principiantes, esto era al menos una escalada de nivel avanzado hacia la que nos dirigíamos.

—Si me enamoro de ti, será la perdición de ambos.

—Entonces que se joda, nos hundiremos juntos.

Lo decía completamente en serio. Estaba absolutamente lista para ello, porque sentía exactamente que era lo correcto. Si existía algo como el destino, entonces era exactamente esto: Nuestro destino.

Pero antes de que nos hundiéramos juntos, Clay me miró profundamente a los ojos.

—No puedo permitir arrastrarte a mi abismo.

Oh Clay...

Capítulo 17 – Clay

Un trueno profundo y amenazante me arrancó del sueño profundo. Inmediatamente abrí mi saco de dormir de un tirón y me puse de pie. Nubes negras como el carbón oscurecían el sol naciente y se acercaban a nosotros a una velocidad considerable sobre el horizonte rojizo.

Con prisa enrollé mi saco de dormir y luego sacudí a Elena para despertarla, cuyo sueño profundo era impresionante. Se había envuelto completamente en su saco de dormir. Me miró parpadeando somnolienta.

—¿Qué pasa? Todavía está oscuro —dijo Elena malhumorada. Estaba a punto de darse la vuelta otra vez, pero la sujeté.

—Elena, tenemos que irnos, viene la tormenta.

—La tormenta —murmuró en voz baja, luego su cuerpo se sacudió—. ¡Cielos, la tormenta!

Se desprendió de su saco de dormir mientras miraba alrededor. Su mirada se detuvo en Sieben y los otros caballos, que escarbaban nerviosamente con los cascos.

Guardamos nuestros sacos de dormir y la nevera portátil en el refugio, apagamos las últimas brasas de la fogata y cepillamos y ensillamos los caballos en un abrir y cerrar de ojos.

—Si nos damos prisa, llegaremos secos a Oakland —dijo Elena con más optimismo del que ambos sentíamos. Las posibilidades de que llegáramos secos a mi rancho eran nulas.

—Entonces será mejor que te portes bien para que no tenga que darte otra azotaina por el camino. —Sonreí al recordar lo tremendamente excitado que me había dejado aquella cabalgata salvaje.

—Créeme, seré una niña buena —respondió Elena con seriedad y se subió a la silla.

—En otras circunstancias, eso incluso me gustaría.

—¿Ah, sí? ¿En qué circunstancias? —Elena me miró interrogante mientras ataba la cuerda de Cloud al pomo de la silla y echaba un vistazo al ganado.

—Por ejemplo, anoche me gustó extraordinariamente lo quieta que pudiste quedarte.

Sus mejillas se sonrojaron cuando le recordé nuestra última noche. Maldita sea, me gustaba demasiado poder avergonzar a Elena tan rápidamente, aunque en el fondo ella quería más de lo que yo estaba más que dispuesto a darle.

—¿Quieres más ejemplos?

—No, gracias. —Se mordió el labio inferior y pasó trotando junto a mí.

—¿No te expliqué con suficiente claridad que no deberías rechazarme ciertas cosas?

—Supongo que tendré que correr ese riesgo —me gritó Elena por encima del hombro. Luego se ocupó de poner orden en la manada dispersa de ganado.

¿Elena me estaba evitando? Con cada milla recorrida, estaba más seguro de que así era. Vale, tenía que admitir que la entendía. Después de nuestra conversación de ayer, tenía derecho a estar enfadada conmigo, aunque Elena supiera de antemano con quién se estaba metiendo. Tenía derecho a estar enfadada conmigo, pero no tenía derecho a dejarme en ridículo así sin explicar lo que le pasaba.

Qué mierda. Detrás de nosotros una tormenta que se acercaba cada vez más, delante de nosotros una tormenta aún mayor cuyo origen estaba en el mal humor de Elena. El aire electrizado acumulaba cada vez más tensión, no pasaría mucho tiempo antes de que todo estallara con un fuerte estruendo. Solo quedaban unas pocas millas hasta Oakland, pero recorrer la distancia en silencio la hacía interminablemente larga. Después de haber devuelto una vaca que se había escapado al rebaño, aproveché la calma antes de la tormenta para hablar con Elena.

—Elena.

—Clay.

—Habla conmigo.

—Ya lo estoy haciendo.

Mi mirada de reproche provocó un resoplido por su parte.

—¿Qué quieres? —preguntó irritada.

—Que hables conmigo sobre lo que te pasa.

—Si te digo que *nada*, no me vas a creer, ¿verdad?

—No.

—Vale. Me frustra que no quieras reconocer tus sentimientos. ¿Es eso lo que quieres oír?

No realmente.

—Sí —respondí con voz ronca.

—Bien. Entonces tengo más para ti. Para ya, ¿vale? Deja de arrancarte el corazón del pecho, pisotearlo y enterrarlo en algún lugar solo porque tienes miedo de volver a salir herido.

—Es complicado —gruñí. Elena esperaba que simplemente olvidara el dolor de mi pasado, pero las cicatrices aún no habían sanado.

—No, en realidad es bastante simple —replicó Elena—. Aceptar las cosas y dejarlas ir no es difícil, solo bastante doloroso. Pero cuando has encontrado a la persona adecuada, estás dispuesto a aceptar ese dolor para que las cosas mejoren.

—Tienes razón.

—¿Soy esa persona para ti? —Casi me rompió el corazón ver a Elena con esa mirada desesperada. Si había una persona por la que estaba dispuesto a todo esto, era ella. Desde el principio, ella había sido la fuerte de los dos, yo solo tenía más músculos. Pero antes de que pudiera responderle, un rayo brillante atravesó la oscura capa de nubes, seguido de un fuerte trueno. Los caballos se asustaron y las vacas se dispersaron en todas direcciones.

Aunque me costaba controlar a Supernova, seguía mirando a Elena, que tenía que controlar a dos caballos asustados a la vez.

—¡Elena, ten cuidado! —grité por encima de los relinchos de los caballos. La sola idea de que pudiera quedar atrapada entre los cascos de dos caballos asustados me volvía loco.

—¡Lo tengo bajo control, no te preocupes! —respondió en voz alta antes de volver a un canturreo tranquilizador al que Copper y Sieben respondían lentamente.

Supernova bailoteaba nerviosamente de izquierda a derecha mientras yo tiraba de las riendas y me reclinaba pesadamente en la silla.

—Tranquila, chica. —Nova se fue calmando poco a poco, pero el peligro aún no había pasado. Si seguía un segundo trueno, los caballos y el ganado se nos escaparían por igual, eso estaba claro.

—¡Elena, tenemos que darnos prisa!

—¡Lo sé! ¡Vamos allá!

Mientras Elena guiaba el rebaño, yo me encargaba de los fugitivos, ya que sin caballo de mano era más ágil. No quedaba mucho hasta Oakland, así que podíamos arrear las vacas a buen trote por los campos con la conciencia tranquila. Ahora que había una dirección clara de escape, los relámpagos causaban menos pánico. A unas dos millas de nuestro destino, comenzó una lluvia torrencial.

—¡Qué mierda! —maldijo Elena de su manera linda e inocente, bajando más su sombrero vaquero sobre su rostro.

—¡Ya falta poco! —grité por encima de la lluvia azotadora—. Al menos nos ahorramos la ducha.

—Una ducha de la que prescindiría con gusto. —Resoplando, Elena se ajustó las mangas empapadas que se pegaban a su cuerpo.

En cuestión de minutos, los campos secos y polvorientos se convirtieron en lodo, que salpicaba hasta mis rodillas con cada pisada. Mientras las colinas subían, habíamos podido mantener nuestro ritmo más o menos, pero tan pronto como empezamos a descender, nos deslizábamos peligrosamente en todas direcciones, por lo que teníamos que ser cuidadosos y avanzábamos lentamente.

La seguridad era lo primero, a nadie le serviría que alguien se rompiera una pierna.

—¿Todo bien? —grité contra la tormenta.

—¡Perfectamente! —La voz de Elena sonaba aguda y todo menos *perfectamente*. Maldita sea, tenía que sacarla de esta lluvia helada, y rápido. Las gotas afiladas como cuchillos azotaban dolorosamente mi cara, no podía ver más allá de veinte metros.

—¡Ya falta poco! —me motivé a mí mismo. Elena también estaba sacando sus últimas reservas de energía. Luego hicimos un sprint final fenomenal hasta llegar al rancho Oakland. El ganado buscó refugio agradecido en el granero, mientras que los caballos se dirigieron a los establos.

—¡Qué maldita tormenta! —maldije mientras llevaba la silla de montar de Supernova a la cámara de ensillado.

—Sí, no recuerdo la última vez que hubo una tormenta así. Supongo que fue hace diez o quince años, pero no puedo decirlo con exactitud porque mis últimas tormentas siempre las pasé en casa, frente a la chimenea, con una taza de chocolate caliente.

Jadeando, Elena llevó su silla de montar western a la cámara de ensillado, antes de que se la quitara. Incluso en la habitación de al lado podía oír el castañeteo de sus dientes. Todo su cuerpo temblaba, y cuando miré más de cerca a Elena, pude ver sus labios azules como el hielo.

—¡Por Dios, Elena, entra y caliéntate! —ordené severamente.

—Primero, cuando todos los animales estén atendidos —respondió ella con más determinación de la que me hubiera gustado.

—Yo me encargo de ellos.

—Entre dos es más rápido.

—Elena Key —gruñí, pero mis amenazas simplemente rebotaban en ella—. Bien, como quieras, pero deberías esperar que te lo haré pagar el doble y el triple.

—Bien, entonces eso está aclarado.

Elena regresó con algunas toallas para secar los caballos. Mientras Copper y Supernova disfrutaban del secado con la cabeza baja y resoplando, Sieben lo encontraba más bien extraño.

—Supongo que está acostumbrada a la lluvia —dijo Elena encogiéndose de hombros y metiendo a Sieben en su box.

—Probablemente.

Mientras Elena se ocupaba de la comida de los caballos, eché un vistazo al ganado. Quería asegurarme de que todos habían sobrevivido bien al arreo espontáneo.

Terminé mis tareas lo más rápido posible, porque mi principal preocupación seguía siendo Elena, que definitivamente tenía hipotermia. De vuelta en el establo, agarré a Elena por la muñeca y la arrastré a mi apartamento.

—¡Clay! —me regañó, pero no me dejé disuadir.

—¡Ven conmigo, señorita! Esta vez no toleraré ninguna objeción.

Cualquier cosa que Elena quisiera decirme, se la tragó. *Buena chica*.

Una vez en mi dormitorio, la despojé de su ropa mojada que se pegaba obstinadamente a su piel.

—Clay, ¿qué estás haciendo?

—¿A qué te parece? Me estoy asegurando de que te libres de tu hipotermia, maldita sea.

¿Realmente había creído que la dejaría literalmente bajo la lluvia? El solo pensamiento me dio un golpe en la boca del estómago.

En un abrir y cerrar de ojos, me quité la ropa y empujé a Elena hacia la ducha del baño contiguo. Pasó un breve momento hasta que el calentador bombeó el agua caliente al piso superior, y aproveché el tiempo para acurrucarme desde atrás contra su cuerpo helado y tembloroso. Cuando el agua caliente y humeante finalmente cayó sobre nosotros, ambos suspiramos aliviados. Lentamente, el rostro de Elena recuperó el color y sus labios azules desaparecieron. Aun así, seguí abrazándola por detrás contra su delicado cuerpo.

—¿Clay? —Su voz temblaba tanto como su cuerpo.

—¿Elena?

—¿Puedo confiar en ti?

—Por supuesto. —Mi voz no era más que un susurro, su pregunta me había tomado por sorpresa. ¿No le había demostrado suficientes veces que podía confiar en mí?

—¿Entonces por qué no confías en mí?

—¿Qué quieres decir, Elena?

Ya habíamos tenido esta discusión antes.

—¡Eso te pregunto yo! —Elena se dio la vuelta y me miró con reproche—. Esperas que confíe ciegamente en ti, a veces incluso literalmente, mientras haces cosas indescriptibles conmigo, y lo hago. Confío en ti, Clay, pero también tengo dudas porque obviamente todavía no confías en mí, por la razón que sea.

—Eso es diferente —dije a la defensiva, pero Elena aún no había terminado.

—Quienquiera que te haya arrancado el corazón del pecho debe haber sido un monstruo, pero ¿no ves que yo no soy ese monstruo? Cielos, estoy reconstruyendo tu corazón roto pieza por pieza. Sí, a veces la curación duele un poco, pero esconder la herida para siempre es mucho más doloroso.

Sus lágrimas se mezclaban con el agua que caía. Me quedé sin palabras, atónito y sintiéndome como el último de los idiotas. ¿Cómo había podido pasar por alto lo obvio todo este tiempo? Elena tenía toda la razón. Ella no era el monstruo.

Tomé su mano y la coloqué sobre mi pecho, donde podía sentir los latidos de mi corazón.

—¿Puedes sentirlo? —pregunté, y Elena asintió—. Aunque no pueda demostrarlo porque soy pésimo en estas cosas, nunca debes olvidar que mi corazón solo late de nuevo porque tú fuiste tan persistente. —Elena había derretido el témpano de hielo en mi pecho, y por eso le estaría eternamente agradecido.

—Más bien tengo la sensación de que debería recordártelo en ciertos momentos —susurró Elena, con la mirada fija en mi pecho.

—Tienes razón.

—¿En qué?

—En todo. Tienes razón en que necesitas recordarme lo hermoso que puede ser permitirse sentir o ser tocado. Y sí, tú eres la mujer con la que quiero pasar mi vida. Quiero que sigas siendo mi chica después de la competencia, quiero seguir teniéndote a mi lado, Elena. Algún día me arrodillaré ante ti y te pediré que seas mi esposa, y unos años después tendremos una casa llena de niños. Tú eres la única persona con la que quiero pasar mi vida, si me lo permites.

Elena me miró con asombro. Maldita sea, no había sido fácil, pues no soy un hombre de grandes palabras, pero ahora había dicho todo lo que tenía que decir y lo que debería haber dicho hace mucho tiempo.

—Entonces tú también tienes que permitirlo.

—Ten paciencia conmigo —le pedí a Elena. Tomé su otra mano y la coloqué sobre mi torso. Sus delicados dedos acariciaron mi clavícula, el inicio de mi músculo trapecio hasta mi cuello. Increíble, pero realmente había olvidado lo hermoso que podían sentirse las caricias.

Casi me parecía que el agua no solo había lavado el frío de nuestros huesos, sino también mi doloroso pasado. Por primera vez desde que le di la espalda a Dallas, realmente podía mirar hacia adelante.

—Elena Key, tu persistencia es realmente notable.

—Al igual que tu terquedad, Clay Kennedy.

Con eso se dijo todo lo que había que decir. Habíamos dejado clara nuestra posición y le habíamos dado una dirección común a nuestra relación. Se sentía bien y estaba seguro de que quería pasar el resto de mi vida así.

Presioné suavemente a Elena contra las frías baldosas de la pared de la ducha y la besé apasionadamente. Por primera vez, realmente percibí sus caricias. Sentí sus suaves labios y su piel tersa. Dios mío, me había cerrado a todo durante demasiado tiempo. Eso tenía que terminar.

Los besos de Elena se volvieron más exigentes, más demandantes, y gruñí suavemente cuando ya no pude resistirme más. Agarré los muslos de Elena, la levanté y la presioné firmemente contra la pared. Sus manos recorrieron mi cuerpo y se lo permití porque confiaba en ella. Mientras tanto, hundí mi rostro en sus rizos fragantes que se pegaban a su cuello.

—Tómame de una vez —susurró Elena.

Cumplí encantado con esa petición. Froté mi dureza contra su entrada y la penetré. Normalmente habría follado a Elena tan duro como pudiera, pero no quería que sus tiernas caricias terminaran, así que me adentré en el nuevo territorio que Elena me mostraba de buena gana.

Con cada embestida rítmica, sus pechos temblaban y un suave gemido escapaba de su garganta. Nuestros labios se encontraron de nuevo. Sus besos eran como una revelación para mí.

Por primera vez desde que tenía uso de razón, no se trataba de demostrarle a Elena que me pertenecía. Probablemente nunca podría deshacerme por completo de esa tendencia, pero admití que estaba dispuesto a darle a Elena todo lo que ella quisiera.

Elena gemía cada vez más fuerte, sus uñas se clavaban en mi espalda desnuda y sus piernas se enroscaban cada vez más fuerte alrededor de mi cintura.

—¡Por favor! —suplicó—. ¡Por favor, Clay!

—¿Por favor qué?

—¡Tómame más fuerte!

No me lo tuve que decir dos veces. Mi agarre en sus piernas se hizo más firme, al igual que mis embestidas. Elena solo gimió satisfecha cuando mis estocadas fueron tan fuertes que todo su cuerpo temblaba.

Sus suaves caricias en mi piel eran un fuerte contraste con mi dominancia. Nunca hubiera pensado que la ternura me gustaría tanto.

—¡Maldita sea, me estás volviendo loco, Elena!

—¡Te amo!

Me detuve. ¡Maldición! Había dicho las tres palabras que había temido todo este tiempo. Palabras que una vez dichas, no se podían retirar. Lo peor no eran sus palabras o que yo sintiera lo mismo, lo peor de la situación era que me había resistido tanto tiempo. Por poco pierdo a Elena por mi maldito orgullo, no podía permitir que eso volviera a suceder.

—Yo también te amo —respondí, esperando fervientemente que Elena fuera lo suficientemente fuerte para mis errores. Ya no podía vivir sin ella, y maldita sea, tampoco quería vivir sin ella.

—Vaya, así que todavía hay esperanza para ti.

—¿Pensé que lo tuyo era creer en casos perdidos?

—Bueno, de alguna manera. ¿Tal vez mi vena masoquista me obliga a hacerlo?

—No. —Negué con la cabeza—. Es por tu corazón fuerte, que es lo suficientemente valiente como para creer en lo imposible hasta que se vuelve posible.

Elena apoyó su cabeza en mi pecho, luego sus uñas se clavaron de nuevo en mi espalda y inclinó su pelvis de manera que me estimulaba perfectamente. Dios mío, había olvidado por completo lo que estábamos haciendo en realidad, y por Dios, nunca pensé que diría estas palabras, pero Elena y yo estábamos teniendo *sexo del milenio*. Sexo que recordaría para siempre porque habíamos sido tan despiadadamente honestos el uno con el otro.

—¡Más fuerte! —ordenó Elena. Dejé de lado toda ternura y tomé a Elena como estaba acostumbrada de mí: duro, profundo y sin piedad.

Sin embargo, quedó un rastro de ternura que no podía definir con exactitud, ¿tal vez porque ese suave *te amo* aún flotaba en el aire?

—¡Oh, Dios! —Elena me sacó de mis pensamientos, y me concentré completamente en ella. Me masajeaba tan fuerte que apenas podía controlarme. Cuanto más se acercaba al orgasmo, más se apretaba a mi alrededor.

En sus ojos esmeralda ardía el fuego, a nuestro alrededor saltaban chispas, y sentía cómo nuestros cuerpos ardían. Teníamos la elección, y decidimos arder juntos en llamas. Sí, maldita sea, por Elena estaba dispuesto a arder si era necesario.

—¡Córrete para mí! —le ordené jadeando. Las uñas de Elena dejaron ardientes marcas en mi espalda mientras mis movimientos rápidos y fuertes la obligaban prácticamente al orgasmo. Me encantaba cómo Elena se apretaba alrededor de mi erección cuando se corría. Todo su cuerpo temblaba de placer, su orgasmo se desvanecía lentamente.

Cuando yo mismo me corrí dentro de ella bombeando, me apoyé con una mano en la pared. No sé por qué, pero fue realmente un *sexo del milenio*, no podía describirlo de otra manera.

Como las piernas de Elena aún temblaban, levanté sus piernas y la saqué de la ducha. Mientras caminaba, agarré dos toallas que eché sobre nosotros y llevé a Elena a mi dormitorio.

—Eso estuvo bien —dijo suspirando—. Me siento algo exhausta, pero también bastante bien. ¡Como renacida! Contradictorio, lo sé, pero ¿sabes a qué me refiero?

—Me siento exactamente igual.

Como el fénix que renace de sus cenizas.

Capítulo 18 – Elli

Con cuidado, me bajé del lomo de Cloud y acaricié su crin.

—Lo has hecho muy bien —la elogié y le metí en la boca una de las galletas de avena y manzana que Grams había horneado especialmente para caballos. Estaba orgullosa de Cloud, de verdad, pero aun así tenía un nudo en el estómago mientras la llevaba al redondel donde Clay ya nos esperaba.

—¿Y estás realmente seguro? —pregunté.

—Tú eres la encantadora de caballos —respondió Clay—. Anoche, al menos, estabas segura.

Suspiré. —Es que me preocupa que nuestro experimento salga completamente mal.

—Ya saldrá mal. —Clay trepó por la valla y le quitó la silla a Cloud.

—¿Y qué pasa si tienes razón?

—Era un dicho, para...

—Lo sé —lo interrumpí—. Ah, creo que le estoy dando demasiadas vueltas.

—¿En serio? —preguntó Clay sonriendo.

—Lo creas o no, pero *sí* —respondí, ignorando simplemente el sarcasmo de Clay.

En realidad, podía manejar bastante bien la presión, pero la *Wild Horse Competition* era en unos días, ¡y estaba a punto de explotar! Contra todo pronóstico, Cloud se estaba desenvolviendo genial como caballo de rancho, aunque los primeros días con la silla fueron realmente estresantes para mí. Por suerte, tenía conmigo al mejor jinete de rodeo de todos los tiempos, de lo contrario habría tirado la toalla hace tiempo.

Clay puso otra silla western en el lomo de Cloud, que era un poco más ancha y mucho mejor acolchada.

—Tal vez deberíamos esperar hasta después de la competencia —dije con cautela.

—Por Dios, Elena, deja de preocuparte tanto. Eres buena, ¿de acuerdo? Incluso me atrevo a decir, con la conciencia tranquila, que eres la mejor, así que deja de dudar.

—Gracias. —Respiré hondo. La reprimenda de Clay me había sentado bien, aunque quedaban algunas dudas. Si nuestro experimento salía mal, no solo perdería mi reputación, sino que, peor aún, no tenía idea de qué pasaría entonces con Cloud.

—Con mucho gusto —gruñó Clay. Me atrajo hacia él y besó apasionadamente los últimos restos de mis dudas. Por eso lo amaba.

Cuando nos separamos, Clay me quitó las riendas y llevó a Cloud al interior del redondel.

—Sé que ambos tenemos razón —comencé vacilante—. Pero por si acaso hemos pasado algo por alto, repasemos todo otra vez, ¿de acuerdo?

—Como quieras. —Sabía que estaba empezando a molestar a Clay con mi lista de verificación, que ya había repasado con él tres veces solo hoy, pero simplemente no podía arriesgarme a que algo saliera mal. Cloud había progresado realmente bien en los últimos días y semanas, era un caballo de rancho trabajador y valiente, pero no la hacía feliz, al menos no tan feliz como podría ser.

—Primero, el rodeo se realiza en un lugar diferente.

Clay asintió. Con caballos y perros, a menudo ocurría el fenómeno de que no podían aplicar automáticamente en cualquier lugar las cosas que habían aprendido en un sitio. Cuanto más diferente era el entorno, mayor era la probabilidad. Pero el cambio de lugar por sí solo no garantizaba que Cloud supiera cuándo debía tirar a un jinete y cuándo no.

—Y en ese otro lugar, yo estaré montado en ella —dijo Clay mientras colocaba otra cincha detrás de la silla de Cloud—. Además, recibirá una señal de inicio clara.

La cincha de piel de cordero colgaba suelta en el flanco de Cloud mientras Clay la conducía al pequeño cajón de salida.

—Además, solo recibirá la señal de inicio cuando esté en el cajón de salida —concluí nuestro resumen.

—Correcto. En mi opinión, esas deberían ser suficientes diferencias con el trabajo en el rancho para que Siete lo entienda.

Hasta ayer, yo lo veía exactamente igual, pero ayer el *mañana* parecía estar infinitamente lejos. Bueno, ¿qué puedo decir? En los brazos de Clay, el futuro simplemente se alejaba mucho, mucho más.

—Está bien, intentémoslo —dije y me metí un puñado de galletas de avena y manzana de Grams en la boca para calmarme. Entré en el redondel y esperé la señal de Clay.

Llevó a Cloud al cajón de salida y cerró la puerta. Cloud lo seguía atentamente con las orejas.

Antes de subir a la silla de Cloud por encima de la valla, Clay había adoptado una expresión bastante seria. Dios, era irresistible cuando sus ojos se oscurecían así.

—Oye, Clay, ¿no trae mala suerte que yo esté aquí? —pregunté. Esta superstición me había estado rondando la cabeza todo el día, pero solo ahora me atrevía a expresarla en voz alta.

—¿Por qué mi amuleto de la suerte de repente me traería mala suerte?

—Porque soy tu novia y te estoy viendo en el rodeo.

Oh, vaya. Era la primera vez que nombraba lo que nuestra relación significaba para mí, y sabía que Clay también lo sentía, pero no había tenido la intención de que se me escapara así. La mirada desconcertada de Clay no mejoraba precisamente la situación.

Contuve la respiración expectante y esperé su respuesta.

—No te preocupes, ya no soy supersticioso.

Doble alivio. Clay no me había echado del lugar ni por ser su novia, ni por haber dicho que era su novia.

—¿*Ya no*? ¿Qué significa eso? ¿Antes lo eras?

—Se podría decir que sí, pero créeme, hablo por experiencia cuando digo que las esposas causan aún más caos en el rodeo de lo que las novias podrían causar jamás.

—¿Qué quieres decir con eso?

Clay hizo un gesto desdeñoso. —Ah, no importa. Simplemente he vivido demasiadas cosas en mi carrera.

—¿Por ejemplo?

—Por ejemplo, que no se debe insistir cuando alguien no quiere hablar de algo.

—Está bien. —Entendí la indirecta de Clay —después de todo, casi me había golpeado con ella— sin embargo, me resultaba difícil contener mi incontenible curiosidad.

Clay se movía de un lado a otro en la silla de Cloud, buscando la mejor posición para la salida. Ambos parecían auténticos campeones de rodeo en el cajón de salida.

—¿Listo? —pregunté. Mis manos temblaban de emoción mientras sostenía la cuerda con la que podía abrir la ancha puerta del cajón de salida.

—¡Un momento! —gruñó Clay. Sentado en la silla, cerró los ojos y respiró profundamente. Todavía no tenía idea de lo que le había pasado en Dallas, pero sabía que le costaba mucho esfuerzo ayudarme. Nunca lo olvidaría, palabra de honor de india.

—Vale, listo. A la *tercera* abres la puerta.

Clay se echó hacia atrás en la silla. Con la mano izquierda se agarraba al ancho pomo de la silla, y en la derecha tenía el extremo de la cincha. Normalmente, había gente alrededor del cajón que se encargaba de tirar, pero estábamos solos, así que Clay se encargaba de ello.

—Uno... —Mi corazón latía con fuerza en mi pecho—. Dos. —Me sentía mareada al pensar que todo se decidiría en un segundo—. ¡Tres!

Abrí la puerta sin resistencia, Clay tensó la cincha —que, por cierto, no dolía ni siquiera a plena tensión, como me había demostrado en carne propia— y Cloud prácticamente salió disparada del cajón. Los primeros dos o tres saltos fueron contenidos, pero cuando Clay no hizo ningún intento de impedir sus brincos, Cloud se desató. Yo lo observaba todo desde una distancia segura. Era increíble, nunca había visto a Cloud tan apasionada y feliz, pero lo que más me sorprendió fue que con Clay ocurría lo mismo. Era como si el rodeo hubiera hecho añicos su dura coraza en cuestión de segundos.

Clay me había abierto los ojos, y por fin vi en el rodeo lo que él veía: pasión y fuego. Los saltos de Cloud eran cada vez más altos, pero Clay se mantenía en la silla como si no hiciera otra cosa en todo el día.

No hacía falta ser un profesional para darse cuenta de que esto era exactamente lo que Cloud amaba, al igual que Clay. Con un poco de suerte, la *Wild Horse Competition* había conseguido que dos corazones volvieran a latir felices. Antes de que Clay se subiera a la silla, había tenido un miedo terrible de haber tomado una decisión equivocada, pero mi mayor preocupación era por Clay, que no había participado en un rodeo desde hacía una eternidad y podría haberse roto Dios sabe qué. Pero se mantenía magníficamente en la silla y había superado la marca de los ocho segundos hacía una eternidad. La pasión que ardía en los ojos de Clay solo la veía en muy raras ocasiones, durante una fracción de segundo, antes de que volviera a ocultarla.

Como una esponja, absorbí cada una de las impresiones para grabarlas en mi memoria. El feliz chillido de Cloud, el semblante serio de Clay, los fuertes latidos de mi corazón, cómo el aire polvoriento se posaba sobre mi piel y cómo Clay me devolvía la mirada cuando nuestros ojos se encontraban.

El tiempo se detuvo durante una eternidad y me permitió saborear el momento por completo. Luego Clay sacó los pies de los estribos, esperó a que Cloud se preparara para el siguiente corcovo y se deslizó del asiento con la ligereza de una pluma. Clay terminó su acrobacia con una espectacular voltereta, y Cloud se quedó desconcertada en el otro extremo del redondel. Escarbando con los cascos, mi caballo salvaje exigía una segunda ronda, pero cuando Clay no reaccionó, resopló con fuerza y sacudió la cabeza como un arrogante y ofendido árabe de alto nivel.

Clay me hizo un gesto con la cabeza, e inmediatamente coloqué un cubo lleno de comida frente a los cascos de Cloud, que ella volcó en señal de protesta antes de comer la avena del suelo.

Me volví hacia Clay, respiré hondo y grité:

—¡Ha sido increíble! ¡Te has mantenido una eternidad sobre Cloud!

—Definitivamente fueron catorce o quince segundos —dijo Clay con sobriedad. Intentaba ocultarlo, pero hoy su fachada tenía grietas tan profundas que no podía esconderme nada en absoluto.

—Parecías bastante feliz cuando estabas en la silla.

—Puede ser.

—Deberías volver a los rodeos, el Salón de la Fama te espera con razón.

Clay hizo un gesto de rechazo con la mano.

—Mis tiempos salvajes ya pasaron.

—No, aún no han terminado ni de lejos —respondí sonriendo.

—¿Ahora eres una autoproclamada experta en rodeo?

Me reí porque me recordó a nuestro primer encuentro, cuando lo acusé de ser un autoproclamado experto en susurros a caballos.

—Sip. He investigado en internet, y seguramente durante unos buenos veinte minutos. Con eso estoy preparada para todo.

Clay me sonrió, luego soltó las cinchas de Cloud y le quitó la silla.

En realidad, quería dejar a Clay en paz, pero estaba tan extrañamente callado que no pude dejar las cosas como estaban.

—Clay, lo dije en serio, deberías volver a los rodeos. Nunca te he visto más feliz.

—No tienes ni idea de lo que estás hablando.

—Tal vez no sepa nada de rodeo, vale, pero reconozco la pasión cuando la veo.

Clay arrojó la silla bruscamente sobre el listón superior de la valla y se abalanzó sobre mí.

—¡Nada de malditos rodeos! Mi carrera se acabó, fin de la historia.

Sus ojos ardían de rabia, pero yo no tenía miedo de su orgullo herido.

—¿Por qué, Clay? ¿Qué pasó entonces de lo que no quieres hablar conmigo?

—No lo entenderías. —El dolor en sus ojos me clavó una puñalada en el corazón.

—Entonces intenta explicármelo, solo quiero ayudarte, Clay.

Respiró profundamente. Una sola respiración había bastado para reconstruir su fachada. Frustrada, pateé una piedrecita lejos de mí, porque casi había conseguido llegar hasta él, pero había fallado en la recta final.

—Nueva regla, Elena. —Vaya. Su voz era áspera y peligrosa, como la tormenta de verano que nos había acercado—. No más malditas conversaciones sobre mi carrera en el rodeo.

—Pero...

—Nada de peros. Esta no es una maldita regla de juego, sino una regla que nunca más deberías romper, ¿entendido?

—Entendido —respondí frustrada. ¿Había alguna posibilidad de que alguna vez llegara hasta Clay? Me atrajo hacia sí, besó mi frente y suspiró suavemente.

—Me recuerda a una época en la que no me gusta pensar. Tú eres mi futuro, Elena, mi pasado no debería molestarte.

Clay tomó mi mano y la colocó sobre su pecho, para recordarme que no solo habíamos retrocedido, sino que también habíamos dado un salto gigantesco hacia adelante.

—Solo quiero que seas feliz —respondí, mientras escuchaba su fuerte latido.

—Soy feliz porque tú me haces feliz.

¿Era yo realmente suficiente para hacer feliz a Clay? ¿O nos estábamos engañando a nosotros mismos, porque su pasado siempre lo arrastraba de vuelta, lejos de mí? Odiaba no tener respuestas a mis preguntas, pero una sola mirada a Cloud bastaba para saber que valía la pena luchar.

Capítulo 19 – Elli

Olía el pastel más delicioso del mundo de Betty mientras me escondía detrás del enorme menú, esperando que el señor *Estoy-tan-borracho-que-no-puedo-controlarme* al otro lado de la calle no me notara.

—Aquí tienes dos porciones de tarta casera de manzana con crumble —Betty me sirvió sonriente su tarta de frutas casera, y sonreí al ver los dos grandes trozos en mi plato.

—Gracias, pero en realidad una de las porciones era para June, que espero que llegue en cualquier momento.

—Oh —respondió Betty, ya dispuesta a llevarse mi plato, que inmediatamente agarré con ambas manos.

—No pasa nada, me conoces demasiado bien. Podrías simplemente traerle otra porción a June.

—Por supuesto —Betty volvió al mostrador guiñándome un ojo, mientras yo me lanzaba inmediatamente sobre el primer trozo. Al hacerlo, me aseguré de que mi rostro estuviera alejado de la ventana, pues no tenía muchas ganas de que Chad me descubriera.

Mi última visita al rancho de su tío ya había sido bastante extraña. Por suerte, Clay ya confiaba lo suficiente en mí, de lo contrario definitivamente habría venido conmigo como mi guardaespaldas. Aunque, a decir verdad, June había asumido ese papel, lo que no había hecho la situación menos extraña. Afortunadamente, con algo de persuasión y las galletas de Gram, finalmente había logrado que el caballo reacio al remolque entrara ese mismo día.

—¡Elli! ¡Cuéntame cómo fue! —me exigió June cuando irrumpió en mi rincón con Callie en su portabebés.

Me sobresalté como si June me hubiera pillado haciendo algo prohibido. —¡Cielos, June!

—Lo siento, pero quiero saberlo todo —se inclinó con curiosidad sobre la mesa y susurró—: ¡De verdad, todo!

—Está bien, te juro por lo más sagrado que sabrás cada detalle —prometí.

Cuando June me quitó el menú, inmediatamente lo volví a agarrar.

—Oye, quería verlo —protestó June—. Gracias a mi pequeño tormento, hoy solo tuve un desayuno escaso —sonriendo, como si Callie no fuera el pequeño tormento del que hablaba, June le acarició la cabeza.

—No te preocupes, ya he pedido por ti.

—¿Y para qué necesitas el menú entonces?

—Lo necesito, ¿de acuerdo?

Como si fuera una señal, Betty vino y puso frente a June una taza de café caliente y un trozo de tarta de manzana con crumble. Además, Betty le deslizó a June un billete arrugado de veinte dólares sobre la mesa y susurró conspiratoriamente: —Estoy de tu lado, cariño.

Luego Betty se fue como si nada hubiera pasado.

Mi mirada confusa iba y venía entre June y el billete.

—¿Qué ha sido eso?

June agarró el billete, se lo metió en el bolsillo del pantalón e inclinó la cabeza.

—Nada, ¿por qué?

—Porque ha sido bastante extraño.

—Para nada. Además, tú eres la que se está comportando de forma extraña. ¿Por qué te escondes? —preguntó June cuando recuperamos nuestra privacidad.

—¿Yo? ¡No! ¿De quién me iba a esconder? —Nunca habría admitido en voz alta que realmente me estaba escondiendo, y nadie debía saber que tenía una debilidad. De lo contrario, habría sido la última vez que fuera la ganadora reinante de todas las discusiones.

June suspiró ruidosamente. —Chad ya ha visto que estás sentada aquí, así que puedes dejar de esconderte.

—¡No me estoy escondiendo! —resoplé en voz alta, luego me incliné hacia delante en tono conspiratorio y dejé caer mi fachada—. ¿De verdad me ha descubierto?

June sonrió ampliamente. —¡Ja, sabía que te estabas escondiendo de él!

—¿Me acabas de tender una trampa? —pregunté incrédula. La amplia sonrisa de June fue respuesta suficiente—. ¡June, eres un monstruo!

—No lo soy —pinchó un gran trozo de manzana—. Solo me estoy burlando un poco de ti.

—¿Por qué sigo hablando contigo? —pregunté sacudiendo la cabeza.

—Porque me quieres.

—¡Y esa es tu suerte, June Farley-Key!

Mientras June devoraba su tarta de manzana con crumble, yo solo removía las migas.

—En serio, June. ¿Chad ha mirado hacia aquí?

—No. Para ser honesta, ni siquiera lo he visto hoy.

—¿Entonces cómo sabías que me estaba escondiendo de él?

—¿De quién más podría ser? ¿O voy a hacer más excursiones divertidas contigo en el futuro en las que tenga que hacer de intermediaria?

—¿Excursiones divertidas? Más bien las situaciones más extrañas de la historia.

—Eso también podría firmarlo.

No podía definirlo exactamente, pero cada vez que veía a Chad, tenía una sensación incómoda. Era el tipo de alborotador al que evitaba porque siempre causaba caos. No era uno de esos atractivos *dioses del sexo problemáticos* como lo era Clay.

Cuando volví a mirar por la ventana, comprobé con alivio que Chad había desaparecido. Muy bien, no quería desperdiciar ni un solo pensamiento más en ese idiota que aún no había entendido que no estaba interesada.

Dejé el menú sobre la mesa y empujé las migas de tarta en mi plato de un lado a otro. *Genial.* Chad me había arruinado la mejor tarta del mundo.

—Entonces, ¿cómo te fue con Cloud? —preguntó June después de haber disfrutado de su tarta.

—Bien.

—¿Bien? Elli, ¡dijiste que me contarías cada detalle! Especialmente los detalles relacionados con Clay.

—¿Sabes por casualidad cuánto tiempo se quedará Chad en Merryville?

June se encogió de hombros. —Ni idea, pero seguro que tu abuela lo sabe.

Sí, mi abuela siempre estaba al día de todo, porque el teléfono descompuesto hasta Red Rivers funcionaba condenadamente bien y mucho más rápido que las noticias del Canal Cinco o el Daily News.

—Bueno, ¿cómo fue el primer paseo de Clay en Cloud?

—Bastante impresionante.

—¡Vaya, eso es genial! Entonces su trabajo realmente valió la pena.

Hice una mueca. —Eso lo veremos mañana, cuando practique el trabajo del rancho con Cloud otra vez.

June me sonrió y acarició mi mano consoladoramente. —Estoy segura de que sorprenderás a todos en la *Wild Horse Competition*.

—Eso espero. Cloud parecía tan feliz cuando pudo derribar a Clay.

—¿Y cómo se las arregló Clay?

—Tan bien que ya no quería bajarse. También parecía bastante feliz.

—Suena genial. —June robó un trozo de mi pastel con su tenedor—. Dime, ¿qué posibilidades hay de que Clay vuelva a sus viejos pasos y participe en el próximo rodeo?

—Pocas.

—¿Qué? No, no lo creo. —June negó con la cabeza—. Tú misma acabas de contar lo feliz que estaba, ¡y te olvidas de los progresos anteriores!

—Me lo dijo clara y directamente —respondí de mal humor.

—Ah, los hombres dicen muchas cosas y a menudo quieren decir algo diferente —desestimó June.

—Creo que Clay va bastante en serio con este asunto.

Tan en serio que por eso ha establecido una regla estúpida. Cada vez que pensaba en ello, ponía los ojos en blanco. Sí, no era asunto mío, pero quería saber desesperadamente por qué Clay hacía tanto misterio de su pasado.

—Suponiendo que hubiera una apuesta, ¿qué tan segura estás realmente de que Clay nunca volverá a competir en un rodeo?

—¿En una escala del uno al diez?

—Por ejemplo, sí.

—Diez mil. —La expresión de June se descompuso por completo, y la miré con reproche—. No habrás apostado con nadie, ¿verdad?

—Bueno, no es exactamente una apuesta, digamos que he llegado a un acuerdo con algunas personas, y quien esté más cerca en su expectativa se lleva el bote, al que cada uno ha contribuido con una pequeña cantidad.

—June, esa es la definición de apostar. ¡No puedo creer que le hagas esto a Clay!

—Él ni siquiera lo sabe, Elli. Además, aposté por él porque creo en él.

—Sí, pero yo lo sé, y tú sabes cómo son los secretos en combinación con los genes Key.

—Si convences a Clay para que participe en el próximo rodeo, la mitad del bote es tuya, lo prometo.

Se me cayó la mandíbula. —¡June!

—Vale, vale, ya paro.

Se rió, y no pude evitar sonreír también.

—Por cierto, ¿contra quién has apostado? ¿John? ¿Mi otra media docena de hermanos?

—Sí y sí. Tal vez también participaron algunos del club de cutting.

—Yo también entré con veinte dólares —dijo Betty al pasar.

—¿Así que para eso eran los veinte dólares? —pregunté conmocionada.

—Quizás Dotty difundió con demasiado entusiasmo que ella participaba con cincuenta dólares —dijo June en voz baja. Vaya, Dotty era nuestra cartera, aparentemente desde que pasó la primera diligencia por aquí. Todo el mundo la conocía, ella conocía a todo el mundo y no era ningún secreto que le gustaba difundir chismes y cotilleos. Si Dotty sabía algo, cualquier noticia se propagaba tan rápido como podía andar su viejo y oxidado coche de correos.

—¡Cielos, todo Merryville está involucrado en la apuesta! —exclamé.

—Ahora estás exagerando —dijo June.

—Así que, ¿hay más personas además de Clay y yo que no se han metido en vuestra apuesta?

June se encogió de hombros. —¡Sí, las hay! Chad, por ejemplo.

—¡Él no cuenta!

—¡Claro que sí!

—¿En qué no cuento? —preguntó Chad, que estaba detrás de nosotras junto a una de las máquinas de discos, quién sabe desde cuándo. ¿Por qué hoy todo el mundo tenía habilidades ninja para acercarse o pasar a mi lado sin que me diera cuenta?

—Ah, nada —dije quitándole importancia, esperando deshacerme de él.

—Ahora tengo curiosidad. —Eligió su canción en la máquina de discos y luego se acercó a nuestra mesa, con una casualidad demasiado forzada.

—Se trata de una apuesta en la que participa todo Merryville —respondí poniendo los ojos en blanco, antes de lanzarle otra mirada seria a June.

Antes de que Chad supiera de qué iba la apuesta, sacó su billetera.

—Oh no, ¿en serio? —Me masajeé las sienes doloridas.

—Claro, ¿por qué no? Entonces, ¿de qué se trata?

June alternó la mirada entre mí y la billetera de Chad.

—Por favor, no me odies por esto, Elli —me dijo, luego se volvió hacia Chad—. Se trata de si Clay Kennedy volverá a participar en el rodeo esta temporada.

—Seguro que no —respondió Chad, con demasiada seguridad para mi gusto—. Desde que se destrozó el hombro en su última monta, su carrera se acabó.

Sacó unos billetes arrugados y los contó. —Catorce dólares a que no verá un bronco desde arriba.

—¿Cómo sabes que tuvo una lesión en el hombro? —pregunté.

—¿Nunca lees el periódico, Elli? —interrumpió June mi pregunta—. En todos los periódicos importantes y casi todas las revistas especializadas se habló del fin de su carrera.

Chad asintió. —No hay oportunidad, uno no se recupera tan fácilmente de algo así.

—Ni siquiera conoces a Clay, así que deja de juzgarlo —le espeté a Chad, quien inmediatamente levantó las manos en señal de disculpa.

—Está bien, no quería herir tu corazón de groupie.

No podía creer que Chad me considerara una de las groupies de Clay, pero estaba demasiado cansada para corregirlo.

Cuando el cocinero tocó la campana y poco después colocó una gran bolsa marrón en la ventanilla, Chad metió las manos en los bolsillos de sus pantalones.

—Esa es mi señal, nos vemos.

Espero que no.

Solo cuando volvió a estar en la barra, se me ocurrió que podría haberle preguntado cuándo se iba a largar finalmente de Merryville, pero estaba tan enojada con él y sus estúpidas acusaciones que una palabra equivocada habría bastado para saltarle a la garganta.

Incrédula, me incliné sobre el borde de la mesa y bajé la voz para que nadie más me oyera.

—¿Puedes creer lo idiota que es?

—Sí.

—¡No tiene ni idea sobre Clay o lo que le pasó entonces!

—¿Qué le pasó entonces?

Si yo lo supiera, todo sería mucho más fácil.

—¿No estaba eso en tus periódicos o revistas especializadas?

—No. Solo decía que después de la caída tenía el hombro bastante maltrecho y que se retiraba del rodeo. ¿Tú sabes algo más?

—No realmente, pero fuera lo que fuera, no tuvo nada que ver con su caída o la lesión.

—¿Qué te hace estar tan segura? —preguntó June y acercó mi plato con el Apple Crumble Pie hacia ella—. De todos modos ya no lo quieres, ¿verdad?

La pregunta era retórica. Si no defendía mi comida con uñas y dientes, mi derecho a ella había expirado.

—Porque he observado a Clay muy de cerca.

—Por supuesto que lo has hecho. —June me guiñó un ojo.

—No tenía miedo, al contrario, nunca lo había visto tan contento como sobre Cloud. Y si su hombro no estuviera bien, nunca habría aceptado todo esto, probablemente ni siquiera montaría más.

—Suena lógico. ¿Hay algo más digno de mención?

—Clay no es supersticioso.

—Bueno, esa es una información bastante específica, pero muy inesperada —dijo June y comenzó a reír.

—Creo que eso significa que ahora estamos juntos oficialmente.

La risa de June desapareció y casi se atraganta. —¿Qué?

—Sí. Creo que estamos juntos, al menos extraoficialmente.

—¡Oh, Dios mío, me alegro tanto por ti, Elli! Pero no entiendo del todo qué tiene que ver su superstición con eso.

Admito que entendía por qué June estaba confundida. Después de todo, había sacado todas las novedades de contexto.

—Bueno, le pregunté a Clay si yo traía mala suerte, ya sabes, ese dicho de que las novias no tienen nada que hacer en los rodeos, y Clay solo dijo que no cree en esas supersticiones y que yo era su amuleto de la suerte.

—Oh, Elli —suspiró June.

—Eso significa lo que creo, ¿verdad? No estoy interpretando demasiado, ¿o sí?

—No, estás en lo correcto. —June no podía dejar de sonreír—. O ambas estamos equivocadas, pero ¿cuál es la probabilidad de eso?

June había restaurado mi buen humor, al menos por un momento, porque mi alegría se desvaneció cuando Rachel Pearson, con su *portapapeles de soy-tan-importante*, se dirigió directamente hacia mí.

—Hola Elli, solo quería pasar a saludar y asegurarme de que sigues adelante a pesar de este pequeño contratiempo.

—¿De qué contratiempo estamos hablando? —pregunté. ¿Tal vez había rumores falsos y alguien había malinterpretado mi proyecto de caballo bronco de rancho?

—Oh, ¿así que aún no lo sabes? —Rachel hizo un puchero.

Está bien, ahora oficialmente me estaba asustando.

—No, ¿qué pasa? ¡Dímelo ya! —exigí.

—Dos participantes se han retirado.

—¿Qué? ¿Quiénes? ¿Por qué?

Preguntas y más preguntas, y dudaba que Rachel pudiera darme respuestas satisfactorias. Cielos, había estado tan ocupada con Cloud en las últimas semanas que había perdido de vista por completo a mi competencia.

—Skylar Scott y Marcel De Luca.

Estaba conmocionada. Sobre todo por la retirada de Marcel De Luca, a quien consideraba uno de mis mayores competidores. Era ambicioso, inteligente y tenía muy buenos contactos. Sobre Skylar no podía decir mucho, apenas habíamos hablado desde la escuela secundaria, pero tampoco era el tipo de persona que simplemente se rendía.

—¿Sabes por qué se han retirado?

—No. —Rachel me miró intensamente—. Pero espero que tú y tu caballo salvaje se estén llevando bien, ¿no?

Todos sabíamos que Rachel secretamente esperaba poder tachar mi nombre de su lista ahora mismo.

—Todo va genial, Cloud está progresando realmente bien —respondí brevemente.

Por ahora. Pero ¿qué pasaría si Cloud no entendía todas las diferencias y mañana saltaba conmigo por todo el lugar como picada por una tarántula?

June, que se había estado conteniendo todo el tiempo, intervino. Sin duda, mi cara se había puesto pálida como el papel, porque así era exactamente como me sentía.

—Apuesto a que Elli los va a dejar realmente asombrados en la competición.

—Estoy ansiosa por verlo. Ah, y ya que hablamos de apuestas, toma esto. —Rachel sacó un flamante billete de cien dólares de su portapapeles y se lo dio a June.

—Cien por el regreso de Clay Kennedy. ¡Creo firmemente en él!

Eché la cabeza hacia atrás y suspiré ruidosamente. ¿Por qué de repente todo el pueblo solo se interesaba por Clay? ¿Y por qué de pronto tenía un mal presentimiento de que la *Wild Horse Competition* iba a salir completamente mal? Si fallaba, tal vez no habría más oportunidades para los caballos salvajes. De ninguna manera podría manejar el rescate de los caballos salvajes yo sola; necesitaba el apoyo financiero de los Pearson y la ayuda de los otros entrenadores de caballos.

Para no quedar en evidencia frente a Rachel, me puse de pie de un salto.

—Disculpadme, por favor, tengo algo importante que hacer.

—¿Y qué es? —preguntó June—. ¿Puedo ayudar?

—No, está bien, es solo para la parrillada en casa de Clay, puedo manejarlo.

Luego salí corriendo del restaurante de Betty antes de que me diera un ataque de hiperventilación y la presión por el rendimiento amenazara con aplastarme.

Capítulo 20 – Clay

Estaba ocupado reemplazando unas tablas podridas en el granero cuando Elena llegó a toda velocidad al patio. Completamente alterada, cruzó el patio corriendo y se detuvo frente a mí. No tenía ni idea de qué había hecho mal, pero Elena me lo haría saber pronto. Al menos eso pensé, pero ella simplemente se quedó allí parada llorando. Dios mío, lloraba tan terriblemente que yo mismo sentía ganas de llorar.

—¿Qué pasa? —pregunté, pero solo conseguí arrancarle más lágrimas a Elena, no una respuesta—. Maldita sea, Elena, ¿qué ha pasado?

Vale, ahora estaba realmente preocupado, porque sus lágrimas simplemente no cesaban. Fuera lo que fuese que había pasado, necesitaba saberlo, ¡y quien fuera responsable se las vería conmigo!

—¿Alguien te ha hecho daño? —pregunté con una sensación desagradable en el estómago—. ¿Fue ese pequeño idiota? —Mis manos se cerraron en puños y mi pecho se hinchó. Con solo pensar en ese tipo, todos mis fusibles se fundían, pero no llegó a tanto porque

Elena negó claramente con la cabeza. Bien. De lo contrario, habría ido directamente a por Chad y le habría roto las dos manos después de que se hubiera estrellado un par de veces contra mi puño. Con ese tipo realmente no me andaba con bromas.

—¿Te ha hecho daño alguien más? —La miré intensamente a los ojos mientras ella volvía a negar con la cabeza.

—¿Ha muerto alguien? —seguí preguntando con cautela.

—No —sollozó, y luego empezó a hiperventilar de nuevo.

—¿Entonces qué ha pasado? —La agarré por los hombros y la obligué a mirarme—. ¡Habla conmigo, Elena!

Apenas podía soportar ver a Elena llorar tan amargamente; de hecho, me estaba rompiendo el corazón. Fuera lo que fuese que estuviera pasando en su interior, no podía permitir que siguiera así.

Lo admito, odiaba sentirme tan impotente como en ese momento. Cuando ni siquiera un abrazo cambió el comportamiento de Elena, no me quedó otra opción que confrontarla con mi propia terapia contra el estrés.

—¡Ven conmigo! —ordené, tomé su mano y la arrastré hasta mi camioneta sin esperar su respuesta. Elena se dejó llevar sin resistencia y se desplomó en el asiento del pasajero antes de que yo arrancara el motor.

—Sea lo que sea, no vale la pena tener un ataque de nervios tan cerca de la *Wild Horse Competition* —dije seriamente, y Elena sollozó aún más fuerte—. Hm, así que se trata de Sieben, ¿verdad?

Elena asintió, luego negó con la cabeza y volvió a asentir.

—Y es complicado —añadí. Elena asintió exageradamente. Tenía mil preguntas en la punta de la lengua, pero me obligué a no hacerlas. Las respuestas podían esperar hasta que Elena se calmara. Continuamos nuestro viaje en silencio hasta el otro extremo de la granja, donde detuve mi vehículo en el corral más occidental de mi propiedad y me bajé.

Elena me miró interrogante, casi sorprendida, cuando saqué un rifle de caza de la parte trasera de la camioneta y le pedí que me acompañara.

—¡No! —protestó y me miró con reproche.

—Te juro que ningún animal resultará herido, pero te sentirás mejor.

No tenía idea de cuántos miles de cartuchos había disparado ya con ese viejo rifle, pero ni uno solo de ellos había herido o matado a un animal.

Con vacilación, Elena se dejó llevar hasta mi improvisado campo de tiro, que estaba un poco apartado del corral, rodeado de viejos fresnos texanos y arbustos. Nos detuvimos frente a un tronco caído que estaba a unas docenas de pasos de una valla destartalada. Protegida por el silencio idílico y lejos del estrés del mundo, Elena comenzó a calmarse lentamente.

Me acerqué a la vieja valla y recogí unas latas maltratadas por varios agujeros de bala, y las coloqué en fila en los dos listones superiores de la valla de madera.

—¡Dispara! —ordené y le puse el rifle en las manos.

—¡Pero nunca he disparado!

—Entonces lo aprenderás ahora. Después te sentirás mejor, te lo prometo.

Me coloqué detrás de Elena para posicionar correctamente sus piernas. Mi mirada le dejó claro que no permitiría ninguna protesta, así que suspiró suavemente, se secó algunas lágrimas de la mejilla y tomó mi rifle en sus manos.

—Lo primero que tienes que hacer es quitar el seguro del arma. —Le mostré cómo quitar el seguro del rifle—. Luego, tiras de la palanca antes de cada nuevo disparo.

Como nunca iba de caza y solo usaba el arma para desahogarme con las latas, un rifle de caza semiautomático me bastaba perfectamente.

—Ahora elige cualquier lata y apunta hacia ella.

No le resultaba fácil a Elena, pero ya sentía cómo su cuerpo se relajaba y su respiración se volvía más tranquila.

—¿Lista? —pregunté y Elena asintió—. Bien, entonces aprieta el gatillo.

Un fuerte estallido resonó en el aire, y una de las latas cayó al suelo con un ruido sordo.

—Buen tiro. ¿Fue suerte? —la desafié a otro disparo.

Elena apuntó con concentración a la siguiente lata, recargó, y la siguiente lata fue barrida de la valla. Increíblemente, acertó una lata tras otra sin fallar ni una sola.

Cuando todas las latas estaban en el suelo, Elena me devolvió el arma.

—¿Te sientes mejor?

—Mucho mejor, gracias.

Se limpió las lágrimas restantes de la cara y luego se sentó en el tronco caído.

—¿Me cuentas ahora qué ha pasado?

—Hoy dos personas han cancelado su participación en la *Wild Horse Competition*.

—Creo que no entiendo bien tu problema.

—Eso significa que hay dos personas menos que pueden probar que los caballos salvajes pueden ser salvados.

—Vale, eso es una mierda.

Me senté junto a Elena y la abracé con fuerza. Si tuviera aunque fuera una pizca de talento para domar caballos, habría domado cada caballo salvaje en un radio de mil kilómetros solo para demostrarle lo importante que era para mí. Desafortunadamente, no tenía talento para eso. Solo había dos cosas en las que era realmente bueno: el rodeo y el pesimismo. Había renunciado al rodeo hace años, y Elena había logrado silenciar mi vena cínica en su presencia.

—No te preocupes, es suficiente si les demuestras que es posible —dije.

—¿Y qué pasa si mañana Cloud no entiende que no quiero hacer rodeo con ella?

La pregunta estaba en el aire desde el primer día, pero yo estaba confiado. Elena había pasado mucho tiempo con Siete, y creía firmemente que su caballo salvaje era lo suficientemente inteligente como para reconocer las diferencias.

—Siete es lista, lo entenderá.

—¿Y si no? ¿Cómo puedes estar tan seguro?

—Te conozco, Elena, y he visto cómo tratas a Siete. Si alguien puede domar a un bronco, esa eres tú.

—Si los dos nos equivocamos, los caballos salvajes no tendrán oportunidad, los declararán para sacrificio.

Podía oír cómo se rompía el pequeño corazón de Elena solo de pensar en los caballos salvajes. Deseaba que fuera diferente, pero el mundo era injusto. Maldita sea, si Siete realmente olvidara todo el entrenamiento de semanas mañana, Elena caería en un agujero tan profundo que me sería muy difícil sacarla de ahí. No podía permitir que eso sucediera de ninguna manera.

—El pesimismo no te queda —gruñí.

—A ti tampoco —contraatacó Elena enérgicamente.

—Espera, ¿acabamos de tener la misma conversación?

No podía recordar haber dicho nada negativo. Sí, había pensado que Elena tal vez no lo lograría, pero nunca lo habría dicho en voz alta.

—Creo que sí.

—¿Qué se supone que significa eso?

Mujeres y sus respuestas crípticas que podían significar cualquier cosa.

—Que lo pensaste.

—Ah, ¿lo hice?

—Probablemente sí.

—¿*Probablemente*? ¿Basas toda tu premisa en un *tal vez*? Eso no es muy científico.

—No me queda otra opción, ¡porque nunca me cuentas lo que pasa dentro de ti!

—Ya no estamos hablando de Siete o de los caballos salvajes, ¿verdad?

—¡Cielos, no!

Elena se levantó del tronco con tanta energía que incluso su sombrero de vaquero cayó al suelo.

—¿Entonces de qué estamos hablando? —pregunté tranquilamente, aunque por dentro estaba hirviendo.

—¡De que nunca sé lo que pasa por tu cabeza!

—No soy un hombre de muchas palabras, Elena.

—Es cierto, no lo eres. Y tampoco eres un hombre que me cuente algo sobre su misterioso pasado, o que hable de sus sentimientos, o que me deje participar aunque sea por unos segundos en su mundo interior. Clay, en realidad no sé nada sobre ti porque nunca me cuentas nada. Todo lo que sé es que eres dominante, que apenas puedes soportar el contacto físico y que no quieres admitir que todavía amas los rodeos.

Elena estaba hurgando en heridas profundas que se abrían y ardían como el fuego del infierno, pero era cierto. Ella tenía derecho a saber lo que pasaba dentro de mí. Le debía la verdad.

—¿Qué quieres saber? —pregunté.

—¿Mis caricias son realmente tan malas?

Negué con la cabeza. —No, las amo más de lo que debería.

—¿Entonces por qué apenas me atrevo a tocarte, aunque me lo permitas? —Elena sollozó suavemente. Tomé su mano y la coloqué sobre mi pecho para que pudiera sentir los latidos de mi corazón.

—Es nuevo para mí. Durante años no permití ningún contacto físico, pero no tienes que tener miedo.

Elena asintió mientras sus dedos recorrían mi pecho.

—¿Tienes más preguntas? —Maldita sea, no quería hacerle esta pregunta, pero tenía la obligación de hacerlo.

—¿Por qué te niegas tan vehementemente a participar de nuevo en rodeos?

—Porque he terminado con el rodeo. Con las malditas giras, las grandes arenas, el público gritando, con... —Me detuve brevemente—. He terminado con todo.

—¿Tiene algo que ver con tu huida de Dallas?

—Sí. —No pude decir más. Tragué el nudo que se había formado en mi garganta hasta que se asentó pesadamente en mi estómago. Si había algo de lo que no quería hablar, era de mi pasado.

—¿Qué pasó entonces, Clay?

—Demasiado.

—¡Por Dios, Clay, deja de dar estas no-respuestas y háblame claro! —ordenó Elena. Un velo de lágrimas brillaba en sus ojos furiosos.

—¿Quieres saber qué pasó entonces? ¿Por qué me volví tan malditamente pesimista? ¿Por qué rompí con el rodeo y todo lo que amaba de él?

—¡Sí! —gritó Elena, aunque yo había planteado la pregunta más bien de forma retórica.

—¡Siéntate! —ordené con calma. No podía revelar mi pasado mientras Elena me miraba con tanta furia—. Mi última gran cabalgata fue en el torneo *Montana Golden Champions* —comencé. Aunque preferiría olvidar ese día, podía recordar cada maldito detalle. Incluso podía saborear la arena levantada en el aire cuando entré en la arena—. Era un día de verano condenadamente caluroso, y casi cancelo mi participación si Peggy Sue no me hubiera convencido.

Tuve que hacer otra breve pausa. No había pronunciado en voz alta el nombre de la mujer que me había destrozado el corazón en años.

—Al principio pensé que estaba pensando en mi carrera, pero en realidad solo pensaba en Bob McMorgan —dije entre dientes. Elena me miró con comprensión, la ira había desaparecido de su rostro, ahora mostraba algo parecido a la lástima, probablemente porque podía prever cómo terminaría mi historia.

—El público estaba enloquecido, al igual que *Midnight Thunder*, el bronco más salvaje que jamás había conocido.

—*Midnight Thunder* —repitió Elena con reverencia el nombre del bronco—. Ese nombre suena peligroso.

—El nombre se grabó en mi cerebro y en el de todos los espectadores. Por eso Siete necesita un nombre condenadamente bueno. Nadie recuerda a todos esos *Dustys* y *Shallows*.

—¡Por última vez, no vamos a llamar a Cloud *Widow-Maker*! No pondré a nadie que ame sobre un caballo con ese nombre. Punto final.

—De eso aún hablaremos —dije seriamente, luego volví a la parte desagradable de mi historia—. Poco después de la marca de los ocho segundos, al desmontar, mi pie se enganchó en el estribo, caí al suelo de hombro y me arrastró unos metros más hasta que pude liberarme del estribo.

—Eso suena terrible. —El rostro de Elena estaba contorsionado de dolor, pero yo lo desestimé con un gesto.

—El hombro no fue para tanto, en el Saddle Bronc siempre te llevas golpes.

No, mi hombro destrozado no fue ni de lejos lo más doloroso que experimenté ese día. —En realidad, deberían haberme llevado inmediatamente al hospital, pero no pude encontrar a Peggy Sue por ninguna parte, hasta que finalmente la encontré... en el tráiler de Bob McMorgan, desnuda.

—Oh, lo siento mucho, Clay.

—No tienes por qué.

Ya estaba dicho, Elena conocía los días más dolorosos de mi pasado.

—Por eso vine aquí. Dallas estaba lleno de recuerdos crueles, no podía quedarme allí más tiempo, aunque lo intenté durante mucho tiempo.

—Merryville es un buen lugar para empezar de nuevo.

—Lo sé.

Atraje a Elena hacia mí e inhalé su dulce aroma. —Todos estos años he cargado con este maldito odio, pero estaba completamente equivocado.

—¿En qué? —preguntó Elena.

—Todos estos años creí que Peggy Sue había sido el amor de mi vida, pero desde nuestro primer encuentro sé que todo fue una ilusión. Una sola mirada a tus ojos bastó para saber que *nosotros* estamos destinados a estar juntos.

Los ojos esmeralda de Elena brillaron. —Te amo, Clay Kennedy, con todo mi corazón.

—Y yo te amo, Elena Key.

Nos besamos, apasionada, intensa y significativamente.

Maldita sea, me sentía más libre que nunca en mi vida. Por fin Elena conocía toda la verdad, ahora podía mirar hacia adelante.

Cuando nos separamos sin aliento, le aparté un rizo rubio del rostro. —Te amo, Elena, nunca lo olvides, aunque mi naturaleza solitaria y pesimista a veces te lo ponga difícil.

—¡Prometido! —respondió ella—. A partir de ahora, no más secretos, ¿de acuerdo?

—Prometido —respondí.

Respiré hondo, y solo entonces me di cuenta de que había pasado mucho tiempo sin respirar, años.

—¿Clay? —preguntó Elena. Pude ver que aún tenía algo en mente.

—¿Qué pasa?

—¿Es solo por eso que eres tan dominante? ¿Para controlar lo que sucede?

Buena pregunta. Tuve que pensarlo un momento antes de poder darle una respuesta a Elena.

—No puedo responder eso con un *sí* o un *no*. Por supuesto que ayudaba a evitar el contacto cuando ambas manos estaban atadas, pero sería mentira si dijera que no me gusta.

—Entonces, ¿seguirás amenazándome con la lista de mis infracciones?

—Ni de broma voy a dejar que esa hermosa y larga lista caduque así como así.

Elena sonrió, y yo estaba agradecido de poder darle la respuesta que anhelaba.

—¿Entonces no cambia nada?

Después de esta conversación, ella había cambiado todo mi mundo.

—No, no cambia nada —respondí sonriendo—. Prometido.

Capítulo 21 – Elli

A TODA PRISA, CARGABA cajas y neveras portátiles en la vieja camioneta de Grams, en la que debía transportar las cosas para la barbacoa. En realidad, Clay y yo habíamos dejado claro que ya teníamos todo listo, pero mi abuela era peculiar en ese aspecto y no dejaba nada al azar. En una de las neveras, que tenía una tapa transparente, descubrí un paquete de helado al que no pude resistirme. Lo agarré, lo abrí, saqué una cuchara de uno de los bolsos y disfruté del helado con sabor a vainilla y masa de galleta. No pasó mucho tiempo antes de que mi segundo desayuno frío me provocara un dolor de cabeza por congelación y, aún comiendo, me sujetara las sienes alternativamente.

—¿Ya has terminado? —preguntó Grandma, pillándome en mi pausa secreta para picar.

—Casi —respondí apresuradamente—. Pero tengo que decirte otra vez que esto es demasiado. Si yo lo digo, tiene que significar algo.

—Bah, tonterías —desestimó mi abuela—. Además, últimamente comes muy poco.

—¿Dices eso mientras me como un helado? —Empecé a reír, porque nunca nadie había dicho que yo comiera poco. ¡Tal cosa ni siquiera era posible debido a mis genes Key femeninos!

—Eso es una excepción últimamente, de lo contrario te he pillado todas las mañanas con alguna golosina antes de que el desayuno estuviera listo.

—Es que tengo mucho que hacer con la *Wild Horse Competition*, Grams, por eso a veces no tengo tiempo para desayunar, pero créeme, Clay me cuida de maravilla.

—¡Eso me lo creo! —Mi abuela me lanzó miradas significativas.

—¿Qué quieres decir con eso?

—Sabes perfectamente lo que quiero decir, ¿crees que no nos damos cuenta de lo enamorada que estás?

—¡Grams! —protesté en voz alta.

—Ay, niña, no tienes por qué avergonzarte. No tienes ni idea de todas las cosas que tu abuelo y yo hacíamos cuando teníamos tu edad.

—¡Y debería seguir así! —le supliqué riendo. Quien conocía a mi Grams sabía perfectamente que esas *historias de los buenos viejos tiempos* iban seguidas de aventuras absurdas que era mejor mantener en secreto.

—Está bien, está bien. Todo lo que quiero decir es: cuida bien tu apetito y tu gran corazón, porque esas son las dos cosas que te hacen tan especial.

—Lo hago, Grams, lo prometo. Pero en realidad nada ha cambiado, excepto el hecho de que ahora tengo una relación estable —dije con orgullo.

Grams respiró hondo, y supe que estaba a punto de soltar una de esas perlas de sabiduría que solo podían venir de mi abuela. —Y si alguna vez robáis ron de contrabando con la intención de emborracharos, ¡simplemente tiradlo!

—¡Abuela!

—Fueron tres días duros, muy duros... yo también estaba bastante rara entonces —murmuró para sí misma con una expresión de dolor.

—Yo no estoy rara —insistí.

—Bueno —soltó June, que de repente había aparecido detrás de mí—. Ayer sí que te comportaste de forma bastante extraña.

Incluso con Callie en brazos, June podía acercarse a mí sigilosamente como un gato.

—Ayer era ayer —respondí.

—¿Qué pasó? —preguntó la abuela con curiosidad. Siempre que había cosas que no sabía antes que los demás, parecía un poco indignada.

—Ah, nada —dije quitándole importancia—. Solo estaba un poco frustrada porque dos participantes de la competición se retiraron, eso es todo.

—¿Un poco frustrada? —preguntó June preocupada.

—Vale, tal vez fue una frustración moderada, pero hoy todo vuelve a estar bien.

Lo decía en serio, porque mis temores de que Cloud olvidara nuestro progreso en el entrenamiento no se habían hecho realidad. Por suerte, porque realmente no habría sabido qué hacer si no hubiera podido demostrar que Cloud no solo era un buen bronco, sino también un excelente caballo de rancho.

June me miró preocupada. —¿Y *por lo demás* todo bien?

—Cuando hablamos de *lo demás*, ¿nos referimos a Clay Kennedy? —preguntó la abuela.

—¡Abuela! No seas tan curiosa —la regañé sacudiendo la cabeza—. Y no, no lo hacemos.

—En realidad, sí lo hacemos —dijo June en voz baja, tomando partido por Grams.

Le lancé una mirada de *eres-una-traidora* que era inequívoca. Pero no pude mirar a June con reproche durante tanto tiempo como quería, porque el adorable balbuceo de Callie suavizó mi expresión de inmediato. Callie era el nuevo arma secreta de June en las discusiones, porque nadie que viera los grandes ojos azules de su hija podía concentrarse. No sé cómo lo hacen los bebés, pero paralizan algo en nuestros cerebros que hace que te olvides de todo y solo quieras achucharlos.

Con gran esfuerzo, logré concentrarme de nuevo en lo esencial.

—¿Es que no hay más temas que mi relación, a veces complicada, con Clay?

Grams se aclaró la garganta. —Sí, por ejemplo, la pregunta de si crees que tal vez quiera volver a probar el ambiente del rodeo.

Increíble, realmente todos los habitantes de Merryville habían participado en la apuesta.

—¿Grams? ¿Cuánto has apostado? —pregunté secamente.

—¿Apostar? ¿Qué? —preguntó inocentemente. Hay que admitir que, cuando quería, podía parecer una abuela adorable y un poco despistada, pero la conocía lo suficiente como para saber que su mente seguía siendo afilada como una navaja.

—Sé lo de la apuesta —dije suspirando.

Solo cuando June asintió claramente a mi abuela, ella se *acordó*.

—¡Ah, esa apuesta! Sí, ahora que lo mencionas, puede que haya donado una pequeña cantidad.

—¿Cuánto? —pregunté de nuevo.

—Cincuenta dólares a que no participará en ningún rodeo esta temporada.

Me quedé atónita. —¿Has apostado contra Clay?

Sí, no debería sentirme ofendida, pero lo estaba.

—Bueno, no ha competido en torneos en los últimos años, y los jinetes de rodeo no se hacen más jóvenes —dijo la abuela encogiéndose de hombros—. ¿Cuánto has apostado? ¿Y por qué?

—¡No he apostado nada!

Los ojos de mi abuela comenzaron a brillar, lo cual no era una buena señal.

—¡Muy bien! June, ¿cómo está el bote actualmente?

—No estoy segura, como ocho a uno a favor de Clay, ¿por qué?

—Si le contáramos a Clay y nos repartiéramos el botín...

—De ninguna manera —interrumpí a la abuela horrorizada, quien consideraba mi relación con Clay de una manera demasiado comercial.

—Solo era una sugerencia.

—Una sugerencia no tan tonta —opinó June.

—¿Desde cuándo no estás de mi lado? —le pregunté a June con reproche.

—Oh, siempre estoy de tu lado, Elli, palabra de honor de hermana mayor.

Me metí una última cucharada de helado en la boca antes de cerrar el portón trasero.

—Ahora voy a ir a casa de Clay para llevarle las cosas para la parrillada y seguir trabajando con Cloud. No volveremos a mencionar ni una palabra sobre esta apuesta, especialmente durante la parrillada, ¿entendido?

—Entendido —respondió June en voz baja.

—Sí, está bien —refunfuñó la abuela—. Levantarte temprano y desayunar tarde sigue sin ser bueno para ti, querida.

Sí, levantarse temprano era difícil, pero por otro lado me gustaba pasar tanto tiempo como fuera posible con Clay. Hoy había sido el primer día en que me había levantado sin despertador, porque estaba inundada de adrenalina, miedo y emoción. No tenía idea de cómo

Clay podía levantarse sin problemas a horas tan indecentes, poco después del amanecer.

—Bueno, ahora voy a tomar un trozo de tu tarta de cerezas y luego me pondré en camino de regreso al rancho. Pam se va hoy y quiero despedirme —dijo June.

—¿Se va? ¿Acaso tuvo éxito en su búsqueda? —pregunté sorprendida.

—No, se ha dado por vencida. Si la ven, simplemente no echen sal en la herida, ¿de acuerdo?

—¡Jamás lo haría! —respondió la abuela, quien siempre, aunque sin intención, tiraba sal por todos lados, demasiado rápido.

—Estaré todo el día con Clay, así que probablemente ya no la veré —dije encogiéndome de hombros—. Simplemente dale mis saludos, o lo que sea que se diga en una situación así.

—De acuerdo, lo haré.

Le di a la abuela el recipiente vacío de helado junto con la cuchara.

—Ahora también tengo que irme, Clay ya me está esperando.

—Bueno, entonces no hagas esperar más a Clay —dijo la abuela guiñando un ojo y pellizcándome la mejilla.

Cuando tomé el camino de vuelta a la carretera principal, vi un coche que venía hacia mí, dejando una enorme nube de polvo detrás. Reconocí de inmediato que era el coche de Chad, que corría por nuestro camino hacia la casa principal.

—Genial —murmuré cuando Chad encendió brevemente sus luces largas y frenó al ver mi coche.

También frené el coche para que nos detuviéramos uno al lado del otro.

—¡Hola Elli! ¡Qué coincidencia!

No era realmente una coincidencia encontrarme en mi casa.

—¿Qué pasa? —pregunté.

—Mi tío me envía, solo tengo que traerles algo. —Señaló su maletero.

—Claro, simplemente descárgalo, mi abuela está ahí y se encargará del resto, ¿de acuerdo?

—De acuerdo.

Puse la marcha cuando vi el coche de June acercándose por el espejo retrovisor. —Bueno, deberíamos despejar el camino ahora, June tiene que volver al rancho de vacaciones antes de que Pam se vaya.

—¿Pam?

—Sí, Pam. Está buscando a alguien aquí. Su hermano o padre o algo así, alguna historia familiar.

—¿Pamela Suesanne Montgomery? —dijo Chad. Ante lo cual lo interrumpí de inmediato.

—Puede ser, no lo sé. Realmente deberíamos hacer espacio ahora. —Le saludé con la mano mientras pisaba a fondo el acelerador para no darle a Chad otra oportunidad de conversar.

No podía alejarme lo suficientemente rápido de Chad. No es que acabara de decir o hacer algo malo, pero todavía me sentía incómoda en su presencia, y probablemente eso nunca cambiaría. Era completamente diferente con Clay, apenas podía esperar para estar con él de nuevo. Cuando Clay estaba conmigo, me sentía segura, protegida; con Clay estaba en casa.

Conduje hacia la carretera principal y dejé atrás Red Rivers, ansiosa por llegar a Oakland. Anhelaba los fuertes brazos de Clay y las fosas nasales de Cloud haciéndome cosquillas en el cuello. Anhelaba el lugar donde mi corazón había anidado: mi verdadero *hogar*.

Capítulo 22 – Elli

Dios mío, no podía creer lo orgullosa que estaba de Cloud cuando me deslicé de su lomo y le acaricié el cuello. Ya esta mañana había demostrado ser un caballo salvaje inteligente, pero ahora, después de haber completado todo el recorrido sin problemas, no podía dejar de abrazarla.

—Seremos el equipo estrella en la competencia —le profeticé a Cloud—. Y después podrás tirar a tantos vaqueros como quieras, ¡te lo prometo!

—¿Qué tanto cuchichean? —preguntó Clay, que estaba al otro lado de la valla observándome.

—Nada —respondí sonriendo—. Solo hablamos de su brillante carrera como caballo de monta.

—¿Y de tu aún más brillante carrera como la encantadora de caballos que puede domar incluso a los caballos de monta?

—Tal vez —respondí avergonzada—. Lo importante es que nos aseguremos de que cada caballo salvaje pueda hacer lo que ama.

Saqué a Cloud del recinto y le puse su cabestro en el lugar de amarre para que Clay pudiera limpiarle los cascos antes de que comenzaran su rodeo vespertino. Lo admito, apenas podía esperar a ver a Clay en la silla de nuevo. Ese hermoso brillo en sus ojos no tenía precio. Mientras Clay se ocupaba de los cascos, agarré un cepillo y cepillé su pelaje brillante hasta dejarlo aún más reluciente. En realidad, debería haberle quitado la silla, pero tendría que llevarla de vuelta a la caballeriza, y había un tema que me había estado molestando todo el tiempo y que necesitaba abordar ahora mismo.

—Oye, ¿Clay? —comencé con cautela, porque no tenía idea de cómo continuar.

—¿Elena?

—¿Te importaría no mencionar nada sobre el rodeo más tarde?

—¿El rodeo con Siete?

—Sí, eso también, pero me refería más bien al rodeo en general. Montar caballos salvajes, montar toros, simplemente todo.

—¿Por qué? —Clay levantó su ceja izquierda, como solo lo hacía cuando me reprendía.

Eché una mirada crítica a la gran mesa de picnic y a la parrilla de tamaño exagerado y suspiré.

—Porque podría alterar un poco a mi familia, especialmente a mi abuela.

—¿Tiene algo en contra de los rodeos o los jinetes de rodeo?

—¡No, para nada! ¡Ya te adora, aunque aún no te conoce!

—¿Entonces de qué se trata?

—Es solo que... no quiero hablar más de ello.

Clay levantó la vista del casco delantero que estaba limpiando de piedras.

—¿No habíamos dicho que no más secretos?

Resoplé suavemente. —De acuerdo, como quieras, pero por favor termina primero con el casco de Cloud, porque no sé cómo vas a reaccionar.

—¿Debería preocuparme?

—No —respondí rápidamente. *Solo eres el tema principal de conversación en Merryville.* Negué enérgicamente con la cabeza, pero no pude ocultar que era la peor mentirosa del mundo.

Después de que Cloud bajó su casco, Clay me miró expectante.

—Suéltalo, Elena. ¿Qué debería saber?

—¡Siéntate! —le pedí con calma.

Clay se sentó en un tocón profundamente arraigado junto al poste de amarre.

—¿Es sobre esa apuesta de si volveré a participar en competencias? —preguntó, y me puse blanca como el papel. *Bingo.* —¿Tal vez deberías sentarte tú también?

Me agarró del brazo y me sentó en su regazo.

—Sí, quizás se trate de esa pequeñísima apuesta —dije encogiéndome de hombros y fallando completamente en parecer lo más indiferente posible.

—¿Pequeñísima? Calculo que ya hay varios miles de dólares en el bote.

—¿Cómo lo sabes?

—Merryville es pequeño.

Escondí mi cara tras mis manos. —Lo siento tanto que mi familia haya hecho esto.

—¿Tu familia comenzó esta apuesta?

—June y mi desvergonzado hermano, para ser exactos.

—Ya veo —murmuró pensativo.

—¡Te juro que yo no aposté nada! Dios mío, ¡me avergüenzo tanto de mi familia! Y cuando hable con ellos de nuevo...

Clay me interrumpió. —¿No apostaste nada?

—¡No! ¡Por supuesto que no, ¿por quién me tomas?! —respondí horrorizada.

Una sonrisa diabólica se dibujó en su rostro. —Bueno, yo aposté quinientos dólares en mi contra.

—¿Que tú qué? —Estaba conmocionada, porque aparentemente era la única que no había echado dinero en ese estúpido bote, ya que no quería divertirme ni enriquecerme a costa de Clay.

—No todos conocen mi cara, y vuestra amable cartera fue tan amable de darle mi apuesta a June.

—Estoy consternada.

—No deberías estarlo, después de todo, puedo usar bien el dinero. La renovación de Oakland está costando más de lo previsto, y aún queda mucho por hacer.

Todavía atónita, negué con la cabeza.

—Apostaste quinientos dólares a que no participarías en ningún torneo.

—Admito que quizás tenga una pequeña ventaja en la apuesta, gracias a información privilegiada, pero ¿por qué no debería sacar algo de provecho si van a hacer una apuesta a mi costa?

—¡Y yo me he sentido fatal por esto! —dije en tono de reproche.

—¿Cómo puedo compensarte por esto, eh? —murmuró Clay seductoramente, luego me atrajo hacia él y me besó—. ¿Quizás así?

—Es un buen comienzo, pero podrías esforzarte un poco más —respondí sonriendo.

—Con mucho gusto.

Nuestros labios se encontraron de nuevo mientras sus brazos rodeaban mi cuerpo. Su barba áspera, sus labios suaves y su sabor masculino me hicieron olvidar todo, tal como había prometido. Su lengua lamió mi labio inferior y abrí mi boca de buena gana. Nuestras lenguas jugaron entre sí, explorando la boca del otro, y gemí suavemente. Las manos de Clay se hundieron en mis rizos, manteniendo mi cabeza en su lugar, y anhelaba que me arrancara la ropa allí mismo. Todavía teníamos algo de tiempo antes de la barbacoa planeada, y ya sabía cómo quería pasar ese tiempo.

—¿Qué te parece si continúas tu compensación en el granero? —pregunté sin aliento.

—Nada —gruñó y me atrajo hacia él de nuevo para sellar mi boca con sus labios.

Cielos, esta fuerte dominación masculina me hacía sentir mareada. Me entregué a la sensación hormigueante que Clay despertaba en todo mi cuerpo mientras mis manos recorrían sus músculos duros como piedras. ¡Clay era tan fuerte! Nunca antes un hombre me había hecho perder la cabeza así.

Aunque un coche se acercaba, no nos separamos, pues ya no teníamos nada que ocultar. ¡Éramos oficiales, y muy oficiales, como pareja! Todo el mundo podía enterarse de que estábamos juntos, por lo que a mí respectaba.

Cuando una puerta de coche se cerró de golpe, me sobresalté ligeramente. Por el rabillo del ojo, vi a Pam abalanzándose sobre nosotros como un toro enfurecido hacia un trapo rojo.

—Pam, ¿qué haces aquí? —pregunté irritada. ¿No debería estar ya de vuelta a Dallas?

Me miró con reproche mientras Clay se quedaba inmóvil.

—La pregunta es más bien, ¿qué haces tú con mi marido?

—Este es Clay... —comencé, pero me detuve cuando procesé sus palabras—. ¿Tu marido?

—¡Sí, mi marido!

Miré atónita a Clay, que no movió un músculo.

—¿Es eso cierto? —pregunté.

—Nos separamos hace una eternidad —gruñó, lanzando miradas asesinas a Pam.

—Pero en el papel, y más importante aún: ante Dios, seguimos casados.

Vaya. Todo esto iba demasiado rápido para mí.

—¿A esto llamas *no tener secretos entre nosotros*?

Todo mi mundo se estaba derrumbando, empezando por mi corazón.

—Te hablé de ella —respondió Clay tranquilamente.

Pam me miró con ira. —Y yo te dije que lo estaba buscando. ¿Cómo pudiste ocultarme esto?

No sabía qué decir al respecto. Pam nunca me había dicho específicamente qué estaba haciendo aquí o que estaba casada con Clay Kennedy, la leyenda del rodeo. ¿Cómo habíamos logrado hablar sin entendernos durante semanas?

A partir de hoy, me prometí expresarme con más precisión, desde el primer encuentro.

Hola, soy Elli, me encantan todos los tipos de helado, odio las espinacas congeladas, me gustan las humillaciones, entreno caballos y estoy soltera. ¿Y tú?

—Elena, te lo conté todo —intentó Clay de nuevo, mientras yo guardaba silencio.

—¿Pero casualmente olvidaste mencionar que estáis casados?

—No me pareció importante.

Auch. Primero me quedé paralizada, todo mi cuerpo se sentía entumecido, pero la adrenalina que la ira bombeaba por mi cuerpo me dio nuevas fuerzas.

Doble auch, cuando Pam intervino. —¿Ocho años los llamas *no importantes*?

—¿Hay quizás más cosas *no importantes* que debería saber? —Clay tomó aire profundamente, pero lo interrumpí antes de que pudiera decir una sola palabra—. Espera, no, no quiero saberlo.

Salté del regazo de Clay, quité la cabezada de Cloud, monté y salí galopando con ella.

—¡Elena, no! —gritó Clay tras de mí, pero lo ignoré—. ¡Es demasiado peligroso!

No, Cloud no era peligrosa, pero la situación con Clay y su esposa sí lo era. Cielos, todavía no podía creerlo, ¡Clay me había mentido desde el primer día! Un matrimonio no era una cosa pequeña que se pudiera pasar por alto, al menos si uno tenía corazón.

Empujé a Cloud a dar lo mejor de sí, y galopamos a toda velocidad por los campos. En el frenesí de la velocidad, mis lágrimas se secaban casi tan rápido como fluían por mis mejillas. El viento y los cascos retumbantes de Cloud me llevaron lejos, lejos de Oakland, lejos del hombre que había roto mi corazón de manera irreparable.

—No necesitamos a Clay, ¿me oyes? —le grité a Cloud, contra el viento. Cloud parecía estar en desacuerdo. Una y otra vez ralentizaba su veloz galope y hacía ademán de querer volver al rancho, pero no lo permití. No podía volver a Oakland, porque no quería pasar vergüenza por segunda vez.

Pam me había arrancado bruscamente de mi sueño color de rosa y me había arrojado directamente a la despiadada realidad, que se parecía a una pesadilla.

Al menos ahora había tocado fondo. No podía ir más abajo, o eso creía. Cloud galopaba sobre el trigo a media altura, que me llegaba hasta la punta de los pies, por lo que vi la cerca demasiado tarde. Frenar o dar la vuelta ya no era una opción, y Cloud parecía estar de acuerdo.

No nos quedaba más remedio que saltar la valla, así que me preparé para el salto.

Como un verdadero campeón, Cloud tomó el obstáculo con ligereza. Desafortunadamente, nunca antes había saltado un obstáculo con ella. A esto se sumaba el hecho de que nuestro entrenamiento había terminado y ahora se suponía que venía el rodeo. Por eso, Cloud se preparó para dar otro salto.

Los primeros saltos aún pude aguantarlos bien, pero cuando las riendas se me escaparon de las manos, ya no hubo quien detuviera a Cloud.

—¡No, por favor! —supliqué a mi caballo salvaje, que se había perdido completamente en la euforia.

Cielos, nunca debí haber dicho que las cosas no podían ir peor; con eso había invocado toda la desgracia, de eso estaba completamente segura.

Cuando ya no pude mantenerme en la silla, cerré los ojos y esperé que el impacto contra el suelo no fuera tan duro como el de la realidad. Desafortunadamente, el golpe fue bastante fuerte, tanto que todo se volvió negro ante mis ojos y el mundo despiadado, brutal y desgarrador se fue haciendo cada vez más silencioso hasta que se apagó por completo.

Capítulo 23 – Clay

¡Maldición!

Aunque le grité a Elena que se detuviera, ella se alejó galopando como un trueno. No conocía a Elena por ser tan imprudente, pero bueno, mi ex le había dado todas las razones para huir sin pensar. Si estuviera en su lugar, habría reaccionado igual.

—Te ves bien —dijo Peggy Sue algo torpemente. ¿Esas eran sus primeras palabras después de años sin vernos? Increíble.

Sin rodeos, y sin responderle, marché hacia el establo donde estaba Supernova, con mi pesadilla hecha realidad siguiéndome de cerca. Con la camioneta no llegaría lejos en este terreno accidentado, pero no podía dejar que Elena se escapara, era demasiado peligroso.

—Clay, déjame explicarte —dijo Peggy Sue, pero la interrumpí.

—No quiero oír nada, absolutamente nada. ¡Firma de una vez los malditos papeles del divorcio y desaparece de mi vida!

Mis abogados la bombardeaban semanalmente con papeles que hasta ahora nunca había firmado.

—¡Pero nosotros pertenecemos juntos!

—No, no es así, y nunca lo fue.

—¡Lo siento mucho!

—Pero no es suficiente. ¡Dios mío, estaba hecho un maldito desastre después de que me engañaste! Eso no me volverá a pasar nunca más, ¿entendido?

—¿De verdad crees que esa vaquera de provincia puede hacerte feliz?

—¿Quién te crees que eres? —Agarré la brida que colgaba junto al box de Supernova y embridé a mi yegua. Elena me demostraba cada día que me hacía feliz. En realidad, nunca antes había sido tan feliz.

—¡Dame otra oportunidad para demostrarte lo en serio que voy!

Aparté a mi ex, que bloqueaba la puerta del establo.

—Se acabó. ¡Y se acabó desde el día que me engañaste con Bob Mc Morgan! Lo nuestro terminó hace años.

—¿Qué tiene Elena que yo no tenga? —Estaba llorando, pero sus lágrimas eran tan falsas como la razón por la que estaba aquí. En realidad, Peggy Sue no lloraba por mí, sino por mi reputación y nuestra vida de entonces.

—Tiene mi confianza —respondí secamente. Luego quise sacar a Supernova, pero mi ex volvió a bloquearme el paso. Tomó aire para decir algo, pero la interrumpí.

—¡Déjalo ya! —Maldita sea, toda la frustración y la ira de los últimos años volvieron de repente.

—¿Pero seguro que aún sientes algo por mí?

—¿Quieres saber lo que siento por ti?

Asintió. Bien, porque quería que escuchara estas palabras. Por mí, estas palabras podían perseguirla toda su vida.

—Lo único que siento por ti ahora es lástima. Antes, antes de Elena, había ira, me culpé a mí mismo durante años por tus errores, pero eso se acabó. Elena es la mujer que amo, la que me hace feliz, y es la mujer con la que me voy a casar, porque la amo.

—¡Tú te casaste conmigo!

—Ambos sabemos que eso sucedió por un maldito capricho. Éramos jóvenes, tontos, y yo era demasiado ingenuo para darme cuenta de cómo eras realmente.

Sin duda, Peggy Sue seguía siendo hermosa, pero su interior no lo era en absoluto, nunca lo fue. En aquel entonces quizás me dejé engañar por su fachada, pero hoy ya no.

—Debe haber alguna forma de compensarte, Clay.

—¿Quieres compensarme? Entonces no vuelvas a aparecer por aquí, no te cruces nunca más en mi camino y deja de contarle a Elena medias verdades que no tienen nada que ver con la realidad.

Mi ex sollozaba, pero hacía tiempo que ya no sentía lástima por ella. Perdió ese derecho cuando se acercó demasiado a mi mayor competidor, y a quien yo creía un buen amigo. No tenía idea de cuántas veces.

—¡Se acabó! —gruñí—. Dilo.

Murmuró algo.

—¡Más alto! —ordené enojado. Maldita sea, casi perdía el control porque no tenía ni idea de cómo alcanzar a Elena.

—Entre nosotros no hay más que odio, sueños destruidos y traición. ¡Se acabó!

—Se acabó —repitió mis palabras—. Realmente se acabó.

—¡Puedes apostar tu maldita vida a que sí! Y ahora lárgate de aquí y no vuelvas nunca.

Peggy Sue se apartó de mi camino, tomé impulso y salté sobre el lomo desnudo de Supernova. No tenía tiempo para cepillarla ni ensillarla, tendría que ser así. Una última vez miré a mi ex a los ojos.

—Deberías rezar para que a Elena no le haya pasado nada, o que Dios se apiade de ti.

No tenía ni idea de lo que pasaría si Elena resultaba herida o me mandaba al diablo. Maldita sea, temía tanto ambas posibilidades que casi se me revolvía el estómago.

Por Dios, ¡Elena había huido con un caballo que hace apenas un mes era salvaje y prácticamente indomable! Eso solo podía salir mal.

Insté a Supernova, trotamos por el patio, y tan pronto como sus cascos tocaron el suelo de hierba, caímos en un rápido galope. Otro coche circulaba por la carretera principal detrás de mí, pero no le presté atención. Quienquiera que fuese, tendría que esperar.

Concentrado, recorrí los campos con la mirada para no perder su rastro. Por suerte, Elena había elegido un camino en medio de un campo de cereales, por el que se extendía su huella.

Mientras el miedo nos impulsaba cada vez más rápido, billones de escenarios horrorosos pasaban por mi mente. ¡Tenía que encontrarla a toda costa! Cuando vi la silueta de un caballo en el horizonte, casi salté de alegría, pero inmediatamente después mi corazón se detuvo. Era definitivamente Siete, pero estaba al final del campo, sin Elena.

¡Maldita sea! Llevé a Supernova al límite, galopamos por el campo, y cuando Siete nos vio, levantó su cabeza relinchando.

—¡Elena! —grité lo más fuerte que pude—. ¡Elena, ¿dónde estás?!

Escuché atentamente y creí oír la voz de Elena entre los fuertes cascos, pero no estaba seguro.

—¡Elena! —llamé una vez más y frené un poco a Supernova.

—¡Estoy aquí! —Al principio solo escuché a Elena porque el cereal obstaculizaba mi vista, pero luego, justo antes del final del campo, la vi tirada en el suelo. Por Dios, nunca había tenido tanto miedo como en ese momento, ni en el primer rodeo, ni en el último, nunca.

Justo antes de la cerca, detuve a Supernova, me deslicé de su lomo y corrí hacia Elena, que estaba tumbada de espaldas llorando.

—¿Estás bien? —pregunté conmocionado. Me arrodillé frente a ella para examinarla.

—¿Tú qué crees? —preguntó ella con cinismo.

—Escucha, fui un idiota, ¿de acuerdo? Debería haberte dicho que Peggy Sue aún era mi esposa —comencé, mientras examinaba cuidadosamente su cabeza.

—¡No! —me ordenó Elena seriamente—. No quiero oír nada de eso.

—Al menos dame la oportunidad de explicar lo que está pasando.

—Tuviste cientos, miles de oportunidades, así que cállate ahora.

Normalmente no me rendía tan fácilmente, pero la situación me obligaba a hacerlo. Tal vez Elena tenía una conmoción cerebral u otras lesiones, y si ahora empezábamos a discutir, se le ocurriría la estúpida idea de cabalgar sola hasta Red Rivers porque era demasiado terca para dejar que la ayudara. No podía arriesgarme a que Elena hiciera más tonterías, su cuota de hoy ya estaba más que cubierta.

—¿Te duele algo? —pregunté.

—No, todo está okey —respondió Elena desafiante e intentó sentarse. Al hacerlo, gritó desgarradoramente, dejando claro que no *todo estaba okey*.

Agarré su mano, que ella retiró.

—¡Déjame ver eso! —ordené y miré a Elena con una expresión seria que no admitía réplica.

Primero revisé sus delicados dedos, luego su muñeca y el codo. No había nada roto, bien. Pero cuando desabroché su blusa para examinar su hombro, vi de dónde provenía su dolor. Su hombro, incluida la clavícula, ya estaban amoratados. Había tenido suficientes lesiones como estas en el rodeo para saber que su clavícula estaba al menos magullada, si no rota.

—Esto no se ve bien —comenté.

—Gracias por la observación, Señor Obvio.

—Ya basta —respondí con calma. Elena estaba enojada, y lo entendía, pero eso no significaba que le permitiría todo. En silencio, Elena se dejó examinar más. Afortunadamente, no tenía costillas lastimadas ni piernas magulladas.

—¿Tienes dolor de cabeza?

—No, solo me retumba el cráneo —respondió Elena sorbiendo.

Fui precavido y observé sus pupilas, porque no podía arriesgarme a que Elena perdiera el conocimiento, lo que ocurría con las conmociones cerebrales más a menudo de lo que se creía, hablaba por experiencia.

—¿Puedes ponerte de pie? —pregunté, después de asegurarme de que Elena no se desmayaría una vez que pasara el estado de shock.

—Creo que sí.

Lentamente, y con mi ayuda, Elena se puso de pie y cojeó directamente hacia Siete.

—¿Qué haces? —pregunté.

—Voy a cabalgar de vuelta —respondió Elena más seria de lo que me hubiera gustado.

—Debes haberte golpeado la cabeza más fuerte de lo que pensaba. —Estaba atónito. Incluso los campeones de rodeo más curtidos necesitaban un descanso después de una caída así y no volvían a montar de inmediato.

—Pero tengo que hacerlo —dijo Elena secamente.

—Elena, has perdido la razón. Apenas podías ponerte de pie sola, ¿cómo piensas montar un caballo salvaje que te ha tirado?

—¡Ella no me tiró! —protestó Elena.

—Ah, ¿entonces simplemente pensaste en tirarte del caballo para ver qué pasaba?

—Ella me malinterpretó, ¿de acuerdo? Y para aclarar el malentendido, es importante que me suba a Cloud ahora.

Miré con el ceño fruncido a Siete, que no entendía lo que pasaba, pero sabía que estábamos hablando de ella. Sus fieles ojos de botón me miraron fijamente, y la odié por ello.

—¿Y si vuelves a caer?

—No lo haré.

—¿Y si lo haces?

—¡Cloud no me tirará de nuevo! —insistió Elena.

No sé qué me poseyó, pero finalmente cedí.

—Bien, como quieras, al menos déjame ayudarte a subir.

Elena apretó los dientes valientemente cuando volvió a montar, mientras yo observaba cada movimiento del caballo salvaje de Elena.

—Saltamos la cerca, por eso me caí —explicó Elena suspirando, mientras se sostenía el brazo izquierdo.

—¿Porque Siete lo tomó como una señal para continuar?

—Sí —admitió Elena rechinando los dientes—. Espero que Cloud entienda que fue un accidente único, si no...

Elena no se atrevió a terminar su frase, y yo sabía por qué. En el peor de los casos, las últimas cuatro semanas de trabajo con Siete habrían sido en vano, pues Elena no tenía tiempo antes de la competencia para quitarle a Cloud esos malos hábitos. Siete era un auténtico Saddle Bronc, y nadie podía cambiar su naturaleza tan fácilmente.

Decidí caminar junto a Siete, solo por si acaso Elena tuviera una conmoción cerebral. Su hombro se veía mal, definitivamente no podía permitirse una segunda caída.

Emprendimos el camino de regreso en silencio. El silencio retumbaba en mis oídos. Sabía lo traicionada que se sentía Elena, yo mismo había estado en esa posición antes, pero tenía que explicarle la verdad correctamente, pues estaba siendo completamente malinterpretada.

—Elena...

—No. Simplemente cállate, no hay nada más que discutir.

—Estás en estado de shock, seguramente tienes mucho dolor y en el peor de los casos una conmoción cerebral. Estás diciendo cosas que no piensas realmente —intenté explicarme a mí mismo el comportamiento de Elena.

—Sí, tengo dolores que me harían llorar, pero ya estaba llorando antes. ¡Y ahora cállate de una vez, o empezaré a llorar de nuevo!

Sus palabras me dieron una punzada en el corazón.

¿Era eso? ¿Realmente se había acabado entre nosotros?

Incluso ahora, mi ex todavía lograba arrancarme el corazón del pecho. Maldita sea, Peggy Sue aún tenía poder sobre mi corazón, aunque de una manera diferente a la que ella quizás hubiera deseado.

—Tengo una pregunta —dijo Elena, justo antes de llegar a Oakland.

—¿Sí?

—¿Por qué siempre llamaste a Pam "Peggy Sue"?

—Porque su nombre completo es Pamela Suesanne.

—Si la hubieras llamado Pam, como todos los demás, nos habríamos ahorrado muchos problemas.

—Soy peculiar en ese aspecto. Tú deberías saberlo mejor que nadie, Elena.

Ella asintió, siguió mirando fijamente hacia adelante e intentó ocultar lo grandes que eran realmente sus dolores. Me hubiera encantado quitarle todo, todos los dolores, todas las penas de amor, todas las preocupaciones.

Para mi gran sorpresa, llegamos sanos y salvos a Oakland, Elena había tenido razón. Siete no había hecho ningún intento de tirarla de nuevo. *Por suerte.*

En el patio ya esperaban June, con Callie en brazos, y John, que corrieron preocupados a nuestro encuentro.

—¿Está todo bien? —preguntó June excitada al ver la cara de dolor de Elena. Por Dios, John me miraba como si quisiera matarme.

—Cloud me tiró, pero no es nada —intentó Elena restar importancia a la situación.

—¿Qué pasó? —preguntó John.

Elena hizo un gesto con la mano. —No importa. Una historia larga y aburrida que nadie quiere oír ni contar.

Me aclaré la garganta. —Elena debería ir al hospital inmediatamente, su hombro no se ve bien.

—¡No! —protestó ella—. Estoy bien. Primero terminaremos la *Wild Horse Competition*, después puedo ir al hospital.

—¡No hay discusión! —le grité. Es posible que ya no fuera *mi chica*, pero todavía significaba el mundo para mí.

—Clay tiene razón, podrías tener otras lesiones —dijo John seriamente.

—Gracias por tratarme como a una niña —resopló Elena.

—¿Elli? Sabes que siempre estoy de tu lado, pero tienen razón.

—Para nada —siguió protestando Elena. No me gustaba hacerlo, pero hice lo que tenía que hacer y presioné el músculo entre el hombro y la clavícula, lo que hizo que Elena gritara de dolor.

—¿Eso es *nada*?

—Está bien, ¡entonces sáquenme de aquí de una vez! —Elena estaba al borde de las lágrimas, y me odiaba por ser el motivo de su llanto.

June me puso un sobre en la mano. —No sé qué hacía Pam aquí realmente... —June sabía exactamente lo que Pam quería, de eso estaba seguro—. Pero me dio esto para ti.

Tomé el sobre y juntos nos dirigimos al coche cuando Elena se detuvo.

—Adelántense, tengo que hablar algo con Clay.

A regañadientes, John se dejó arrastrar por June al coche, mientras Elena les daba la espalda.

—Eso puede esperar hasta que te hayan atendido en el hospital —dije e intenté empujarla hacia el coche, pero Elena dio un paso atrás.

—No, no puede esperar. Me has herido, Clay, tan profundamente como nadie lo había hecho antes, y no sé si alguna vez podrá sanar. No puedo mirarte a los ojos porque el miedo a que tengas más secretos me ahoga. Cada vez que pienso en ti, mi corazón duele más de lo que podría doler cualquier caída.

—¿Qué quieres decir?

—Se acabó.

Sin esperar mi reacción —que, por cierto, consistió en una parálisis de shock—, Elena se dirigió al coche y se fueron.

Maldita sea. Con lágrimas en los ojos, Elena se había alejado de mí y se había ido. Mi último recuerdo de Elena estaba lleno de dolor, lágrimas y verdades irreparables que pesaban más que todas las mentiras del mundo. Ese no podía haber sido nuestro último encuentro. *¿O sí?*

Capítulo 24 – Elli

Hundí mi cara en el cuello de mi camisa para evitar las miradas de los otros pacientes en la sala de emergencias. Los finos separadores de papel que dividían las camillas de urgencias apenas ofrecían protección contra las miradas indiscretas.

—Es tan humillante que todos me miren porque estoy llorando —dije suspirando y miré a mi hermano mayor, que estaba sentado en una silla junto a mi camilla.

—Nadie te está mirando —intentó tranquilizarme John—. Y si lo hacen, todos pueden entender que tienes dolor.

Señaló el cabestrillo en el que llevaba mi brazo izquierdo para aliviar el hombro.

—No, me miran con demasiada lástima.

Tenía la sensación de que todas las demás personas, incluso las enfermeras y los médicos, sabían exactamente lo que había pasado entre Clay y yo.

—¿Cuánto tiempo más tenemos que esperar? Quiero irme a casa.

—Sí, estaba lloriqueando como una niña pequeña, pero me daba completamente igual. En resumen, podía decir que estaba al límite y solo quería meterme bajo las sábanas.

—Las radiografías no pueden tardar mucho más —respondió John con calma.

—¿Acaso importa si la clavícula está rota o no? De todos modos, no se puede hacer nada en estos casos.

¿Podrían ver en las imágenes que mi corazón también estaba roto? Y si es así, ¿habría alguna cura para eso?

—Los médicos quieren estar seguros, y yo no tengo ningún problema con eso. Te ves terrible, Elli.

—Gracias, ahora me siento mucho mejor.

—Sabes cómo lo he querido decir.

—Sí, pero no es lo que has dicho. Eres un idiota.

John no dijo nada, solo gruñó suavemente.

—¡Y Clay también es un idiota! —añadí—. ¡Y yo soy la idiota más grande de todas!

—¿Qué pasó entre ustedes, en realidad?

Ahora fui yo quien gruñó en voz baja. —¿Dónde está June, por cierto?

John se encogió de hombros. —No lo sé, dijo que iba a buscarte un helado.

Me sentía horrible porque mi hermano y mi casi hermana eran tan comprensivos, aunque yo me estuviera comportando de manera tan llorona. Estaban haciendo todo lo posible para que me sintiera mejor, pero desafortunadamente sus esfuerzos apenas valían la pena.

—Entonces, ¿qué tan fuerte tengo que golpear? —preguntó John secamente, frotándose el puño.

—¿Por qué ustedes los hombres siempre tienen que resolver todo a golpes? —Sacudí la cabeza perpleja.

—Porque es más fácil que guardar rencor durante veinte años. ¿Entonces?

—No tienes que golpearlo para nada.

—¿Entonces por qué estabas llorando? Para mí, parecía que habían terminado, por la razón que fuera.

Vaya, mi hermano estaba hoy tan sensible como un neurocirujano con una sierra circular.

—Ya no estamos juntos, pero ahora mismo estoy harta de los tipos que se pelean, ¿de acuerdo?

—Tiene que ver con Pam, ¿verdad?

Mi hermano no cedía, seguramente porque June lo había presionado, ya que normalmente no era tan insistente.

—No quiero hablar de eso, ¿vale?

—Bien, entonces hablemos de la *Wild Horse Competition*.

—¿Qué hay que hablar? Se celebra mañana, conmigo y Cloud. Punto.

—¡De ninguna manera voy a dejar que montes un caballo salvaje en ese estado!

—Por suerte, soy lo suficientemente mayor para tomar mis propias decisiones —le espeté a mi hermano, luego respiré hondo para explicarle razonablemente lo que pasaba por mi mente.

—Escucha, John. Ya se han retirado dos participantes, si ahora yo también me echo atrás —porque me caí del caballo— estaría enviando una señal completamente equivocada.

—¿Y cómo piensas completar el recorrido con un solo brazo?

—Cloud y yo lo lograremos.

—¿No deberías empezar a darte cuenta de que este caballo salvaje no puede ser domado?

Resoplé con fuerza. —¡Volví montando a Cloud, herida y completamente alterada! Esa es una clara señal de que Cloud tiene un buen corazón y puedo confiar en ella. La caída fue solo un tonto accidente que podría haberme pasado igual con Fénix, Copper o Champ. Solo piensa en Fénix. Al principio te burlabas de su miedo a las vacas, ahora son campeones de Team Roping. Y después de esta competencia, Cloud será una excelente yegua de rancho *y* una Saddle Bronc.

John negó con la cabeza. —Supongamos que participas en la competición mañana, ¿cómo vas a encargarte de la parte del rodeo?

Una buena pregunta en la que ni siquiera había pensado. Maldita sea, sin Clay, la parte más importante quedaba descartada. Oh Dios, ¡no tenía jinete de Saddle Bronc!

—No puedo dejar de pensar en los caballos salvajes y en que los van a sacrificar. E incluso si no lo hacen, ¿quién garantiza que podrán hacer aquello para lo que late su corazón?

Tuve que contener un sollozo para no atraer miradas extrañas de nuevo. El solo pensamiento de que Cloud terminara como un simple caballo de rancho me quitaba el aliento. Ella había nacido para ser un bronco. Quién sabía qué otros talentos tendrían los demás caballos salvajes, de los que nadie sabía nada porque las condiciones de la competición no permitían la individualidad.

John me miró torpemente, luego me dio unas palmaditas en la mano derecha.

—Ya encontraremos una solución, siempre lo hacemos.

Valientemente, me tragué mi frustración y asentí.

—Si Sophia estuviera aquí, estaría de acuerdo conmigo —murmuré frustrada.

—Falso, si nuestra hermana estuviera aquí, estaría de acuerdo *conmigo*. Desde que está con Liam, toma decisiones mucho mejores.

—Sus decisiones eran bastante buenas antes también —defendí a mi hermana mayor.

—¿Ah, sí? ¿Y qué hay del tercer año de secundaria? ¿O de vuestra *excelente decisión* en el festival de primavera hace seis años? ¿O realmente tengo que llegar tan lejos y mencionar el derby de otoño?

—¡Cielos, no! —exclamé, después de que mi hermano me bombardeara con algunas decisiones, admitámoslo, tontas.

—Aun así, echo de menos a Sophia. —Mi corazón se encogió dolorosamente, porque un abrazo de mi hermana mayor podría haber aliviado mi dolor, pero ella no estaba allí.

John hacía lo que podía, pero era, bueno, John.

—Todos la echamos de menos. Sin Sophia, falta algo en Red Rivers, al igual que hoy nos falta tu optimismo.

—Y no olvides que no tenemos a nadie para el rodeo. ¡Clay no aparecerá en la *Wild Horse Competition* si sabe lo que le conviene!

Sollozando, me sequé las lágrimas cuando la cortina de papel frente a mi camilla se abrió.

—Disculpad que haya tardado tanto, pero no fue nada fácil conseguir helado —se excusó June al entrar como una tromba. Con una sonrisa radiante, me puso un helado en la mano, pero su sonrisa se desvaneció cuando lo tomé y lo presioné contra mi hombro, mientras dejaba la cuchara a mi lado en la camilla.

Ni siquiera la adorable sonrisa de Callie al reconocernos a John y a mí pudo animarme. Que no entendiera que mi mundo estaba en ruinas y que no había nada de qué reírse, hacía todo aún más deprimente.

June se sentó a mi lado, en el lado opuesto a John, y me miró con una mezcla de preocupación y compasión.

—¿Qué pasa, Elli?

—No tiene a nadie para la parte del rodeo —respondió John por mí.

—Oh, no, ya me imaginaba que algo había salido mal porque Clay no vino con nosotros.

—Tiene que ver con Pam, ¿verdad? —mi hermano sacó a colación lo obvio.

Cielos, me encontraba en un *sándwich de interrogatorio John-June* del que no podía escapar.

—Sip —respondí.

—Sí, es cierto. ¿Qué quería Pam de Clay, en realidad? —June me miró inquisitivamente. No había remedio, no me dejarían en paz hasta que no hablara de ello.

—Pam había estado buscando a Clay todo el tiempo.

Mi hermano mayor me miró indignado, mientras June suspiraba ruidosamente.

—¿Qué? —preguntaron ambos al unísono.

—Están casados. —No pude decir más porque me costaba toda mi fuerza contener las lágrimas.

June puso su mano consoladoramente sobre mi muslo. —¿*Están* casados?

Asentí, y June me abrazó inmediatamente, lo que provocó una enorme explosión de dolor en mi cuerpo, pero no me resistí porque se sentía tan bien.

—Oh, Elli. Lo siento tanto.

—Eso también explica el comportamiento de Pam justo antes de marcharse a toda prisa —comentó John pensativo.

—¿Qué dijo? —pregunté sollozando.

—Nada. Le entregó a June un sobre llorando y dijo que era para Clay. Después se subió al coche y nos dejó en medio de una gran nube de polvo.

—No puedo creer que Clay nunca hablara de Pam —dijo June.

—Más sorprendente aún es que Pam nunca mencionara el nombre de Clay, porque eso nos habría ahorrado algunos problemas enormes —gruñó John.

—¡John! —lo reprendió June con una mirada severa.

—En realidad, sí me habló de Pam.

—¿Lo hizo? —preguntó June con cautela. Era más sensible que mi hermano, pero aun así dolía porque estaba hurgando en mis heridas frescas.

—Sí, lo hizo. Pero olvidó mencionar que estaban casados, y además usaba otro apodo para ella. Cielos, ¡todavía me siento tan estúpida!

—No tienes por qué. Clay tiene todos los motivos para avergonzarse, pero tú no has hecho nada malo —me defendió June.

Mi hermano se aclaró la garganta. —Bueno, por casualidad sé de buena fuente que Clay y Pam llevaban años sin verse.

—¿Cómo puedes saber eso? —pregunté bruscamente.

—Porque Pam, casualmente, nunca perdió la oportunidad de contármelo —respondió John, poniendo los ojos en blanco con fastidio—. Ni una sola oportunidad, créeme.

Mi corazón latió un poco más rápido ante este rayo de esperanza.

June miró a mi hermano frunciendo el ceño. —Conmigo siempre fue bastante parca en cuanto a detalles.

—¿Qué puedo decir? Ejerzo cierto encanto. —John sonrió brevemente antes de darse cuenta de la situación y volver a adoptar una expresión seria.

—Lo que sea, se acabó.

Respiré hondo e inhalé el fuerte olor a productos de limpieza, desinfectante y plástico. Incluso ahora, el olor de Clay se adhería a mi ropa y se abría paso entre los olores fuertes.

—No lo creo —dijo John, sacudiendo la cabeza—. En el peor de los casos, esto es solo una pequeña crisis de la que os reiréis en unos años.

—Hace apenas cinco minutos querías darle una paliza a Clay —comenté secamente.

—¿Querías qué? —June miró a John horrorizada, quien inmediatamente levantó las manos—. ¿Por qué vosotros, los hombres, siempre tenéis que pelearos?

—Solo lo pensé, ¿vale?

—¿Y ahora ya no lo haces?

—No.

—Entonces eres un idiota aún más grande de lo que pensaba —dije seriamente.

—Puede ser —dijo encogiéndose de hombros y agarrando el bote de helado con el que me estaba enfriando el hombro. Abrió el envase y empezó a comer cucharadas del tamaño familiar de *Ben&Jerry's*.

—Esta cosa está bastante buena —dijo mientras el helado de chocolate con brownies y sirope de caramelo se derretía en su boca. Tomó otra cucharada y la hizo volar hacia la boca de Callie haciendo ruidos de avión—. ¡Una cucharada grande para papá!

Negando con la cabeza, June se levantó y le quitó el bote de helado a mi hermano. —¡John Key, eres imposible!

June me devolvió el bote de helado y yo empecé a comerlo sin rodeos. No tenía hambre, pero era un reflejo que ya no podía reprimir.

—Si algo puede devolver el brillo a los ojos de mi hermanita, es la envidia por la comida.

June le lanzó miradas asesinas a John, pero ¿qué podía decir? Mi hermano tenía razón de alguna manera.

—¿Ves, cariño? Mi hermana está ahí sentada comiendo helado. Ahora es una de vuestras *sesiones de crisis de Ben&Jerry's* en las que yo no pinto nada.

A veces mi hermano era algo insensible, pero tenía el corazón en su sitio, y aunque resolvía los problemas de forma poco convencional, sorprendentemente a menudo tenía éxito.

—Bueno, voy a buscar al médico —dijo y desapareció.

—¿Me cuentas lo que te preocupa? —me preguntó June con una sonrisa amable.

—Se acabó —respondí brevemente y me metí otra cucharada de helado en la boca para aliviar el dolor. ¿Si comía rápido y suficiente, además de la congelación cerebral, habría algo como *congelación del corazón*?

—¿Hablamos de Clay o de la *Wild Horse Competition*?

—Hablamos de todo.

Dios, había llegado al punto más bajo en el que jamás había estado. Estaba sentada llorando y comiendo helado en una sala de emergencias y había perdido todo por lo que había luchado. Esta vez no invoqué otra desgracia desafiándola y afirmando que no podía ir peor. De hecho, había cambiado totalmente mi actitud al respecto. Mi nuevo lema era: *Siempre puede ir peor*.

—Pero ustedes se aman.

—Eso pensaba, pero ya no puedo lidiar con tanto secretismo.

—¿Tenía más secretos?

Me encogí de hombros e intenté parecer lo más indiferente posible para ocultar lo herida que realmente estaba. —No lo sé. Si me los hubiera contado, ya no serían secretos.

Admito que mi respuesta era más que vaga y se podía interpretar de muchas maneras, pero era exactamente lo que sentía. Había perdido mi perspectiva en todo este caos y ya no sabía qué hacer.

—¿Entonces crees que te mintió en algún momento? —Evidentemente, June también había perdido la perspectiva en mi mundo emocional, de lo contrario no me habría hecho una pregunta concreta de *sí o no*.

Pensé largamente sobre la pregunta. En realidad, nunca había tenido la sensación de que Clay me mintiera o no fuera sincero, ¡precisamente por eso su matrimonio oculto había sido como un puñetazo en la cara!

—Clay no es precisamente alguien que revele mucho de sí mismo.

—¿Pero te contó lo de Pam?

Asentí. —Sí. Le costó mucho superarlo, y tuve que insistir durante semanas, pero me lo contó todo... bueno, casi todo.

—¿Qué pasó? —preguntó June. No quería hablar de ello, pero June necesitaba una visión completa para poder juzgar mejor todo.

—No estuvieron casados mucho tiempo, fue una acción espontánea. Y en su última monta, los pilló a ella y a otro jinete juntos.

Me tomó un tiempo entrar en detalles, pero June me dio el tiempo necesario y escuchó atentamente hasta que me quitó el bote de helado y comió los restos que le había dejado.

—A mí me suena como si hubiera superado eso.

—¿El rodeo?

—No, eso solo lo cree él. Pero escucha a una experta cuando te digo que nunca se puede superar completamente las cosas que amas. Clay ha superado lo de Pam.

—¿De verdad lo crees?

—Sí. Incluso sin conocer la historia, basta con ver cómo te mira.

—¡Pero me ocultó su matrimonio!

—Yo le oculté a John que durante unos meses en mi época en Nueva York fui vegana experimental porque pensé que me haría bien. ¿Eso me convierte en una mala persona?

—¿Estás comparando el matrimonio oculto de Clay con una dieta?

No quería, pero June me había hecho reír.

—Sí, porque pensé que no era importante mencionarlo. Al igual que Clay no mencionó nada de su matrimonio porque no significa nada para él.

Posiblemente, pero tal vez no.

—Deberías perdonarlo. Así también se resolvería el problema con la competición.

Lo amaba, con todo mi corazón, pero el miedo a volver a ser herida de esa manera prevalecía.

—No puedo, June. Simplemente no puedo. Y para la competición encontraremos otra solución.

Ah, ¿a quién quería engañar? Era una fracasada total. No solo había perdido a Clay —que seguramente no me querría de vuelta después de mi comportamiento— sino que también había echado a perder el futuro de Cloud.

En resumen, podía decir que en un instante había destruido mi relación, mi competición y mi vida, ¡y de manera irreversible!

¿Cómo podría volver a mirarme a mí misma a los ojos alguna vez?

Capítulo 25 – Clay

Furioso, cerré el puño y golpeé el tronco macizo del fresno texano, que injustamente recibió mi ira solo por estar ahí.

¡Qué día de mierda tan jodido! No solo mi ex me había encontrado —otra vez—, sino que Elena se había lastimado por su culpa. No tenía idea de cómo estaba.

Suspirando, froté mis nudillos raspados, que hoy, al igual que el fresno, habían recibido varios golpes. Normalmente me bastaba con disparar a unas latas hasta que mi ira se disipara, pero incluso después de docenas de cargadores, aún había esta furia incontrolable en mí que simplemente no desaparecía. Todos mis pensamientos giraban en torno a Elena y al hecho de que la había perdido.

Maldita sea, no quería hacer nada más en el mundo que declararle mi amor, una y otra vez, hasta que todas sus dudas desaparecieran. Quería abrazarla y consolarla de todas sus lágrimas. Y quería ser el hombre que merecía tener a su lado.

Pero no hice nada de eso. Amaba lo suficiente a Elena como para dejarla ir, porque eso era lo que ella quería.

Se había acabado, terminado y de manera definitiva, Elena lo había dejado claro de una vez por todas. ¿Y por qué? ¡Por un maldito detalle, una formalidad escrita en un pedazo de papel que para mí no tenía ningún significado!

Y cuanto más lo pensaba, más claro me quedaba que Pam nunca había significado nada para mí. En lo profundo de mi subconsciente, había sentido qué tipo de persona era, tal vez por eso había mencionado tan poco nuestro matrimonio, incluso cuando aún estábamos juntos.

Me hubiera encantado hacer pedazos a mi ex en el aire porque no me dejaba en paz ni siquiera años después de su infidelidad. Esperaba haberla ahuyentado de verdad esta vez. No era una persona que deseara el mal a otros, pero a ella le deseaba un karma duro e implacable.

Me dejé caer en el tronco caído, aparté el cañón de mi rifle de caza y saqué una botella de cerveza de la nevera portátil.

Para colmo de males, probablemente porque el destino no me había visto sufrir lo suficiente, vi en el horizonte la camioneta del hermano mayor de Elena. No tenía absolutamente ningún deseo de ver a otras personas, pero por otro lado, casi esperaba que viniera a pelear, porque una buena pelea era exactamente lo que necesitaba en ese momento. John parecía ser capaz de dar y recibir golpes, al igual que yo; nuestra ira definitivamente se vería satisfecha.

—Eres condenadamente difícil de encontrar —dijo John cuando salió de su vehículo y se acercó a mí.

—¿Qué puedo decir? Años de práctica para mantener la paz lejos de mi loca ex.

—Ella está realmente loca —me respondió—. Hombre, la has cagado de verdad.

—A quién se lo dices —gruñí y me puse de pie—. ¿Has venido a darme una paliza?

John me miró de arriba a abajo. —Al principio quería hacerlo, sí.

Ya casi era una tradición que John viniera a Oakland para tener una pelea conmigo, pero luego cambiara de opinión. Qué lástima.

—¿Entonces por qué estás aquí?

—Solo quería decir que Elena está bien, dadas las circunstancias. Pensé que tal vez querrías saberlo.

—Gracias. —Apreciaba que no me dejara en la ignorancia. Pero me preguntaba cuánto sabía John realmente. Si conociera toda la historia, ¿seguiría haciendo de mensajero?

—¿Qué tan malo es?

—¿Su caída o lo de ustedes?

—Ambos.

—Bueno, sobrevivirá a la caída. Su hombro está magullado, su clavícula fracturada y su orgullo seriamente dañado, pero tuvo suerte dentro de la mala suerte. Pero lo de ustedes, no sé, se ve bastante mal, si me preguntas.

John no tuvo consideración por mis sentimientos al dar su honesta evaluación.

—¿Cerveza? —pregunté, sacando una botella de la nevera.

—Claro. —John me quitó la botella, la abrió y se sentó a mi lado en el tronco.

—¿Qué pasará con Siete? —pregunté. Debo admitir que me había encariñado con el caballo salvaje de Elena tanto como ella.

—Elli participará en la competencia. —Al principio pensé que era una broma de mal gusto, pero casi me atraganté con mi cerveza cuando la expresión de John permaneció seria. Dios mío, Elena realmente necesitaba a alguien que la cuidara, de eso no había duda.

—¿Por qué no la disuadieron?

John negó con la cabeza, sonriendo. —¿Qué crees que hemos intentado? Incluso la abuela usó todos sus recursos, pero ya conoces a Elli, es terca como una mula y obstinada como un perro de caza.

—Y me odia —añadí, levantando metafóricamente mi botella en un brindis antes de beber.

—No lo hace —dijo John, encogiéndose de hombros.

—Ella misma lo dijo. Desearía que fuera diferente, pero difícilmente puedo culparla.

—Mujeres —gruñó John—. Las mujeres constantemente dicen cosas que no quieren decir, o quieren decir exactamente lo contrario de lo que dicen.

—O no.

—Exacto, ¿quién sabe?

Brindamos por el confuso género femenino, sin el cual los hombres no seríamos nada.

—Cuéntame tu versión —me pidió John—. Conozco el lado de la historia de Elena, pero aún no el tuyo.

—Supongo que ella describió bastante bien la situación. Elena no es una persona que tienda a exagerar.

—Es cierto, no lo es, pero a veces se toma las cosas demasiado a pecho. Y a veces se lanza de cabeza contra las paredes sin saber qué quiere encontrar al otro lado.

Yo no era un hombre de grandes palabras, y ciertamente no hablaba de mis sentimientos a menos que fuera absolutamente necesario, pero parecía que tenía que hacerlo.

—En realidad, no hay mucho que decir. No le conté a Elena que aún estaba casado porque ya no lo estoy, solo en papel. Peggy Sue lo ve diferente, pero su opinión ya no me importa. Amo a Elena, pero ella me odia. Fin de la historia.

—¿Y vas a dejar que ese sea el final así sin más? —John parecía horrorizado. Probablemente pensaba que me había rendido demasiado rápido, pero ¿qué podía decir? Había herido profundamente a Elena, y no podría soportar ver esa herida que nunca sanaría por completo.

—Por supuesto que no, pero es mejor así.

—¿Mejor para quién?

—Para Elena.

—Dios mío, nunca pensé que diría estas palabras, pero puedes creerme que Elli está mejor contigo que sin ti.

—No estoy tan seguro de eso. —Malhumorado, recogí una rama y la partí una y otra vez hasta que la rompí en docenas de pequeños pedazos. Más o menos así se sentía el desastre de mi corazón.

—Elli nunca se ha levantado antes de las nueve en toda su vida, y cuando lo hacía, tenía el peor humor del mundo, y desde que trabaja contigo en Cloud, busca mucho menos peleas.

—Eso no significa nada.

—Tal vez no, pero Elli literalmente resplandece desde que os conocisteis. Cada día que volvía a casa desde Oakland, brillaba como nunca antes. La haces feliz, lo quieras o no.

—Y ahora es tremendamente infeliz.

—Pero no por ti, sino por la loca de Pam.

Mi ex tenía un verdadero talento para ponerme en situaciones que me rompían el corazón, eso tenía que reconocérselo.

—Hablando de ella, ¿dijo algo más antes de desaparecer?

John negó con la cabeza. —No, le entregó el sobre a June y se fue conduciendo. ¿Por qué? ¿Qué había en el sobre?

—Ni idea —respondí encogiéndome de hombros. El sobre estaba cerrado en el asiento del copiloto de mi coche. No tenía ganas de leer sus excusas y evasivas que probablemente había puesto por escrito.

—Deberías abrirlo.

—Ni hablar.

—¿Quieres que te dé una paliza después de todo? ¡Deja de ser un maldito gruñón y reconquista el corazón de mi hermana pequeña de una vez!

—¿Y qué tiene que ver el sobre con eso?

—Mientras esté sin abrir, no puedes cerrar el capítulo, así de simple. Solo puedes abrir una nueva puerta si cierras la anterior primero.

—Buen refrán de calendario —gruñí malhumorado, aunque mi futuro cuñado tenía razón.

—Sí, June tiene ese estúpido calendario de una frase al día. Nunca pensé que alguna vez pudiera ser realmente útil.

Le di una palmada de agradecimiento en el hombro a John por expresar en voz alta lo que realmente sentía. Él creía que podía reconquistar a Elena, y no había nada que anhelara más.

—¿Entonces crees que puedo recuperar a Elena?

—Nunca he dicho eso. —John se levantó y bebió los últimos tragos de su cerveza—. Pero creo que deberías intentarlo, porque estáis hechos el uno para el otro. Cualquier idiota puede verlo.

—Tienes razón.

—Una frase que escucho muy pocas veces —dijo John sonriendo, antes de devolver su cerveza vacía a la nevera portátil.

—Amo a Elena más que a nada en el mundo, ¡y maldita sea, se lo voy a demostrar!

—¡Esa es la actitud correcta!

—¿Cómo lo hago mejor? ¿Algún plan o idea?

John se encogió de hombros. —No tengo ni idea.

—¿Qué hay del rodeo? —pregunté—. ¿Hay algún jinete de reemplazo?

—No, y no es fácil encontrar uno tan rápido —dijo John—. Aunque podría ser que te eche del lugar después.

Hice un gesto de desdén.

—Incluso si Elena me echa del lugar, al menos podríamos demostrar que Siete es un proyecto piloto exitoso. Elena ama a estos caballos salvajes, y le debo salvarlos.

—¿Tienes algún plan específico?

—Sí, pero primero tengo que cerrar viejas puertas —dije y me dirigí al coche. El sobre pesaba como plomo, y me hubiera encantado quemar el papel, pero quería cerrar de golpe la puerta de mi pasado, no solo dejarla entreabierta, así que abrí la carta y saqué un montón de papeles.

—Maldita sea —murmuré cuando vi de qué se trataba.

—¿Qué pasa? ¿Amenazas de muerte? ¿O peor aún, poemas de amor?

Negué con la cabeza. —Son los papeles del divorcio firmados.

Con esto, había cerrado definitivamente y de una vez por todas la puerta de mi pasado. Ahora nada se interponía en mi futuro con Elena, si ella me lo permitía. Si Elena me dejaba, pondría el mundo a sus pies. Si mi plan funcionaba —y por Dios que lo haría— Elena sería la mujer con la que pasaría mi vida.

Miré a John. —Bien, el plan es el siguiente...

Capítulo 26 – Elli

De alguna manera, me había imaginado el día de hoy de forma diferente...

Dejé vagar mi mirada crítica por la arena, que estaba dividida en varias áreas de diferentes tamaños por vallas transportables, mientras Cloud trotaba alegremente a mi lado. En las gradas, que rodeaban casi toda la pista como un anfiteatro, ya se estaban acomodando los primeros espectadores para asegurarse los mejores asientos. June me saludó desde lejos, y le devolví el saludo con un gesto cuidadoso, pues todo mi cuerpo no era más que un cúmulo de dolor. Cuando mi mirada se deslizó por la zona de entrada, hubiera jurado que vi los rizos rubios de mi hermana mayor, pero eso era imposible. Ella vivía en Nueva York. Cielos, estaba tan confundida que me estaba imaginando cosas. ¿Quizás me había golpeado la cabeza más fuerte de lo que pensaba? Desafortunadamente, también había reconocido a Chad entre la multitud, quien, aunque afortunadamente estaba absorto en una conversación con su tío, no era una alucinación. Chad y sus estúpidos piropos eran lo último que necesitaba ahora.

Aquí y allá, los jinetes trotaban por el recinto para calentar a sus caballos antes de que comenzara la *Wild Horse Competition*. Para mi alivio, reconocí a algunos de los participantes y, por lo que parecía, tenían bien controlados a sus caballos. Sin embargo, esto no disminuía en absoluto la presión por rendir bien y el miedo a que mi proyecto del corazón saliera mal y que lo peor les esperara a los caballos salvajes restantes.

Cloud seguía la colorida actividad con las orejas erguidas. Mi caballo salvaje estaba tan lleno de energía que apenas podía contenerlo. Le di unas palmaditas en el cuello e intenté convencerme de que era una buena señal. Existía una posibilidad no precisamente pequeña de que Cloud quisiera jugar a ser un caballo de rodeo tan pronto como me subiera a la silla.

Pero cuando vi que Clay hacía ademán de acercarse y su mirada se clavaba en mi cuerpo, cambié de opinión y me monté en la silla de Cloud, porque la huida a caballo parecía mucho más efectiva. Reprimí un grito de dolor y necesité unos segundos porque el ardor y la punzada eran tan fuertes que me nublaban los sentidos. Con alivio, constaté que Cloud se quedó quieto obedientemente y escarbaba con los cascos expectante. Apenas podía esperar para recorrer todo el circuito porque al final le esperaba un rodeo.

Mi corazón dolía solo de pensar en lo decepcionada que estaría Cloud conmigo cuando al final no hubiera rodeo. Sin rodeo. Sin Clay. Sin éxito, incluso si dominábamos el recorrido con distinción. En otras circunstancias, simplemente me habría lanzado a la silla de rodeo, pero con mi hombro destrozado apenas podía mirar hacia adelante.

—Realmente espero que puedas perdonarme —susurré y suspiré fuertemente. Luego dejé que Cloud trotara por el recinto a su antojo, mientras unos robustos vaqueros montaban el circuito.

Cuando vi a Chad al borde de las gradas, acercándose cada vez más, tomé las riendas —lo cual no era nada fácil con una sola mano— y dirigí a Cloud en la dirección opuesta. Desafortunadamente, eso no impidió que Chad se apretujara por la fila inferior para perseguirme.

—¡Elli! —gritó, pero lo ignoré lo mejor que pude—. ¡Elli! ¡Aquí!

No sirvió de nada, Chad se acercaba cada vez más, y pronto me alcanzó porque el área para calentar a los caballos era simplemente demasiado pequeña para esconderse para siempre.

—¡Elli! ¿No me has oído?

—Hola Chad, lo siento, debe ser la emoción —mentí, porque no se trataba de emoción, sino de aversión. Pero ¿qué podía decir? Simplemente no era lo suficientemente mala como para decírselo a Chad a la cara.

—Comprensible. ¿Duele mucho? —preguntó, señalando mi brazo.

—Bueno, agradable no es.

—Claro, lógico. Oye, ¿te apetece ir a comer algo conmigo después de la competición?

Su pregunta me sorprendió y fruncí el ceño. —¿Por qué?

—Bueno, como ya no estás con Clay, pensé...

—¿Cómo sabes eso? —pregunté conmocionada, porque no esperaba que mi ruptura se difundiera tan rápido. De hecho, ni siquiera nuestra relación había sido parte del cotilleo habitual del pueblo.

—Simplemente lo sé.

Al principio sospeché de mi abuela, a quien quizás se le había escapado algo con Dotty, pero cuando se trataba de sentimientos heridos, mi abuela siempre guardaba silencio como una tumba. Entonces me cayó la ficha.

—¿Cómo sabías el nombre completo de Pam? —pregunté, aunque ya conocía la respuesta.

—La busqué en Google, ¿vale?

—Y luego, cuando te enteraste de que estaba aquí, simplemente fuiste a verla y le dijiste dónde vivía Clay, ¿verdad?

—Puedo explicarlo. —Chad se rascó la cabeza mientras buscaba excusas.

—¿Ah, sí? ¡Realmente estoy ansiosa por escuchar esa explicación! ¿Sabes qué? Mi hombro me duele horrores y con cada respiración siento que mi clavícula se parte en dos. ¿Y sabes qué? ¡Tú tienes la culpa de que me cayera de Cloud! ¡Si no hubiera sido por ti, nada de esto habría pasado! ¿Por qué lo hiciste?

—¡Porque él te mintió! Me gustas mucho, Elli.

—No, la mentira solo te vino bien. Causaste todo este caos solo porque me querías para ti, pero ya te he dejado bastante claro varias veces que no hay nada entre nosotros y nunca lo habrá, ¿entendido?

Cielos, Chad se me pegaba como una lapa y no podía hacer nada al respecto, quisiera o no. Sin una orden de alejamiento que le prohibiera acercarse a menos de cincuenta metros de mí, nunca me libraría de él.

Me quedé pálida como un papel ante la revelación. ¡Chad era Pam! Bueno, por supuesto que no eran la misma persona, pero Clay estaba lidiando con su ex de la misma manera que yo con Chad, probablemente incluso peor, porque ellos tenían más en común que solo media noche en un pub.

—¡Déjame en paz de una vez! —le espeté.

—¡Pero si ni siquiera me conoces!

—Claro que te conozco lo suficiente para saber que eres un completo idiota que debería mantenerse alejado de mí.

—¡No seas así! —Chad realmente no sabía cuándo parar. Mientras sacudía la cabeza, noté a John al otro lado del pasillo haciéndome señas. Acepté su oferta con gusto.

—¿No tuviste suficiente con la paliza de Clay? ¿Quieres que también mande a mi hermano mayor a por ti?

John nos miró seriamente y cruzó los brazos de manera que sus anchos hombros parecían aún más anchos y amenazantes, una advertencia para Chad, quien optó por retirarse.

—¡Desaparece de mi vida, o mejor aún, desaparece completamente de Merryville! —le grité mientras se iba, luego troté hacia mi hermano.

Sí, definitivamente había exagerado con Clay, tanto que me preguntaba si tal vez él tenía una buena explicación con la que yo pudiera vivir.

—¿Todo bien? —me preguntó John preocupado.

—Sí, todo super-duper-bien.

—Cuando dices *todo-super-duper-bien*, significa algo así como: *El mundo se está acabando*.

Mi hermano mayor me conocía bien. —Podría ser.

—¿Y por qué se está acabando? —John acarició el cuello de Cloud mientras me miraba.

—Tal vez exageré un poco.

—¿De qué estamos hablando exactamente?

Miré a John con seriedad. —Sabes perfectamente de qué estoy hablando, o mejor dicho, ¡de quién!

—Ayer estabas completamente convencida de que nunca querías volver a verlo. ¿Qué ha cambiado? —Aunque John preguntaba, no parecía muy sorprendido.

—No le di la oportunidad de explicarse en absoluto.

Dios, me sentía tan tonta por haber actuado tan precipitadamente, eso no era propio de mí.

—Estoy seguro de que él lo entenderá.

—¿Y si no? ¿O qué pasa si no entiendo sus razones?

John negó con la cabeza. —Créeme, él te entenderá, así como tú lo entenderás a él.

Suspiré. —No tengo idea si siquiera quiere hablar conmigo.

—¿Por qué no lo llamas y le preguntas si vendrá?

—¿Estás loco? Si dice que *no*, puedo olvidarme por completo de la competencia.

Sí, era injusto, porque Clay había trabajado tan duro con Cloud como yo, pero si nuestra conversación salía mal, ya no sería capaz de participar en la competencia con Cloud, ni de broma. Podía lidiar con moretones y contusiones, pero no con el rechazo.

—Te preocupas demasiado, Elli.

—Soy una mujer, preocuparse demasiado viene de serie.

John me sonrió. —Es posible.

—¿Y si Clay no puede perdonarme? Yo también cometí errores, errores graves incluso, por cómo lo traté... ¿qué pasa si no podemos vivir con los errores de nuestro pasado?

—Para poder abrir una nueva puerta, primero hay que cerrar la antigua. Pero estoy seguro de que ambos pueden hacerlo.

—Vaya, no esperaba tanta sabiduría de ti —dije con aprecio.

—Bueno, a veces tu idiota hermano mayor tiene un buen consejo a mano.

Me dio una palmada alentadora en el muslo, lo que causó un tsunami de dolor hasta las puntas del cabello, pero sonreí valientemente.

—Y si puedo darte otro consejo: cuando Clay empiece a hablar, simplemente escúchalo, ¿de acuerdo?

Examiné a mi hermano detenidamente.

—Suena como si tuvieras información privilegiada.

—¿Yo? Sabes que ayer todavía quería darle una paliza a Clay.

—Hmm, también es cierto.

Los preparativos habían terminado y las gradas estaban llenas hasta el último asiento. A través del sistema de altavoces, el padre de Rachel anunció que el primer participante comenzaría en diez minutos. Como el recorrido se realizaba según los números de los caballos salvajes, nosotros íbamos séptimos.

Caminamos juntos hacia la salida para despejar la pista de equitación y buscamos un buen lugar para que pudiera observar bien a mis competidores. Les deseé suerte a todos y cada uno de ellos, porque cada recorrido exitoso aumentaba las posibilidades de que todos los caballos salvajes pudieran ser salvados.

—Bueno, me voy a las gradas con June. Mucha suerte, hermanita.

—¡Gracias! Y si pasas por el puesto de Betty de camino...

—Te conseguiré un perrito caliente con extra de cebolla frita, pepinillos y doble de salsa, sin mostaza —completó mi hermano sonriendo. Hasta hace un momento no había tenido apetito porque el mal de amores me había afectado el estómago, pero la perspectiva de que mi relación con Clay quizás no estuviera completamente en ruinas me hizo sentir bien.

—¡Ah, por cierto! —le grité a John, que ya se estaba retirando—. Antes pensé que había visto a Sophia. Loco, ¿no?

—Sí, bastante loco —respondió John mientras se alejaba.

Justo cuando mi pulso comenzaba a calmarse, Rachel marchó decididamente hacia mí. Su cola de caballo, atada con firmeza, se balanceaba con cada paso, mientras su *tablilla de soy-tan-importante* parecía pegada a su brazo como si fueran una sola cosa.

—Hola Rachel, ¿qué pasa?

—Ha habido un cambio en el programa, así que tú y Cloud serán las últimas en salir a la pista. Bastante caótico, lo sé, pero los organizadores estuvieron de acuerdo, por la razón que sea —dijo Rachel encogiéndose de hombros.

¿Ahora éramos las últimas? ¡Cielos, estaba al borde de un infarto! Ya me había costado ser la séptima participante en recorrer el circuito, pero ¿la última? No era una buena señal.

—Vale, por mí está bien —respondí con toda la indiferencia que pude fingir.

—¿Y realmente quieres competir tú misma? —Rachel miró mi cabestrillo—. Todos entenderíamos si te retiras hoy. —Parecía preocupada, pero pude ver claramente la satisfacción maliciosa detrás de su fachada de inquietud.

—Está bien. Esta competición es importante, y hemos practicado tanto que sería injusto si Cloud no pudiera mostrar todo lo que puede hacer.

—¡Estoy segura de que será una gran presentación!

Rachel miró expectante a Cloud. Sí, sin duda, Rachel conocía perfectamente el gran talento de Cloud para el rodeo, pero lo que no sabía era que Clay me había preparado perfectamente... de alguna manera.

Oh, Clay. Lo echaba mucho de menos, pero tenía que dejar mis sentimientos a un lado. Si ahora se sumaba el dolor del corazón al dolor del hombro, sin duda perdería la cabeza. Una persona solo puede soportar hasta cierto punto, y justo ahora tenía que mantenerme fuerte por los inocentes caballos salvajes y el futuro de Cloud.

—Bueno, voy a informar a los otros participantes sobre el cambio en el programa, ¡al fin y al cabo, estamos a punto de empezar!

—Adelante —le grité mientras ya se dirigía al siguiente grupo.

Miré a los fieles ojos oscuros de Cloud y tomé una decisión.

—Vamos a demostrarle a esa pequeña arpía que su superficialidad es estúpida, ¿de acuerdo? —Cloud resopló, lo que interpreté como un *sí*—. Bien.

Rachel Pearson había despertado mi ira, y me aferré a ella porque era lo que menos dolía en ese momento.

Hoy se verá lo fuertes que somos realmente.

Capítulo 27 – Clay

Inquieto, observé desde mi oscuro lugar en el borde cómo Elena trotaba hacia la plaza. Por fuera, parecía tranquila, concentrada y profesional como siempre, pero vi su inseguridad a primera vista. Con gestos hábiles, intentaba ocultar su mano temblorosa, y con una sonrisa disimulaba su miedo.

Deseaba poder ayudarla, pero esta parte del recorrido tenía que superarla sola. Elena no lo sabía, pero su final sería enorme. Yo y la mitad de su familia —una mitad bastante grande— ya nos habíamos encargado de eso. Elena tendría el final que merecía.

—¿Café? —preguntó June, poniéndome un vaso caliente para llevar en la mano.

—No sé si es buena idea. Mi pulso ya está por las nubes.

—El café es *siempre* una buena idea —dijo June sonriendo y tomando un gran sorbo—. Créeme, cuando estás embarazada y no puedes tomar café, después no dejas pasar ninguna oportunidad.

—La probabilidad de que yo quede embarazado es bastante baja.

—¿Cuántas veces crees que John pudo tomar café? —June sonrió con complicidad mientras saludaba con la mano a la abuela de Elena, que llevaba a Callie en brazos. Nunca antes había pensado si Elena y yo tendríamos un hijo tarde o temprano. Pero antes de romperme la cabeza con la planificación familiar, primero tenía que recuperar a Elena.

Juntos, seguimos con miradas fascinadas cómo completaba el recorrido. Sieben debía tener una conciencia muy culpable por la caída de Elena, porque nunca había visto al caballo salvaje tan concentrado. Incluso me atrevería a decir que ni siquiera Supernova y yo habríamos logrado un mejor tiempo al abrir y cerrar la puerta, con ambas manos.

—Todo saldrá bien —me animó June cuando me oyó suspirar.

—¿Qué te hace estar tan segura?

—Porque el amor verdadero siempre tiene su final feliz.

—Eso espero.

Elena y Sieben dominaron el recorrido de manera excelente y sin errores. Estaba casi seguro de que ya tenía la victoria en el bolsillo, pero aun así ayudé un poco, solo para asegurarme de que Elena tuviera la oportunidad de salvar a sus caballos salvajes.

Dios mío, cuando Elena miró a los ojos negros como botones de su caballo salvaje, que se dio cuenta de que no habría rodeo de nuevo, sentí una punzada en el corazón. Realmente deseaba poder deshacer el día de ayer. Si le hubiera contado a Elena sobre mi ex esposa desde el principio, nada de esto habría sucedido y Elena no habría sufrido esa terrible caída.

A través del altavoz, el comentarista, que se había presentado al principio como Chuck, comenzó a resumir la actuación de Elena, mientras el jurado juntaba sus cabezas para la puntuación.

—¿Lista? —le pregunté a June.

—¡Más que lista! ¡Secuestremos la actuación de Elli y hagámosla inolvidable! —Riendo emocionada, le hizo una señal a John, que estaba al otro lado de la valla. Inmediatamente, él y sus hermanos irrumpieron en el escenario para montar nuestro improvisado ruedo de rodeo en cuestión de segundos.

Elena, que todavía estaba en la silla, intentó primero con gestos discretos, luego cada vez más evidentes, cancelar su actuación, porque para ella la parte del rodeo ya era historia. Bueno, en realidad yo era bastante malo para terminar las cosas, pero le debía a Elena el cierre de este proyecto.

Mientras un murmullo de excitación recorría el público, el comentarista también estaba sorprendido por lo que sucedía en la pista. Por miedo a que el rodeo fuera impedido, no había informado a nadie más. Solo había aumentado las posibilidades de tolerancia poniendo a Elena al final de la lista. Tanto caos solo funcionaba como un gran final, eso era seguro.

Respiré profundamente, luego me acerqué al comentarista, que de todos modos no sabía qué decir, le quité el micrófono y me eché al hombro la cincha que Sieben necesitaría pronto.

—Disculpen el pequeño cambio de programa, pero aún no se ha dicho todo lo que debería decirse sobre la *Wild Horse Competition* —empecé a contar mientras caminaba hacia el centro de la pista donde estaba Elena.

—Para todos los que aún no me conocen, soy Clay Kennedy y tuve el honor de trabajar con... —Me detuve un momento—. Tuve el honor de trabajar con Elli Key. —Elena me miró atónita porque era la primera vez que la llamaba por su apodo desde que nos conocíamos. Tiempos extraordinarios requieren medidas extraordinarias.

—¡Realmente es Clay Kennedy!

El público se puso bastante ruidoso, y ni siquiera intenté calmar a la multitud, sino que metí el micrófono en el bolsillo trasero de mis pantalones y le puse la cincha a Sieben sin apretarla, para no enviar señales equivocadas.

—Clay, ¿qué estás haciendo? —susurró Elena en voz baja para que el micrófono no captara nada.

—¿A qué te parece que se parece?

—¡A algo bastante estúpido!

—Incorrecto, estoy salvando tu competición, y después voy a reconquistar tu corazón.

Elena sacudió la cabeza incrédula, pero no dijo nada más.

—Por cierto, ya no estoy casado.

Todo este tiempo había estado pensando desesperadamente cuál sería el momento perfecto para decírselo a Elena, pero en situaciones como esta no hay un momento perfecto, así que lo dije sin rodeos.

—¿Qué?

—Peggy Sue finalmente firmó los papeles del divorcio que mis abogados han estado persiguiendo durante años.

—¿Entonces se ha ido?

—Al diablo, sí.

—Clay, yo...

—Ahora no.

Sacudí la cabeza para interrumpir a Elena. Primero tenía que superar el rodeo, pero no podía hacerlo si Elena no podía perdonarme. Lo único a lo que podía aferrarme en este momento era a mi esperanza de que Elena pudiera perdonarme algún día.

—¡Sí, ahora! —protestó ella.

—No. Y ahora bájate de *Widow Maker*.

—¡Clay!

—Terminemos con el rodeo, ¿de acuerdo?

—Para Cloud —dijo Elena en voz baja—. Pero te apedrearé junto con el público si la llamas *Widow Maker*. En serio. —Después de lanzarme más miradas mortalmente serias, sacó sus botas de los estribos y la ayudé a desmontar. Me entregó las riendas y se dispuso a desaparecer de escena, pero le sujeté la mano y la obligué a quedarse quieta.

—No llevo mucho tiempo viviendo en Merryville, pero he aprendido una cosa: es mejor no meterse con las mujeres Key. —Los gritos y silbidos de aprobación fueron la mejor prueba de que había idiotas insensatos que habían creído lo contrario; yo había sido uno de ellos—. Ayer, Elli se dislocó el hombro y se fracturó la clavícula al intentar saltar un obstáculo.

—¡Logramos el salto! —protestó Elena lo suficientemente alto como para que el micrófono lo captara y lo transmitiera al público, que inmediatamente sonrió. Tuve que reprimir mi sonrisa porque no encajaba con las serias palabras que tenía que decir.

—¡Cielos, Clay, no puedo creer que me estés haciendo esto! —murmuró ella, enterrando su rostro entre sus manos.

—Tienes que aguantarlo, cariño —respondí, luego me dirigí de nuevo al público.

—Elli Key se subió a un caballo con huesos rotos, un caballo que hace un mes aún se consideraba indomable. Algunos podrían llamarla temeraria o suicida. Pero yo veo en ello la prueba de lo en serio que se toma la *Wild Horse Competition* y la vida de los caballos salvajes. —Siguió un largo aplauso que hizo sonrojar las mejillas de Elena. Me encantaba la modestia de Elena cuando no estaba en curso de colisión, algo que, por cierto, tampoco desconocía.

—Elli ha demostrado hoy que en pocas semanas ha convertido a un caballo salvaje en un caballo de rancho útil, pero lo más importante, en un amigo. Sin embargo, lo que os demostrará ahora es mucho más importante. Ha convencido a un auténtico caballo de rodeo para que recorra este circuito en el mejor tiempo, con una sola mano.

Aplausos contenidos se mezclaron con los gritos de protesta de algunos vaqueros. En realidad, esperaba más resistencia, pero la reputación de Elena y la mía parecían convencer a algunos de la verdad incluso sin una demostración.

—Sé que suena una locura, yo también pensé al principio que era una idea descabellada, pero os juro por lo más sagrado que su pequeño caballo salvaje es un auténtico caballo de rodeo que se ha dejado domar. —Debido a todos los gritos intermedios, tuve que hacer pausas cortas una y otra vez—. Elli es condenadamente valiente, para ser exactos, es la chica más valiente que he conocido jamás. Participa en una competición porque quiere salvar a los caballos salvajes, y aunque hay reglas y directrices claras, decide correr un alto riesgo porque también piensa en *su* caballo salvaje. No sé cómo ha conseguido convencer a Sieben, pero os garantizo que nunca me ha tirado un caballo de rodeo tan salvaje.

Dejé que el público se calmara de nuevo, durante ese tiempo Elena agarró el micrófono para decir algo ella misma.

—Quien me conoce sabe que a menudo tengo ideas muy poco convencionales, y el entrenamiento de Cloud fue definitivamente poco convencional, pero ha valido la pena. —Su mirada se deslizó hacia el jurado, que aún no había entendido del todo lo que estábamos haciendo—. No quiero decir que esta competición esté mal, porque no lo está. ¡Es una verdadera oportunidad para los caballos salvajes, a los que no podemos simplemente abandonar a su suerte! Solo quiero sugerir que la *Wild Horse Competition* podría ser un poco más diversa.

Agradecí que el público exigiera pruebas a gritos, porque nadie en Merryville, probablemente en todo Texas, había visto jamás un caballo de rodeo que pudiera montarse sin problemas.

—¿Queréis pruebas? ¡Maldita sea, os prometo que no olvidaréis esta competición en toda vuestra vida!

Hice señas al presentador, que inmediatamente corrió hacia nosotros a través del pabellón.

—¿Has presentado alguna vez un rodeo? —pregunté.

—Hace ya un tiempo —admitió sonriendo—. Pero no tenéis nada mejor disponible ahora mismo.

Le di una palmada en el hombro a Chuck. —Gracias.

—¿Estás realmente seguro? —Elena susurró tan bajo que apenas pude oírla.

—Maldita sea, nunca he estado más seguro de algo.

Bueno, en realidad había una cosa, mi amor por Elena, pero primero tenía que enmendar mis acciones vergonzosas antes de poder pedir perdón.

Le di algunas instrucciones breves al presentador, luego Sieben trotó casi por sí solo hacia el cajón de salida.

—Ahora vamos a demostrarle a Elena lo importante que es para nosotros dos —le susurré al caballo salvaje antes de montar. John estaba al otro lado de la valla, esperando, al igual que Chuck, mi señal. Asentí al presentador, quien me anunció a la multitud rugiente.

—Un aplauso para Clay Kennedy, que montará a *Thundercloud of the seven seas*. Por cierto, una vez más, es el mismo caballo que hace unos segundos recorrió este circuito con el mejor tiempo.

Me había pasado una eternidad pensando en el nombre, pero era una mezcla perfecta de todos los juegos de palabras que teníamos para la yegua.

Aunque este rodeo ni siquiera era una competición, probablemente era la monta más importante de mi vida. Si fallaba ahora, también habría perdido a Elena. No me atreví a mirar a Elena una última vez a sus hermosos ojos esmeralda. En su lugar, cerré los ojos, respiré hondo y di la señal a todos los involucrados.

Los próximos ocho segundos decidirán el resto de mi vida.

Capítulo 28 – Elli

Me faltaban las palabras para describir lo que estaba sucediendo. Aunque el público en las gradas rugía, solo podía escuchar mi propio corazón. *Pum, pum, pum,* tan rápido como un caballo salvaje a todo galope. Clay había irrumpido en mi competencia y, aunque aún no había pedido perdón ni una sola vez, ya lo había perdonado. Estaba increíblemente agradecida con Clay por no haberse rendido cuando las cosas se pusieron difíciles, porque era consciente de una cosa: ya no podía vivir sin Clay. Clay era mi hogar.

Cloud pateaba el suelo con emoción mientras Clay buscaba una buena posición en la silla, luego levantó la mano y dio la señal. John ajustó la cincha y la puerta se abrió. Inmediatamente, Cloud salió disparada del cajón y se lanzó por la arena como una bestia enloquecida. El público jubiloso encendía aún más a Cloud, hoy mi caballo salvaje no se lo estaba poniendo nada fácil a Clay, pero él se mantenía firme en la silla y parecía que nunca tuviera intención de abandonarla.

Era como magia ver a Cloud recorrer la arena, especialmente cuando saltaba y aterrizaba con los cuatro cascos al mismo tiempo en la arena. En ese momento supe que todo el esfuerzo, las dudas y los miedos habían valido la pena, porque esto era lo que hacía feliz a mi caballo salvaje. ¿Y Clay? Clay parecía seguir siendo un campeón de rodeo.

John, que estaba al otro lado de la valla, animaba a Clay a gritos, y yo sonreí mientras Chuck, el comentarista, informaba atónito de lo que estábamos presenciando con nuestros propios ojos.

En algún momento, mucho después de la marca de los ocho segundos, Clay aprovechó un buen momento y saltó de la silla. Los aplausos no cesaban, incluso después de que Clay se girara agradecido en todas direcciones, pero el público no le interesaba, solo tenía ojos para mí.

Las orejas de Cloud se movían en todas direcciones mientras trotaba de vuelta al cajón de salida, exigiendo una segunda ronda. Llena de orgullo, por un momento olvidé mi dolor, me acerqué cojeando a Cloud y acaricié su pelaje blanco y brillante a través de la valla.

—¡Has estado increíble, Cloud! —Mi caballo salvaje resopló en señal de aprobación, luego miré a Clay—. Tú también has estado bastante bien.

—Esperemos a ver qué dice el jurado —respondió Clay.

—La modestia no te queda.

Clay intentó reprimir su sonrisa, pero no lo logró del todo. —Vale, tienes razón, este rodeo ha sido jodidamente bueno.

Cuando el micrófono chirrió, miramos expectantes a Chuck.

—*Thundercloud of the seven seas*, ¡este nombre lo escucharán mucho en el futuro, estoy mil por ciento seguro!

Una ovación atronadora, que Clay aprovechó para trepar por la valla para que pudiéramos hablar sin ser molestados, entre los cientos de invitados.

—¿Cómo está tu hombro?

—Duele como el infierno —respondí honestamente, porque de todos modos no podía ocultar nada a Clay. Me miró con compasión—. ¡Deja de mirarme así!

—¿Cómo quieres que te mire?

—Tal vez con una de esas miradas que dice: Es tu culpa, en realidad debería darte unas nalgadas por tu estúpida acción. O algo así.

—Lo siento mucho por no haberte contado toda la historia y por haberte roto el corazón. —Clay suspiró profundamente. Dios, nunca lo había visto tan arrepentido, aunque sobre Cloud parecía tan lleno de paz y felicidad.

—Sí, eso fue bastante mierda —dije pensativa, trazando surcos en la arena con mi bota—. Pero creo que ahora entiendo por qué no dijiste nada.

—¿Sí?

—Sí. No querías decir nada por miedo a que la puerta no estuviera completamente cerrada, ¿verdad?

Vale, en mi cabeza la frase sonaba mucho mejor y sobre todo más lógica, pero antes de que pudiera explicarme, Clay asintió.

—Correcto. Pero te juro por Dios y por todo lo que es sagrado para mí que esa puerta no solo está cerrada, sino que se ha quemado hasta los cimientos. Mi ex es historia, al igual que el resto de mi pasado. He abierto la siguiente puerta: tu puerta.

Admito que me desconcertó un poco que Clay entendiera la metáfora de la puerta.

—Curioso, John me dijo algo parecido. Creo que fue lo primero inteligente que ha dicho en años, además de la propuesta de matrimonio a June.

—Lo sacó de un calendario de citas —me explicó Clay. Inmediatamente fulminé con la mirada a mi hermano mayor. ¿Me había convencido con una nota adhesiva? Increíble.

—John es un idiota —resoplé, sacudiendo la cabeza.

—Pero funcionó —dijo Clay seriamente. Su mirada no dejaba dudas de que sabía exactamente lo que pasaba en mi interior. Bien, porque no quería tener secretos con él.

—Es cierto, funcionó —repetí sus palabras.

Clay me acercó con cuidado y me besó.

—Demonios, funcionó —murmuró—. Créeme, ¡no voy a dejarte ir por segunda vez!

—Eso espero —susurré, parpadeando para contener una lágrima de alegría.

—Por cierto, tu temerario rodeo de ayer también va a la lista de tus infracciones —gruñó Clay.

Hice un gesto con mi brazo sano. —Hasta que mi hombro esté bien, pasará una eternidad, para entonces ya habrás olvidado la lista.

—O se habrá vuelto tan larga que nunca podré dejarte ir.

—Me esforzaré.

Los ojos de Clay brillaron oscuros, y apenas podía esperar a que finalmente sacara su lista de infracciones. Luego su expresión se suavizó y sus ojos resplandecieron.

—Elena Key, me haces la persona más feliz del mundo.

—Tú también me haces feliz, Clay Kennedy.

Una vez más, me refugié en los brazos de Clay, deseando que nunca me soltara. Sus fuertes brazos eran mi fortaleza segura y su aroma mi hogar.

Chuck, quien apenas se podía entender a pesar del micrófono y los altavoces a todo volumen, anunció la ceremonia de premiación, ya que el jurado finalmente había llegado a un acuerdo después de una deliberación bastante larga.

Clay y mis hermanos retiraron juntos las vallas del rodeo improvisado, mientras yo agarraba a Cloud.

Aunque todos los demás participantes estaban montados en sus caballos, yo me quedé de pie en el suelo. Mi hombro no sobreviviría a subir al caballo por segunda vez en tan poco tiempo; el primer paseo ya había sido prácticamente un milagro.

Mientras aún reinaba el caos en el pabellón, John aprovechó la oportunidad y se acercó a mí.

—¿Todo bien de nuevo?

—Sí —dije—. Pero no puedes andar lanzando post-its por ahí, ¡es peligroso!

John se encogió de hombros. —¿Por qué? Funcionó, ¿no?

—Pero podría haber salido bastante mal —resoplé.

—Pero no fue así. Y ahora mejor agradéceme por haber salvado tu relación.

Puse mi mano en la cadera. —¿Estás loco? ¡Clay salvó nuestra relación!

—Un poco. Pero mi post-it desencadenó la avalancha, y no voy a renunciar a ese mérito.

—Eres increíble, hermanito.

—Tomaré eso como un gracias.

Sonriendo, mi hermano salió del pabellón, ya que para entonces todos los jinetes se habían reunido en la pista de equitación.

Clay también se había retirado, pero mi insistente saludo con la mano lo obligó a acercarse a mí.

—Esta es tu ceremonia de premiación —gruñó en voz baja.

—No, esta es *nuestra* ceremonia de premiación. Ambos trabajamos duro para que Cloud se convirtiera en un *bronco mimoso*.

—¿*Bronco mimoso*? —Clay arqueó una ceja interrogante—. *Thundercloud of the seven seas* no es un poni mimoso, sino un caballo de rodeo condenadamente duro.

—Claro —respondí sonriendo, mientras acariciaba a Cloud en su lugar favorito detrás de las orejas—. Por cierto, me gusta su nombre de rodeo.

Clay debió haber pasado horas pensando cómo meter todos nuestros juegos de palabras en el nombre de Cloud, hasta que fuera perfecto. Definitivamente podía identificarme con *Thundercloud of the seven seas*.

Chuck recibió un sobre del jurado y habló brevemente con el padre de Rachel, luego abrió el sobre y asintió satisfecho. Con gestos solemnes, se colocó justo frente a nosotros. Así tenía a todos los participantes y al público a la vista.

Cielos, estaba tan emocionada que apenas podía quedarme quieta. Mi corazón bombeaba tanta adrenalina por mi cuerpo que sentía que podría correr hasta Houston.

—En primer lugar, me gustaría anunciar que nuestro patrocinador, la familia Pearson, ha decidido duplicar los fondos de apoyo para la *Wild Horse Competition*, para poder hacer justicia a cada caballo.

Mientras los ensordecedores aplausos estallaban a mi alrededor, apenas podía creer lo que había escuchado.

—¿He entendido bien? —me oí decir con incredulidad.

Clay asintió. —Yo diría que has hecho el mundo un poco más justo.

¡Guau! En realidad, solo quería dar nuevas ideas para reflexionar, pero que se duplicaran los fondos de apoyo era increíble, porque significaba que podríamos salvar aún más caballos salvajes. Aunque me hubiera encantado acoger a cada caballo salvaje, me daba cuenta de que no tenía ni el espacio ni el tiempo para cientos de caballos. La única oportunidad para los animales era que los entrenadores trabajáramos juntos, y con tanto dinero ya no era un problema, porque ahora nuestro trabajo podría ser realmente pagado.

Chuck esperó hasta que el público se calmó antes de enumerar a los ganadores junto con sus mejores tiempos.

—En realidad, todos ustedes han ganado hoy, porque ¡han convertido un caballo salvaje en un caballo de monta apto en solo un mes! Pero lamentablemente solo puede haber un número uno, y creo que todos tenemos claro quién se merece este trofeo. —Chuck señaló a Rachel, que sostenía un gran trofeo dorado en sus manos y lo presentaba a la multitud con una sonrisa de pasta dental.

—El primer lugar es para Elli Key, ¡quien nos ha convencido de que incluso puede susurrar a los broncos!

Cuando empecé a hiperventilar, Clay me pellizcó el costado.

—Respira, Elena, respira.

—¡Elli!

—¿Hm?

—Pensé que ahora tú también me llamarías Elli.

—Hablaremos de eso en otro momento, Elena.

Su sonrisa sombría me dejó claro sin lugar a dudas que nunca volveríamos a hablar de eso, pero no me importaba. Cuando Clay pronunciaba mi nombre, lo encontraba hermoso, porque entonces me sentía deseable y atractiva.

Rachel se acercó radiante a nosotros para entregarme el trofeo.

—¡Felicidades! Debo admitir que realmente me han sorprendido. —Rachel, lo quisiera o no, parecía realmente impresionada, casi reverente. Deseé poder fotografiar su cara para June.

—Gracias, Rachel. Pero la parte difícil —el rodeo— la dominaron Clay y Cloud.

Clay me rodeó con sus brazos, me atrajo hacia él y me dio un beso en la frente. —La modestia tampoco te queda bien. Yo solo me mantuve en la silla, y Sieben hizo lo que le gusta hacer. Tú nos convenciste a ambos de que el trabajo en el rancho no es tan aburrido como pensábamos.

Rachel hizo una mueca amarga cuando Clay se acurrucó aún más cerca de mí. ¡Ahora realmente deseaba tener una foto!

—Bueno, voy a repartir los premios de consolación, nos vemos —se despidió Rachel apresuradamente y se fue como un rayo.

—Creo que eres el primero que ha avergonzado a Rachel Pearson —dije impresionada.

—También soy el primero que te ha avergonzado a ti.

—Eso es diferente.

—¿Ah, sí?

—¡Sí! Además, ahí no estoy *avergonzada*, solo disfruto en silencio.

—¿Y si ahora te echo sobre la silla y te doy una zurra en el trasero, lo disfrutarías en silencio?

Clay se divertía de nuevo a mi costa, al menos esperaba que estuviera bromeando.

Justo cuando los jinetes y el público estaban a punto de dispersarse, Clay tomó el micrófono de Chuck una vez más.

—Tengo que aclarar una cosa rápidamente. Esta monta no fue una participación en la competencia, ¿de acuerdo?

Hubo indignación y júbilo por igual cuando Clay aludió a la apuesta, en cuyo bote él mismo había depositado la increíble suma de quinientos dólares.

Suspirando ruidosamente, me di la vuelta y saqué a Cloud de la arena. Afuera nos recibieron todos los Keys que vivían en un radio de trescientos kilómetros. Toda mi familia me había deseado suerte, y sentí una calidez en el corazón, aunque faltaba un miembro importante de la familia: mi hermana. Al menos eso pensaba, porque estaba allí de pie, sonriendo ampliamente junto a John, que también sonreía.

—¿Sophia? —Miré a Clay—. Pellízcame otra vez, creo que estoy soñando.

—No, no lo estás. La llamé, le expliqué la situación, y ella se subió al primer avión y vino hasta aquí.

John me dio una palmada tan fuerte en el hombro sano que el izquierdo me dolió también. —Por si acaso eras tan tonta como para no perdonar a Clay, pensamos que necesitarías un verdadero respaldo.

Sophia examinó a Clay de arriba abajo. —Por suerte mi hermanita no es una idiota. A un tipo así no se le deja escapar.

Liam, el marido de Sophia, se aclaró la garganta, y Sophia le acarició el pecho para apaciguarlo. —¡Me refería a Elli! Elli no debería dejar escapar a un tipo así.

Después de salir de mi estado de shock, abracé a mi hermana, que miró con preocupación mi hombro.

—¿Te duele mucho?

Puse los ojos en blanco. —¿Por qué todo el mundo me pregunta siempre eso? Claro que duele, pero es simplemente el castigo por la estupidez de querer saltar un obstáculo con un potro bronco.

—¿Crees que un pastel de manzana casero sería una terapia adecuada para el dolor? —preguntó Sophia, mirándome con complicidad. Las mujeres Key éramos, después de todo, muy predecibles en muchos aspectos.

—Solo si después hay un tratamiento de seguimiento con Ben&Jerry's —respondí con aire profesional.

June aplaudió. —Bueno, chicos, ya la han oído, vamos al Sue's Diner.

—Y tú, por supuesto, no te opones, siendo tan desinteresada como eres, ¿eh? —preguntó John sonriendo.

—Si ayuda a Elli a olvidar su dolor por un momento, ¿no? —June sonrió ampliamente.

—Id vosotros a Sue, nosotros llevaremos rápidamente a Cloud al remolque y la llevaremos de vuelta a Oakland —dije y me detuve. Admito que no tenía ni idea de qué pasaría ahora con Cloud, pero una cosa era segura: este caballo salvaje se había metido tanto en mi corazón que ya no podía separarme de ella.

—De acuerdo, ¡hasta luego! Y entonces me contarás cada detalle de tu *competición* —exigió Sophia, a quien, por supuesto, ya le había enviado todos los detalles por correo electrónico docenas de veces—. Pero antes, ¡quiero mimar por fin a este pequeño y dulce ángel! —Extendió los brazos y esperó a que la abuela le entregara a Callie.

June se rió. —Con gusto te llamaré esta noche cuando el pequeño y dulce ángel no pueda dormir de nuevo.

Vi a mi familia alejarse con nostalgia y deseé que el tiempo simplemente se detuviera. Ahora todo era perfecto. Mi familia estaba aquí, todos eran felices y el cálido aliento de Cloud me hacía cosquillas en el cuello.

—¿Qué pasa? —preguntó Clay, al notar mi cambio de humor.

—¿Qué pasará con Cloud? No quiero separarme de ella, pero tampoco quiero que deje de ir a los rodeos.

—¿Quieres que te cuente un secreto?

Asentí, aunque ya estaba harta de secretos por el momento.

—Yo también le he cogido cariño a Sieben.

—¿Y qué haremos con ella?

—Nos aseguraremos de que Sieben tire a tantos vaqueros al día como quiera.

—¿Y cómo? —Miré a Clay con ojo crítico—. ¿Volverás a los rodeos?

Solo de pensar que Clay recorrería Texas y el resto de Estados Unidos para montar *viudas negras* y otras bestias, me daba vueltas la cabeza. No quería estar separada de él por miles de kilómetros, porque a diferencia de mi hermana mayor, yo no podía simplemente abandonar Red Rivers. Aquí estaba mi hogar y aquí me necesitaban, ahora que los caballos salvajes podían ser salvados.

—¡Diablos, no! Pero ya tengo una idea que seguro te gustará.

—¿Y cuál es?

—Te lo diré más tarde. Pero primero llevemos a Sieben de vuelta, hagamos una pequeña parada en mi dormitorio, y luego vayamos a comer pastel de manzana a lo de Sue.

—¡No puedes hacer eso!

—Sí puedo, y lo haré. El hecho de que estés un poco magullada no significa que no pueda torturarte en sentido metafórico.

—¡Eres un monstruo!

—Yo también te amo, Elena.

—Y yo te amo a ti.

Nos besamos, y aunque no podía expresarlo bien con palabras, sabía que este beso era un *beso de final feliz*. El caballero había salvado a la princesa del dragón, el príncipe había liberado a la Bella Durmiente de su sueño eterno y Cenicienta por fin había recuperado su zapato.

Yo había recibido mi *beso de final feliz* y sabía que le seguirían miles más. Pasara lo que pasara, Clay y yo por fin teníamos nuestro final feliz.

♥ **Fin.** ♥

Epílogo – Elli

Mientras conducía por la carretera hacia Oakland, pude ver desde lejos que allí abajo había un infierno. Estacioné mi auto justo al lado de un corral, porque todo el patio estaba lleno de camionetas, todoterrenos y remolques.

Cloud, que galopaba junto con Supernova, Copper y otros dos broncos, levantó brevemente la cabeza y luego trotó alegremente hacia mí. Acaricié detrás de las orejas a mi caballo salvaje favorito y todavía no podía creer que Clay realmente hubiera encontrado una solución perfecta para nosotros. Más aún, Clay había sospechado que los otros dos caballos que no habían llegado a la competición también eran buenos broncos de montar, y tenía toda la razón. Le lancé miradas enamoradas al amor de mi vida mientras hablaba con mis hermanos. Cuando Clay me notó, le dio una palmada en el hombro a John y marchó decididamente hacia mí.

—¿Y qué dijo el médico? —preguntó emocionado.

—Hola Clay, yo también me alegro de verte —lo saludé sonriendo.

Clay me atrajo hacia sí y me dio un beso apasionado y delicioso. Sabía a café y energía.

—¿Entonces?

—Todo bien —respondí y moví ambos brazos para demostrarlo.

Clay levantó una ceja, como siempre hacía cuando quería reprenderme.

—¿Tienes eso por escrito?

Puse los ojos en blanco. —Sí, lo tengo. ¡Así que realmente puedes dejar de tratarme con guantes de seda!

Las últimas semanas habían sido una tortura pura porque Clay me había tratado con tanto cuidado. Nada de ataduras, nada de azotes, en cambio, frustrante *nada de eso*. Estaba aún más emocionada porque mis heridas finalmente habían sanado y esperaba que Clay volviera a tratarme como realmente me lo merecía.

—Bien —murmuró Clay pensativo.

—¡Muy bien! ¡Pero si no empezamos pronto a trabajar en la lista de mis faltas, tendremos un problema real!

—¿Ah, sí? —Clay me sonrió divertido. Él podía hablar, no había tenido que renunciar a casi nada en las últimas semanas, y cuando me arrodillaba frente a él, casi le parecía como darme azotes.

—Sip. Insisto en ello.

—Ya veo. ¿Apenas recuperada y ya de nuevo insolente?

—En realidad, lo he sido todo este tiempo, pero tú lo has ignorado —respondí desafiante.

—Eso se llama educación sostenible —gruñó Clay.

Incluso después de semanas, Clay seguía dándome sermones morales por haber saltado un obstáculo con Cloud.

—Yo lo llamo tortura.

—Exacto. —Clay sonreía cada vez más mientras vigilaba desde lejos la enorme obra de construcción que se extendía por todo el rancho Oakland.

—¿Realmente lo terminarán para mañana? —pregunté. Aunque confiaba en Clay y mis hermanos, parecía que aquí había trabajo para semanas.

—Por supuesto, solo faltan algunos detalles. A propósito, ¿ya viste el cartel en el borde de la carretera?

Negué con la cabeza. —No, estaban justo montándolo, pero la madera todavía tenía plástico protector.

—Bien. —Clay parecía satisfecho. Por una fracción de segundo, algo destelló en sus ojos marrones oscuros que no pude descifrar.

—¿Por qué preguntas?

—Porque me gustaría mostrártelo yo mismo.

—Suena bastante críptico.

—Solo un poco.

Clay me guiñó un ojo y me llevó por el patio hacia la entrada, donde colgaba otro cartel sobre un arco, aproximadamente la mitad de grande que el enorme directamente en la carretera principal. Aquí también había una tela negra protectora cubriendo el cartel.

—¿Por qué tanto misterio con el cartel? —pregunté curiosa. Conocía los planes originales del logo porque la empresa de Liam los había diseñado, ¿qué había cambiado Clay?

—Porque se supone que es una sorpresa.

—Sabes que las sorpresas están prohibidas.

—Este tipo de sorpresas no —me corrigió Clay—. Además, John sabe todo al respecto.

—Claro, todo Merryville lo sabe antes que yo. —Suspiré profundamente, ¡pensando en todo el teatro que había hecho para proteger a Clay de su apuesta, ¡en la que él mismo había apostado quinientos dólares!

—Me parece realmente adorable lo rencorosa que puedes ser.

—Clay me tocó la punta de la nariz como si fuera una niña, lo que avivó aún más mi ira creciente.

—La lista de *tus* faltas también se está haciendo cada vez más larga, Clay Kennedy.

Levantó los brazos como si mis palabras fueran una pistola apuntando directamente a su pecho.

—Tranquila, Elena. No queremos que nuestras listas se hagan cada vez más largas, ¿verdad?

Me encogí de hombros. —No sé, hasta ahora solo amenazas con la lista. Y con cada vez, la amenaza se vuelve un poco más vacía, si sabes a lo que me refiero. Incluso me atrevo a dudar que esa lista exista.

—Deberías tener cuidado con lo que deseas.

—Sé exactamente lo que quiero y lo que no quiero.

Clay me miró con conocimiento. —No, a veces no lo sabes.

—Sí.

—Está bien, te prometo que obtendrás lo que quieres más rápido de lo que piensas.

—Gracias. —Con eso me di por satisfecha, porque Clay siempre cumplía sus promesas sin excepción.

Clay tomó la cuerda atada a la tela negra, pero no la bajó. Solo había un puñado de situaciones en las que Clay había dudado, así que definitivamente estaba planeando algo.

—¿Qué pasa? —pregunté.

—Sabes cuánto te amo, ¿verdad?

Está bien, las conversaciones que empezaban así nunca terminaban bien.

—Espero que no sea una pregunta capciosa.

Clay negó con la cabeza riendo, antes de darme un beso en la sien.

—No, no es una pregunta capciosa. Te amo, Elena.

—Yo también te amo. Pero, ¿por qué es relevante para tu cartel?

—Porque este no es solo *mi* cartel, sino también el tuyo. Será nuestro cartel conjunto.

Fruncí el ceño. —¿*Nuestro* cartel?

—Elena, quiero que te mudes a Oakland porque deseo tenerte siempre a mi lado.

Vaya. Aunque pasaba casi todo el día con Clay, la pregunta de si quería vivir aquí me tomó por sorpresa.

—No sé. Hay muchas cosas que tendrían que venir aquí. Mi ropa y todas mis botas y... —comencé a balbucear, porque en situaciones así no podía hacer otra cosa más que hablar. Clay me hizo callar poniendo su dedo índice sobre mis labios.

—Supongo que eso es un sí.

Asentí. —Creo que sí.

—Bien.

Clay tiró de la tela negra, que cayó en suaves ondas y levantó un poco de polvo justo antes de tocar el suelo. En el lado izquierdo se destacaba el logo de la nueva escuela de rodeo de Clay, que ya conocía. Pero en el lado derecho reconocí uno de mis viejos dibujos de caballos, y junto a él estaba mi nombre.

—Es hora de que tengas tu propio logo acorde con la reputación que te has ganado.

—Es perfecto. —Estaba abrumada, no había otra forma de describirlo—. ¿Y estás realmente seguro?

—Sí, maldita sea. Nunca había estado más seguro de algo. Hay suficiente espacio para ambos, y para ser honesto, puedo prescindir perfectamente de un rebaño aún más grande que tengamos que arrear bajo viento y lluvia.

Solté una risita, porque en realidad fue precisamente la tormenta que Clay había mencionado la que nos había acercado.

—¿Qué habría pasado si hubiera dicho que *no*?

—Bueno, entonces todos tus clientes probablemente se habrían extraviado hacia mí.

—Clay Kennedy, a veces eres bastante astuto, ¿lo sabías?

—Y eso que aún no te he mostrado la sorpresa más grande —murmuró Clay seductoramente.

—¿Estamos hablando de...?

—Exactamente de eso estamos hablando.

Mi vientre vibró emocionado cuando Clay casi pronunció las palabras mágicas. *La lista de mis faltas.* ¡Por fin!

—¿Así que finalmente veré la lista cuya existencia he dudado durante las últimas semanas y meses?

—No puedo prometer que la verás, pero te juro que odiarás cada punto en ella. —Cielos, sus ojos oscuros incluso devoraban el sol del mediodía.

—Eso suena prometedor.

Clay tomó mi mano y me condujo a la casa principal. Pero en lugar de subir las escaleras hacia el dormitorio, me llevó al sótano. Me detuve.

—¿Qué hacemos allá abajo?

—Aún no te diré lo que haré, pero sería mejor para ti si fueras sumisa y humilde allá abajo.

No respondí nada, solo asentí mientras dejaba que Clay me guiara hacia abajo. Admito que nunca había estado en su sótano porque pensaba que, como de costumbre, almacenaba provisiones y otras cosas para tiempos difíciles. Aunque, si mal no recordaba, Clay había pasado bastante tiempo allí abajo en las últimas semanas.

Al llegar abajo, nos detuvimos frente a una puerta cerrada.

—Te daré un minuto para que mires bien alrededor, después te arrodillarás en el suelo —me susurró Clay al oído—. ¿Entendido?

—Entendido.

Cuando Clay abrió la puerta, me quedé sin palabras, porque me sentí como en el paraíso, un paraíso bastante absurdo, lleno de dulces dolores y deliciosa humillación. *Vaya*.

Epílogo – Clay

Cuando abrí la puerta de mi sótano remodelado, Elena se quedó completamente quieta. Evidentemente, había esperado algo diferente, y hasta hace unas semanas, su suposición habría sido correcta.

—Tienes un minuto —le recordé a Elena, ya que se había quedado parada frente a la puerta.

Con cautela, se adentró en el orgullo de mi casa, que había estado remodelando durante semanas. A veces había trabajado toda la noche, pero maldita sea, había valido la pena. Un dormitorio normal ya no podía hacer justicia a lo que sucedía entre Elena y yo, especialmente ahora que habíamos tenido que prescindir de ello durante tanto tiempo. Pero ahora que las lesiones de Elena habían sanado, podíamos dar rienda suelta a nuestros deseos aquí abajo. Ya estaba bastante seguro de que pasaríamos mucho tiempo juntos aquí.

En silencio, Elena caminó sobre la alfombra de piel sintética que yacía en el centro de la habitación y giró en círculo. Justo frente a ella estaba mi punto culminante personal de la habitación, una chimenea que yo mismo había descubierto. A un lado de esta, había una cruz de San Andrés de madera natural que yo mismo había construido. Sobre nosotros había varias vigas de soporte de las que había atado cadenas y cuerdas de diferentes longitudes para poder atar a Elena en todas las posiciones posibles.

Elena examinó con curiosidad un soporte para varas a su izquierda, donde colgaban varios látigos, varas y floggers que probaría uno por uno en su trasero. Solo pensar en ello hacía que mis vaqueros se volvieran condenadamente apretados.

Cuando abrió el cajón superior de una cómoda marrón oscuro, suspiró suavemente. Elena había descubierto una pequeña colección de pinzas y pinzas para pezones que podían equiparse con cadenas o pesos. En nuestra próxima carrera a galope tendido, estas pequeñas cosas definitivamente me darían una verdadera ventaja.

En el siguiente cajón había varios vibradores y plugs que podía controlar a distancia con mandos o mi smartphone.

Tuve que sonreír cuando Elena no se atrevió a abrir el cajón inferior.

—Vamos —la animé en voz baja—. Abre también el último cajón.

A diferencia de Elena, yo ya sabía lo que se escondía allí: varias cuerdas y ataduras de cuero con las que podía atarla a mi antojo. Maldita sea, apenas podía esperar para encerrarme con Elena en esta habitación durante días.

A nuestra derecha había una cama con dosel, cuyos postes también tenían ojales y agujeros para diversos tipos de ataduras; la cama era una pieza única que yo mismo había aserrado y ensamblado.

—¿Qué dices?

—Impresionante.

Sonreí satisfecho porque había acertado con el gusto de Elena. Aunque había cambiado mucho en la habitación, la estructura de entramado original se había conservado, al igual que todas las vigas de carga y de soporte que atravesaban la habitación, ofreciéndome un sinfín de posibilidades para dominar a Elena.

Cuando pasó el minuto, Elena volvió a la alfombra de piel sintética blanca, pero cuando se arrodilló, negué con la cabeza.

—¿Qué? —preguntó. No dijo nada más, pero sus ojos brillaban provocativamente.

—Cuando ordeno que te arrodilles, espero que lo hagas desnuda, a menos que te diga lo contrario.

Elena se levantó de nuevo, se desnudó y colocó su ropa ordenadamente sobre un sillón de cuero que estaba junto a la entrada.

—¿Mejor? —preguntó con dulzura.

—Mucho mejor.

No le di la satisfacción de haber alargado su lista de faltas, que ya era bastante larga de por sí. Decepcionada, Elena adoptó una postura erguida y esperó a que le diera más instrucciones.

—Me perteneces, Elena.

—Te pertenezco solo a ti.

Para que mi chica siempre supiera a quién pertenecía, saqué una pequeña correa de cuero de mi bolsillo que había mandado hacer especialmente para ella. Tomé la mano de Elena y até la estrecha correa alrededor de su muñeca. Después, Elena la sostuvo contra la luz, la examinó detenidamente y sonrió satisfecha.

—Es hermosa, Clay.

—¿La reconoces? —pregunté.

—Sí, de alguna manera me resulta familiar. Espera, ¿es la cincha de Cloud?

Asentí. —¿Recuerdas que te até por primera vez con este trozo de cuero?

Elena asintió. —Como si fuera ayer.

Lenta y deliciosamente, me moví alrededor de Elena como un lobo hambriento en busca de su presa. Elena era mi presa, sin duda, pero yo era un cazador paciente, y antes de continuar mi cacería, tenía que hacer algunas cosas que no podía posponer.

Elena observó cada uno de mis pasos, incluso cuando fui a la cómoda y saqué un pañuelo negro con el que le vendé los ojos.

—Espero que mantengas exactamente esa postura hasta que regrese.

—De acuerdo.

—¿Cómo has dicho? —El tono de reproche en mi voz era inconfundible.

—Sí, señor —dijo, y no tenía duda de que había puesto los ojos en blanco debajo de la venda.

En silencio, abrí el cajón superior de la cómoda y saqué un par de pinzas para pezones unidas por una cadena. En realidad, las había planeado para Elena mucho más tarde. *Pero quien no quiere escuchar, tendrá que sentir.*

—Respira profundo —dije. Elena inspiró profundamente, y yo coloqué ambas pinzas simultáneamente en sus erguidos capullos.

Cuando la vi morderse los labios, chasqueé la lengua suavemente.

—Quizás debería mencionar que he usado pinzas para pezones para principiantes. Pero si prefieres algo más intenso, no dudes en decírmelo.

—No, señor.

Ahora Elena estaba mucho más motivada que la última vez. Muy bien. Deseaba poder follar a Elena de inmediato, pero había algunas cosas en la obra que no podían esperar.

—Sé buena mientras estoy fuera —gruñí.

Justo cuando me iba, recordé que había olvidado lo más importante. Coloqué uno de mis vibradores favoritos entre sus piernas y lo encendí. El aparato tenía vibraciones bastante convincentes incluso en el nivel más bajo. Por eso, le di a Elena la oportunidad de acostumbrarse.

—No te moverás. Y no te correrás hasta que yo te lo permita.

—¿Cuánto tiempo estarás fuera? —Ya podía oír en su voz lo difícil que le resultaba. *Muy bien*. La idea de que Elena estuviera ahí abajo gimiendo, lloriqueando y jadeando hacía que mi trabajo en el rancho fuera mucho más refrescante.

—No mucho —respondí sonriendo, sin darle a Elena una respuesta más satisfactoria. Luego cerré la puerta tras de mí y volví a la obra, que esperaba que terminara mañana. Aunque todo iba según lo previsto, había algunos problemas que aún necesitaban resolverse.

Me hubiera encantado renovar todo Oakland yo solo, pero el tiempo apremiaba, así que vigilaba cada paso de los obreros con ojos de águila.

John, que estaba hablando por teléfono, me hizo señas para que me acercara.

—¿Qué pasa? —pregunté cuando terminó la llamada poco después.

—Buenas noticias. Los nuevos caballos salvajes de Elena llegan esta noche.

—Muy bien —asentí satisfecho—. Esperemos que haya algunos broncos robustos entre ellos.

—No lo digas muy alto, o Elli te oirá.

—Qué va —hice un gesto con la mano—. Además, hay buenos caballos de rancho en todas partes, pero los buenos broncos son escasos, diga lo que diga Elena.

—Hablando del diablo, ¿dónde está Elli ahora?

—Tenía que hacer algo —respondí brevemente, sin entrar en detalles. Aunque sabía muy bien dónde estaba Elena. En mi sótano, desnuda y de rodillas, esperándome humildemente.

Dejé que mi mirada recorriera el rancho. El granero y la casa principal estaban completamente renovados, las vallas para los corrales estaban en pie y la arena de rodeo, incluida una pequeña tribuna, estaba siendo probada a fondo.

Caminamos por el rancho para hacernos una idea de los últimos problemas menores.

—Por cierto, ¿qué dijo Elli sobre tus planes para Oakland? —John señaló el cartel de madera sin máscara que colgaba como un enorme arco sobre la entrada del rancho.

—¿Qué crees?

—¿Que su colección de botas necesita una casa propia?

—Algo así.

Me resultaba difícil no pensar en Elena, así que hice lo único que se me ocurrió para endulzar el tiempo en el que no podía lanzarme sobre ella. Saqué mi smartphone del bolsillo, abrí una aplicación y subí la vibración del vibrador de Elena un nivel.

Ah, ¿por qué ser tan tacaño? Lo subí otro nivel más antes de volver a guardar el teléfono en el bolsillo.

Una camioneta plateada recorría la carretera recién construida que llevaba directamente al rancho de vacaciones en la propiedad Farley, donde podíamos alojar sin problemas a los participantes del curso durante varios días. Para los vaqueros había remolques especiales, donde los rudos tipos se sentían más cómodos que en las cabañas brillantes llenas de luces de colores, donde solían perderse las parejas recién enamoradas.

Admitámoslo, Elena tenía razón, no podía dejar realmente atrás al jinete de silla de bronco, pero ya no era necesario. Nada se interponía en mi futuro con Elena, absolutamente nada.

June salió del coche y se lanzó a los brazos de John, que venía a su encuentro. June lo abrazó con tanta fuerza que apenas podía sostenerla.

—Bueno, os dejo solos, tortolitos —murmuré sonriendo antes de darme la vuelta.

—No, perdona, no quería asustarte —respondió June horrorizada—. ¡Por favor! ¡Son solo las hormonas!

Sonriendo, seguí caminando y me dirigí hacia la nevera portátil donde había algunas botellas de cerveza, mientras June sacaba a Callie del coche.

—Cariño, se está burlando de ti —le explicó John mientras ella me gritaba desesperada.

—Oh. ¡Ya verás, me las pagarás! ¿Verdad, Callie? El tío Clay ha sido muy malo con mami.

—Pero solo si John te lo permite —respondí sonriendo, lo que enfureció aún más a June. Luego saqué dos botellas de cerveza y un refresco de la nevera, volví y le ofrecí una botella a June con una sonrisa conciliadora.

—¿Ves, Callie? El tío Clay tiene miedo de mami, por eso vuelve a ser bueno. —June sonrió orgullosa y luego miró alrededor con curiosidad—. Por cierto, ¿dónde está Elli?

—Haciendo algo —explicó John. Inmediatamente me picaron los dedos por subir aún más el vibrador. En el nivel más alto, el aparato funcionaba con lo que se sentía como doscientos caballos de fuerza, pero me contuve. Elena ya tenía suficiente con qué lidiar, probablemente ya había tenido uno o dos orgasmos que no pudo contener. Conocía muy bien a mi chica.

—Oh, de acuerdo. —June volvió al coche y me entregó un recipiente de helado—. ¿Podrías guardar el helado en la nevera hasta que Elli regrese?

—Claro. ¿Hay alguna ocasión especial para esto?

Sabía que las chicas Key tenían un sabor de helado específico para cada estado de ánimo y situación de la vida.

—No, pero era el último envase de edición limitada que pude conseguir. Cookiedough-Chocolate-Cream no volverá hasta el año que viene, así que lo compré porque Elli adora este sabor.

—Qué amable de tu parte. —Me dirigí a John—. ¿Puedes arreglártelas aquí? Tengo que ocuparme de algunas cosas pendientes adentro que no puedo seguir posponiendo.

—Claro. Me encargaré de las últimas tablas ahora mismo, y cuando recojan los escombros, ya no necesitaremos el equipo pesado.

—Bien. Entonces nos vemos más tarde.

Después de una parada rápida en la cocina, fui directamente al sótano, donde Elena debía estar esperándome ansiosamente. El tiempo debía pasar terriblemente lento para mi pobre niña, y cuanto más me ausentaba, peor se ponía.

Cuando abrí la puerta, Elena suspiró expectante.

—Te has tardado mucho.

—¿Cuántos orgasmos tuviste?

—Ninguno. —Se mordió el labio inferior, tal vez para evitar que más mentiras salieran de sus labios. Aunque Elena no podía verme, sentía mi mirada de reproche sobre su cuerpo desnudo y perfecto.

—Elena —gruñí.

—Está bien, dos orgasmos. ¿Contento?

—Sí.

Cerré la puerta y la aseguré. No es que creyera que alguien nos molestaría aquí abajo, pero más vale prevenir. Luego me senté en el sillón y abrí el envase de helado.

—¿Qué estás comiendo? —preguntó curiosa.

—Tu helado favorito.

—¿Cookiedough?

—Cerca, pero es aún mejor.

Tomó aire bruscamente. —¿Cookiedough-Chocolate-Cream?

—Exacto.

—¡Oh, Dios mío, Clay! ¡Eres un monstruo!

—¿Así que no quieres helado? Está bien.

Con placer, me llevé otra cucharada del helado favorito de Elena a la boca.

—Mmm, sabe celestial.

—¡Clay!

Su voz temblaba, tanto de excitación como de ira.

—¿Crees que te mereces helado después de desobedecer mis órdenes e incluso mentirme?

—No, ¡pero las circunstancias son especiales!

—¿Ah, sí?

—¡Sí! Las vibraciones se hicieron cada vez más fuertes... además, no es cualquier helado el que estás comiendo, ¡sino una edición limitada que solo está disponible este mes!

—Lo sé.

—¿Las vibraciones o el helado?

—Ambos.

Puse las vibraciones al máximo con la aplicación del móvil para mostrarle a Elena lo bien que sabía. Su respiración se aceleró, y vi cómo mi vibrador favorito la llevaba al orgasmo en cuestión de segundos, aunque luchaba valientemente contra ello.

—Tienes una elección. O te libero del vibrador, o te doy tu helado. —Tomé otra cucharada—. Al menos lo que queda de él.

—¡Realmente eres un monstruo, Clay Kennedy!

—No. Simplemente te estoy dando lo que has anhelado durante semanas. Querías que finalmente sacara la lista de tus faltas.

—Oh.

—La próxima vez deberías tener más cuidado con lo que deseas.

—Elijo el helado —me respondió Elena desafiante. No esperaba otra cosa de ella.

—Sabes que castigaré cada orgasmo no autorizado, ¿verdad?

—Lo sé, pero no me importa.

Sonriendo, puse la cuchara de helado en los labios de Elena. —Espero que el helado realmente valga la pena.

—¡Cielos, sí!

Abrió la boca de buena gana para otra porción, que le concedí. Luego dejé a un lado el envase de helado medio vacío y abrí mis pantalones.

—Sé una buena chica y abre la boca de nuevo —murmuré. Elena gimió sorprendida cuando mi erección entró en su boca. Sabía que esperaba otra cosa, pero definitivamente había estado suplicando por mi polla más tiempo que por su helado.

Me deslicé en su boca suave y cálida y exhalé relajado. Por fin podía follar a Elena de nuevo como se merecía. Todo su cuerpo vibraba, no faltaba mucho para que volviera a correrse. Solo el pensamiento de que podría castigarla por ello hizo que mi erección se endureciera aún más.

—¡Maldición, me encanta lo profundo que puedo empujar en tu garganta!

Hundí mis manos en sus rizos rubios y presioné su cabeza con tanta fuerza contra mí que la punta de su nariz tocó mi vientre. Mi dureza se deslizó hasta la base en su garganta. Maldita sea, debía ser bastante agotador, pero Elena aguantó valientemente hasta que la solté y tomó una profunda bocanada de aire, solo para empujar profundamente en ella una segunda vez inmediatamente después.

Todo su cuerpo luchaba contra el orgasmo inminente, mientras mi polla la volvía loca.

Con cada embestida, las pinzas en sus delicados capullos también se movían, los cuales ya debían estar bastante sensibles.

—No te dejaré salir de aquí hasta que hayamos probado cada una de las cosas de la lista —Eso no era una amenaza, sino una promesa. La lista de Elena era larga, y yo le había prometido cumplirla con deleite, ¡aunque tomara semanas hasta que Elena volviera a ver la luz del día!

Mi agarre en su cabello se aflojó, y le permití a Elena moverse libremente. Con su lengua se deslizó por la parte inferior de mi erección, mientras sus labios se cerraban firmemente a mi alrededor. Como quería ver sus reacciones, le quité la venda de los ojos. Elena parpadeó un par de veces hasta que se acostumbró de nuevo a la luz. Con movimientos lentos y sensuales, Elena me llevaba poco a poco a la locura, sin apartar su mirada de la mía. Sus ojos esmeralda me miraban todo el tiempo, observando cada uno de mis movimientos.

—¿Puedo correrme? —preguntó llena de sumisión.

—No —gruñí—. Tuviste tu oportunidad de elegir.

Ella echó la cabeza hacia atrás y gimió, pero no le di tiempo para respirar, sino que agarré su cabeza y empujé mi erección una vez más en su garganta. Mientras le negaba el orgasmo a Elena, el mío se acercaba cada vez más. Follé a Elena sin piedad, hasta que me corrí profundamente en su garganta. En lugar de retirar mi dureza, permanecí dentro de ella y disfruté de la cálida sensación mientras bombeaba mi oro en ella.

Dios mío, Elena me había vuelto tan loco que simplemente seguí follándola hasta que mi virilidad volvió a hincharse a su tamaño completo. Simplemente no podía tener suficiente de mi chica.

—¿Qué debería hacer contigo ahora, eh? —pregunté entre dos embestidas.

—¿Podrías permitirme correrme?

—Buen intento, cariño, pero no te vas a librar tan fácilmente.

Agarré a Elena, la arrojé sobre mi hombro y la llevé a la cama. En realidad, me hubiera encantado arrojarla sobre la barra transversal a la altura de la cadera que estaba instalada entre dos vigas de soporte, pero su cuerpo temblaba tanto de lujuria que no podía mantenerse en pie.

—Te permitiré un orgasmo —dije, observando cuidadosamente la reacción de Elena mientras metía sus muñecas en las esposas de cuero que estaban atadas a los postes de la cama.

—¿De verdad?

—Bajo una condición.

—¡Lo que sea! ¡Haré realmente cualquier cosa que me pidas, Clay!

Maldita sea, Elena estaba en un punto en el que realmente hablaba en serio.

—Más tarde montarás conmigo hasta el lago.

—Pero eso no es todo, ¿verdad? —Elena me miró críticamente. Por supuesto, había un truco, como ella sospechaba correctamente.

—Con esto. —Tiré de la cadena que conectaba ambas pinzas de pezones y Elena gimió fuertemente. Afortunadamente, había insonorizado todo el sótano, los gritos de Elena eran solo para mí.

—No —respondió Elena sacudiendo la cabeza.

—De acuerdo, pero te daré la oportunidad de reconsiderar tu decisión. —Me arrodillé entre sus piernas y froté mi erección contra su punto más sensible—. Ahora voy a follarte. Después montaremos hasta el lago, de una forma u otra. Pero tú decides si tendrás otro orgasmo hasta entonces o no.

Elena se mordió el labio pensativa. Me incliné hacia abajo para que mis labios tocaran su oreja.

—Si eres honesta, es exactamente lo que deseabas de mí.

—Sí —susurró Elena tan bajo que apenas pude oírla.

—Y si soy honesto, es exactamente lo que te mereces.

—Oh Dios, sí.

—Entonces, ¿quieres correrte para mí ahora?

—Sé que me arrepentiré más tarde, pero sí, ¡por favor!

Sonriendo satisfecho, froté mi dureza contra su entrada, que estaba tan húmeda y lista para mí que no pude resistir la tentadora oferta. Elena se apretó firmemente a mi alrededor mientras empujaba su pelvis hacia mí. Lo admitiera o no, Elena sabía exactamente cómo provocarme para que le hiciera las cosas que no se atrevía a decir en voz alta.

Agarré sus caderas y la follé. Duro. Profundo. Apasionadamente. Sus gemidos resonaban por la habitación y me impulsaban a mayores hazañas. La vista que tenía ante mí era increíble. Sus pechos rebotaban con cada embestida, mientras la cadena entre sus pezones tintineaba suavemente.

Aunque solo me había tomado unos segundos hacer que Elena explotara, pasó una maravillosa eternidad hasta que se calmó y su respiración se normalizó. Afortunadamente, Elena aguantaba mucho más de lo que su delicado cuerpo sugería, porque ahora la diversión apenas comenzaba para ambos, pero primero quería obtener mi satisfacción. Embestí, una y otra vez, hasta que me corrí dentro de ella por segunda vez. Al mismo tiempo, solté las pinzas de los pezones. Elena se habría arqueado si sus ataduras no se lo hubieran impedido. Las pinzas siempre provocaban los gritos más hermosos, en mi opinión.

Era increíble lo apretada que se ponía a mi alrededor en ese momento y disfruté de la sensación hasta que recuperé el aliento. Luego me tiré a un lado y examiné a Elena de arriba a abajo. En realidad, podría haberme quedado mirándola así todo el día. El brillo en sus ojos, su radiante sonrisa y ese cuerpo impecable eran la razón por la que no podía apartar mis ojos de ella. No podía agradecerle lo suficiente a Elena por haberse aferrado tan tenazmente a mí, porque si se hubiera rendido, ahora seríamos dos almas solitarias vagando por el mundo, buscando al alma gemela equivocada.

—¿Cómo está tu hombro?

—Muy bien.

Sonreí satisfecho cuando Elena me miró seriamente, porque eso era exactamente lo que quería oír.

—¿Lista para la siguiente ronda?

—Siempre. —Elena me miró con complicidad.

—Maldita sea, te amo, Elena.

—Y yo te amo a ti.

Printed in Great Britain
by Amazon